Tatjana Kruse

Tot, aber glücklich!

Von der Autorin bisher bei KBV erschienen:

Klappe zu, Gatte tot
Kalte Platte
Ein Männlein hängt im Walde

Tatjana Kruse, Jahrgangsgewächs aus süddeutscher Hanglage mit Migrationshintergrund (Vater Schweizer, Mutter Friesin), lebt und arbeitet in Schwäbisch Hall (kein Synonym für eine Bausparkasse, sondern die vermutlich kleinste Metropole der Welt). Seit dem Jahr 2000 schreibt sie Kriminalromane, aber ihre wahre Liebe gilt den Sahnehäubchen des Genres: den Kurzkrimis. Folgerichtig erhielt sie ihren bisher einzigen Literaturpreis, den »Marlowe« der Raymond-Chandler-Gesellschaft, für ihren Kurzkrimi *Cool-Man schlägt zu.* Bei KBV erschienen von ihr bereits drei Kurzkrimi-Sammlungen. www.tatjanakruse.de

Tatjana Kruse

Tot, aber glücklich!

Kriminell komische Storys

KBV

Originalausgabe

www.kbv-verlag.de
E-Mail: info@kbv-verlag.de
Telefon: 0 65 93 - 998 96-0
Umschlaggestaltung: Ralf Kramp unter Verwendung von
© Leone_v; © alswart; © K.-U. Häßler - alle stock.adobe.com
Druck: CPI books, Ebner & Spiegel GmbH, Ulm
Printed in Germany
ISBN 978-3-95441-515-1

Die Geschichten

Der Nacktschnecken-sammler

Hossa«, ruft Jens-Uwe und wirft den bunten Strandball der drallen, jungen Schwedin zu. Und gleich darauf begeistert er sich am Anblick ihrer wippenden Brüste. Ihrer unbekleidet wippenden Brüste. Er seufzt wohlig.

Jeder redet immer nur von den Schönen und Reichen auf Sylt, niemand von den Nackten. Dabei ist Sylt die Wiege der Freikörperkultur in Deutschland, quasi schon seit 1850, als ein ortsansässiger Arzt erklärte, Bekleidung würde die belebende Wirkung des Wellenschlages behindern. Nach dem ersten Weltkrieg kam dann richtig Fahrt auf, und die Anhänger des Naturismus eroberten die Insel. Und auch heute noch ist Sylt eine Hochburg der Nudisten, über die Hälfte der Feriengäste der Insel möchte sich nicht in teurer Designerbadebekleidung am Sandstrand tummeln, sondern so, wie Gott sie schuf. Was ja in Zeiten von Mini-Tangas und Winz-Bikinis auch keinen Unterschied mehr macht. Erst neulich wurde Buhne 16 in Kampen zum zweitschönsten Nacktbadestrand von ganz Europa gekürt, mit dem Ehrentitel »besonders anziehend fürs Ausziehen«.

Doch wo sich noch am Vortag Hunderte im Adams- und Evakostüm in der Sonne geräkelt haben, gibt es jetzt nur Jens-Uwe, die süße Schwedin und ein greises Ehepaar aus Halle an der Saale, bei denen es auch wippt, allerdings nur der Schwerkraft geschuldet, nicht dem Hüpfen. Der Besucherschwund ist zweifellos auf den Wetterumschwung zurückzuführen. Mann muss schon fanatischer FKKler sein, um sich bei einstelligen Temperaturen und eisigem Wind am Strand zu tummeln. Jens-Uwe und die Schwedin und die greisen Hallenser sind so fanatisch.

»Dasss macht Ssspasss«, lispelt die schnuckelige Schwedin und läuft dem Strandball hinterher, der ihren sonnenmilcheingeölten Händen entglitten ist. Jens-Uwes Blick fixiert sich auf ihre festen Hinterbacken. Das Leben ist schön!, denkt er und schwelgt in dieser Überzeugung, bis der verlockende schwedische Po plötzlich nicht mehr zu sehen ist.

»Inga!«, ruft er besorgt und läuft zu ihr.

Inga hockt vor einer Sandskulptur, die ein anonymer Künstler aus Sand und Wasser geformt hat. «Issst dasss nicht ssssön?!«, schwärmt Inga. Bei der Skulptur handelt es sich um die Nachbildung eines ägyptischen Pharao, inklusive über der Brust verschränkter Arme. Statt Edelsteinen ist die Skulptur mit Steinchen und Muscheln verziert. Wirklich sehr schön, findet auch Jens-Uwe, aber er schaut dabei auf den Körper der drallen Inga.

Es ist ein übles Vorurteil, bei der Freikörperkultur gehe es um Erotik. Mitnichten! Angesichts der meisten zur Schau gestellten Körper ist Sex auch das Letzte, woran man denkt. Es geht um Freiheit, wahre Freiheit. Und pure Naturverbundenheit! Aber wie immer gibt es Ausnahmen von der Regel.

Inga entspricht bis ins letzte Detail Jens-Uwes Beuteschema. Er muss sich jetzt nur noch ein Herz fassen.

»Hör mal ...«, fängt er an, kommt aber nicht weit.

»Hallo-o!«, ruft plötzlich jemand strandaufwärts.

»Hallo-o!«, ruft Inga.

Jens-Uwe dreht sich genervt um. Wer stört denn da? Er erkennt eine Gruppe amerikanischer Studenten, die allesamt aussehen wie einem Werbeplakat für Unterwäschemodels, nur ohne Unterwäsche. Straffe, epilierte Haut, Sixpacks, strahlend weißes Lächeln. Die Jungs waren gestern schon da, erinnert sich Jens-Uwe. Alle Frauen von 8 bis 80 hatten angefangen zu hecheln.

«Mist!«, fluchte Jens-Uwe leise, aber emotionsgeladen. Er selbst sieht zwar ganz ordentlich aus, aber gegen diese Supermänner hat er keine Chance. Das Beste, was man über Jens-Uwe sagen kann, ist, dass er noch volles Haar hat, mehrheitlich allerdings auf dem Rücken.

Er ballt die Fäuste und holt tief Luft und will – wahrscheinlich eine Übersprungshandlung, wie man sie aus dem Tierreich kennt – den Strandball aufheben, kommt dabei ins Stolpern und fällt schwer auf die Sandskulptur.

»Oh, jetzt hassst du sssie kaputt gemacht«, sagt Inga traurig und schaut und stutzt ...und gleich darauf schreit sie.

Und schreit und schreit und schreit. Der vorderste Ami wird kreidebleich und zeigefingert in Richtung Jens-Uwe, die anderen beiden schreien auch, und Jens-Uwe versteht gar nicht, was die alle haben, es erinnert ihn an den Horrorstreifen *Die Körperfresser kommen*, was er fast lustig findet, bis er nach unten schaut, in sein weiches Bett aus Sand, nur dass aus dem Sand jetzt eine blutverschmierte Frauenhand ragt.

Woraufhin Jens-Uwe ebenfalls schreit. Ein astreines hohes C.

Die Gläser im Picknickkorb der Amerikaner platzen …

* * *

»Nee, Arno, du nicht!«, kläfft die Nielsen.

Arno Borst hat sich spontan freiwillig gemeldet. Borst ist eben erst mit einer dampfenden Tasse aus der Kaffeeküche ins Besprechungszimmer getreten und hat gar nicht richtig mitbekommen, worum es geht, er hat nur gehört, dass ein Freiwilliger für eine Ermittlung am Nacktbadestrand von Kampen gesucht wird, und schon katapultiert sich seine Rechte in Richtung Decke.

Seit nicht allzu langer Zeit gab es für die Insel ein zentrales Dienstgebäude für alle 42 Beamte und Beamtinnen der Schutz-, Kriminal- und Wasserschutzpolizei. Wobei sie – es war mitten in der Saison – im Rahmen des Bäderdienstes derzeit 65 Kollegen und Kolleginnen sind. Jeden Sommer meldeten sich welche vom Festland nämlich zum Bäderdienst. Wer jedoch auf Sylt Dienst schob, schob eine ruhige Kugel. Einbruchsdiebstähle, kleinere Rauschgiftdelikte, die üblichen Verkehrsverordnungsüberschreitungen – mehr war nicht geboten. Aber jetzt gibt es einen Mord. Einen enorm unschönen Mord.

»Wieso ich nicht?«, insistiert Arno.

»Weil du nur gaffen willst, und auf Nacktbadestränden ist gaffen, starren oder dumme Bemerkungen machen tabu«, erklärt die Chefin.

»Der Arno gafft nicht nur, der grapscht«, lästert Kollege Müllerschön, seit ewigen Zeiten verheiratet und zweifelsohne neidisch auf den zwar nicht sehr großen, aber sehr gut durchtrainierten Frauenflüsterer des Reviers mit einer Erfolgsquote von angeblich 99 Prozent. Findet zumindest Arno.

»Ich habe durchaus sowas wie Selbstbeherrschung«, stellt Arno klar und fügt hinzu: »Wenn ich im Dienst bin.«

Die Nielsen seufzt. Der Borst ist wirklich dran. Große Jobs werden bei ihr gerecht verteilt, damit jeder eine Chance auf Beförderung bekommt. Und der Borst ist jetzt dran, da beißt die Maus keinen Faden ab. «Na schön, aber Sie arbeiten im Team mit Müllerschön.«

Borst schürzt die Lippen, sagt aber nichts.

Müllerschön protestiert. »Also … wegen mir … ich muss nicht … wirklich nicht … Borst kann gern allein …«, plappert er.

»Nur weil Sie an einem Nacktbadestrand ermitteln, heißt das nicht, dass Sie sich ausziehen müssen«, stellt die Nielsen klar.

Müllerschön guckt erleichtert.

»Wie jetzt? Echt nicht?« Borst guckt enttäuscht.

* * *

Borst und Nielsen lassen ihre Blicke über Buhne 16 gleiten. Praia das Adegas in Portugal, Mirtiotissa Beach auf Korfu, die Kollerinsel im Altrhein – es gibt viele Orte, an denen Nacktbader auf ihre Kosten kommen, aber hier ist es doch eindeutig am schönsten. Feiner Sand, raue Wellen, coole Szene – wie es im Werbeflyer hieß. Cool ist an diesem Tag allerdings nur das Wetter, und die beiden Polizisten bekommen fast Mitleid mit den gänsehautigen FKKlern.

»Ich übernehme die Zeugenbefragung«, erklärt Borst, schubst Müllerschön beiseite und marschiert zielstrebig auf die Schwedin zu, die sich zum Schutz vor der Kälte in Embryonalstellung in den Sand kauert.

Müllerschön schüttelt den Kopf, seufzt und geht zum Leiter der Spurensicherung. «Was können Sie mir über die Tote sagen?«, erkundigt er sich.

»Weiblich, 22 Jahre, wohnhaft in Essen, Penicillinallergikerin.«

Müllerschön staunt. «Woher wissen Sie das alles? Hat sie sich das eintätowieren lassen?«

»Nope. Das steht in ihrem Ausweis, den wir in der Geldbörse in ihrer Jeanstasche gefunden haben.«

»Ach … dann war sie gar nicht … äh … nackt?«

»Nein.«

Müllerschön kommt sich blöd vor. Er schaut hilfesuchend zu Borst.

Der macht bedeutend größere Fortschritte. Wenn auch nicht in die Richtung, die er im Sinn hat.

»Wir könnten das alles auch bei einem Glas Champagner besprechen, drüben im Strandbistro«, schlägt er der Schwedin vor. Aber die will nicht flirten, die will eine Aussage machen.

»Sssie haben mich alle gewarnt, mach nicht FKK, da sssind ssso viele Frauen tot gegangen«, erzählt Inga mit furchtsam aufgerissenen Augen. »Aber ich dachte, auf Ssylt, da bin ich sssicher. Aber jetzt issst da diessse tote Frau. Ich will nur noch nach Haussse.« Sie nickt heftig.

»Sie sind bei uns sicher«, verspricht Borst. »Wir könnten auch etwas essen gehen. Ich kenne da ein vorzügliches Restaurant …«

»Die Toten sssind immer blonde Frauen wie ich … junge Frauen, die an Nacktbadessstrände gelockt und dort ermordet werden … der Mörder hat sssie immer erdrossselt mit einem Gürtel … ich bin hier nicht sssicher … ich will nach Haussse!«, wiederholt Inga mit etwas mehr Nachdruck.

»Immer mit der Ruhe, wir brauchen erst Ihre Aussage«, beharrt Borst, allerdings mit samtweicher Stimme. Er legt ihr sanft tröstend eine Hand auf den Unterarm. »Alles wird gut, das verspreche ich.«

»Ich habe nichtsss gesssehen. Ich bin ersst ssseit gesssstern ssspät Abend auf Sylt. Ich wohne in der Dikjen Deel Jugendherberge, wie Joe und Bob und Dan, und heute Morgen bin ich gleich hierhergekommen. Und hier habe ich Jensss-Uwe getroffen.« Sie zeigt auf den Mann mit dem Strandball. »Und die Leiche gefunden.« Sie schluchzt. »Wie bei den anderen Frauen in Portugal und Korfu. Bessstimmt kann man den Täter über ein Reisssebüro oder ssso finden. Esss mussss ein Mann mit einem Gürtel sssein!« Ihr Blick fällt auf seine Jeans – und seinen Gürtel. Sie springt auf die Beine.

»Immer mit der Ruhe, ich bin Polizist, hier bitte.« Borst zeigt ihr noch einmal seine Dienstmarke. »Ich beschütze Sie. Sie können mir vertrauen!« Ihr strömen mittlerweile Tränen über die Wangen.

Ein Blick hinüber zur Leiche macht Borst klar, warum die Frau so entsetzt ist. Die Tote hat ein blau angelaufenes, verquollenes Gesicht. Das Blut an ihren Händen scheint aber nicht von ihr zu stammen. Vielleicht hat sie sich heftig gewehrt. Ganz bestimmt hat sie sich heftig gewehrt, denn in ihren blicklosen Augen sieht man, dass sie gewusst hat, was auf sie zukommt.

Borst räuspert sich und wendet sich wieder der Schwedin zu. »Ich bringe Sie jetzt zu Ihrer Unterkunft. Sie können völlig beruhigt sein.« Er hebt beide Hände an den Mund und brüllt in Richtung Müllerschön: »Ich bringe die Zeugin nach Hause! Befrag du den da drüben!« Er zeigt auf Jens-Uwe.

War ja klar, denkt Müllerschön, während er zusieht, wie Borst mit dem bildhübschen schwedischen Nackedei hinter einer Düne verschwindet.

Ihm bleiben die amerikanischen Studenten, die – wie er gleich darauf feststellt – nicht nur phantastisch aussehen, sondern auch perfekt deutsch sprechen. Auf manche ergießt sich das Füllhorn des Schicksals eben wie ein Tsunami, während er, Müllerschön, sich mit den Brotkrumen zufriedengeben muss. Ach ja, da war ja noch dieser Jens-Uwe Thiel. Der mit dem Strandball.

Müllerschön schlendert auf ihn zu. Jens-Uwes Adamsapfel hüpft. Seit er auf der Leiche zu liegen kam, wischt er sich mit Desinfektionstüchern, die ihm ein Spurensicherer überlassen hat, geradezu zwanghaft über die Hautstellen, die in Kontakt mit der Toten gekommen waren. Wie Lady Macbeth, nur nicht so damenhaft. Wenn jemand schuldig wirkt, dann Jens-Uwe mit dem hüpfenden Adamsapfel, der sich zwanghaft desinfiziert.

Für die Amerikaner, die Spurensicherer, das greise Ehepaar aus Halle und Müllerschön ist die Sache klar und der Fall gewissermaßen schon gelöst. Es fehlt nur noch das Geständnis.

Jens-Uwe schluckt schwer.

Und wischt schneller.

* * *

Borst braust in seinem metallic blauen Cabrio über die Insel, wobei er sich an der Brust kratzt, sicheres Zeichen, dass die Wunden heilen. Es ist zu kalt, um offen zu fahren, aber dennoch überkommt ihn jedes Mal ein Gefühl der Freiheit, wenn er am Steuer seines getunten Spaßmobils sitzt.

Wobei das Auto nie so viel Spaß gesehen hatte, wie er seine Kollegen glauben ließ. Ehrlich gesagt, hatte er überhaupt noch nie Sex in seinem Auto gehabt. Und außerhalb seines Autos auch schon lange nicht mehr. Seit seinem ersten Urlaub auf Korfu. Seit am dortigen Nacktbadestrand ein paar Frauen auf seinen kleinen Arno gezeigt und hämisch gelacht hatten. Weil sein kleiner Arno wirklich verdammt klein war.

Seitdem ging bei ihm nichts mehr. Sein kleiner Arno wollte einfach nicht mehr groß werden. Den beiden blonden Österreicherinnen hatte er es natürlich noch am selben Abend kräftig besorgt, war ja klar. Ebenso wie der bezopften Blondine auf dieser Rheininsel, die zwar nicht gelacht, aber spöttisch gegrinst hatte, als er sein Badetuch neben ihr auf dem Nacktstrand ausbreitete. Und der blonden Tusse mit den spitzen Nägeln von gestern

Abend. Er hatte schließlich einen Ruf zu verlieren. Er war Arno Borst, der Frauenversteher mit einer Erfolgsquote von nahezu 100 Prozent und mehr Eroberungen als Julio Iglesias und Casanova zusammen!

Arno schaute zu Inga. Ein verdammt gut aussehendes Frauenzimmer, selbst mit dem festgezurrten Gürtel um den Hals, der schlumpfblauen Gesichtsfarbe und der heraushängenden Zunge.

Jetzt musste er sich nur noch überlegen, wo er sie am besten entsorgte und wie er sich ein Alibi zimmern konnte …

Blaubart ohne Bart

Er und sie sitzen am Frühstückstisch. Sie liest Zeitung.

Er: Haben wir noch Quittengelee?
Sie: Im Kühlschrank.

Er wartet. Sie blättert geräuschvoll um.

Er: Ist das auch das gute Gekaufte oder dieser pappsüße verkappte Fruchtsaft, den deine Mutter als Gelee ausgibt und uns immer als Gastgeschenk mitbringt?

Sie ignoriert ihn und blättert um.

Er: Ich will nicht für umsonst aufstehen.

Sie rollt genervt mit den Augen.
Er steht auf, geht zum Kühlschrank, öffnet die Tür, guckt, stutzt, sucht, nimmt ein Glas heraus, schließt die Tür, setzt sich wieder auf seinen Platz.

Sie: Und? Zufrieden?

Er: Wie man's nimmt. Das ist nicht Quitte. Das ist Johannisbeere.
Sie: *(geistesabwesend)* Wie schön.

Pause. Er fängt an, sich ein Geleebrot zu streichen.

Er: Du?
Sie: Hm?
Er: Was ist denn das für ein Kopf im Kühlschrank?
Sie: Ein Kopf?
Er: Ja. So ein Männerkopf. Bärtig. Zwischen der Sojasoße und den Tofubrätlingen.
Sie: Ach der.
Er: Wir sind Vegetarier!
Sie: Mein Gott, ja. Der Kopf wird die Tofubrätlinge schon nicht fleischig machen. Dass du immer alles so hochspielen musst.
Er: Früher hast du nicht in diesem Tonfall mit mir gesprochen.

Sie blättert um.

Er: Allmählich verstehe ich, warum sich dein erster Mann sang- und klanglos aus dem Staub gemacht hat.
Sie: Ach ja? Und ich habe gelernt, dass Märchen lügen: In der Ehe werden Prinzen zu Fröschen.

Sie schweigen sich an. Er streicht sein Brot.

Er: Und der Rest?
Sie: Was für ein Rest?

Er: Der Rumpf. Die Gliedmaßen. Liegen die in der Tiefkühltruhe?

Sie: Wenn du nur einen Funken mehr Interesse für den Haushalt hättest, dann wüsstest du, dass wir keine Tiefkühltruhe besitzen!

Er: Mein Gott, wir hatten doch ausgemacht, dass du für das Haus zuständig bist und ich das Geld verdiene. Die bewährte, klassische Methode.

Sie blättert um.

Sie: Könnte ruhig mehr Geld sein.

Er: Wie?

Sie: Nichts.

Sie blättert um. Man merkt dem Umblättern ihre Genervtheit an.

Sie: Zu meinem runden Geburtstag hätte ich mir schon etwas Edleres gewünscht als ein Badetuch-Set von Tchibo.

Er: Ich sage das nur ungern, aber es ist der Gedanke, der bei einem Geschenk zählt.

Sie: Ja, aber das war ein erbärmlicher, popeliger Geizkragengedanke.

Er schmollt. Sie blättert wieder um.

Er: Und wo sind jetzt die Reste?

Sie: Was für Reste?

Er: Von dem Kopf im Kühlschrank. Ich meine, von dem Mann dazu.

Sie: Filetiert. Entbeint. Das Fleisch und die Innereien habe ich gegrillt und an den blöden Köter von der alten Müller aus dem zweiten Stock verfüttert. Die Knochen liegen im Keller, in dem Karton mit deiner Märklin-Bahn. Zufrieden?

Pause.

Er: Und wer ist der Kerl?
Sie: Unser Paketbostbote.
Er: Aha. *(schweigt)* Er will ein Päckchen zustellen, kriegt einen Herzinfarkt, sinkt tot zu Boden, du bekommst Panik und filetierst ihn. Ja?
Sie: Nein.

Sie blättert um. Er schürzt die Lippen und streicht sein Brot zu Ende.

Er: Wie war es dann?
Sie: Er kam her und hat genervt.
Er: Wie? Genervt?
Sie: Er wollte seinen Sohn öfter sehen.
Er: Was geht uns das an?

Er beißt in sein Brot und kaut.

Sie: Ist ja irgendwie auch dein Sohn.
Er: Wie jetzt? Yannick? Unser Yannick?
Sie: Du spuckst Krümel.
Er: *(schluckt)* Habe ich das jetzt richtig verstanden? Yannick ist nicht von mir?

Sie: Mein Gott, du hast doch Abitur, dann sollte dir die Mendelsche Vererbungslehre kein Fremdwort sein. Wir sind beide blond und blauäugig. Wie soll denn da ein glutäugiger schwarzer Lockenkopf zustande kommen? Setzen: sechs!

Er: *(defensiv)* In Biologie hatten wir viel Ausfall. Fräulein Baumfelder war ständig krank.

Sie blättert augenrollend um. Er beißt ab und kaut.

Er: Also gut. Okay. Ich bin zwar konservativ, aber auch ein moderner Mann. Yannick ist biologisch nicht von mir. Na schön. Das Psychologische zählt ohnehin viel mehr. Ich bin sein Vater durch Gewohnheitsrecht. Sein biologischer Vater wurde zum Problembär, und du hast das geregelt. Damit komme ich klar. Wir fackeln den Schädel im Kamin ab, und die Sache ist vergessen.

Pause.

Er: *(mit Grandezza)* Ich verzeihe dir.

Sie: Ganz toll. Was denn genau? Dass ich ein neues Rezept für Grillpaketbote erfunden habe?

Er: Den Seitensprung mit Folgen. Ist ja nun schon eine Weile her.

Sie schweigt.

Er: Schwamm drüber.

Sie: Ich werde übrigens wieder heiraten.

Er: Du willst dich von mir scheiden lassen?

Sie: Du hörst mir *nie* zu. Ich sagte, ich werde wieder heiraten!

Er: Ohne Scheidung? Bigamie? Und wen, bitteschön?

Sie: Deinen Chef. Yannick findet das auch gut. Dein Chef hat nämlich eine Villa mit Swimmingpool.

Er hustet, schaut das fast verspeiste Marmeladenbrot in seiner Hand misstrauisch an, hustet noch mehr.

Sie: Ja, brennt jetzt ein wenig im Hals, nicht? Tut mir echt leid. Ein Zyankali-Strychnin-Gemisch im Gelee. *(zuckt entschuldigend mit den Schultern)* Ich werde aussagen, dass du heute ganz normal mit dem Wagen losgefahren bist. Im Auto liegen die Reste von Hans-Günther. Hast du wirklich geglaubt, man kann eine komplette Männerleiche an einen Zwergpudel verfüttern? Gott, bist du dämlich.

Er röchelt und fasst sich an den Hals.

Sie: Es wird so aussehen, als hättest du deinen Nebenbuhler geköpft und dann mit dem Auto Selbstmord begangen. Ich tippe natürlich noch einen entsprechenden Abschiedsbrief in deinen Laptop. Den Wagen habe ich präpariert, er wird in Flammen aufgehen. Bei einer verkokelten Leiche obduzieren die nicht groß den Mageninhalt. Clever von mir, nicht?

Er sackt tot über dem Rest des Marmeladenbrotes zusammen. Sie blättert um, entdeckt einen Artikel, strahlt auf und fältelt die Zeitung.

Sie: Ach, schau her, ein In-memoriam-Artikel über Liz Taylor. Neun Ehemänner. Phänomenal. Aber das schaff ich auch noch!

Bruch kommt von brechen …

Dies ist eine wahre Geschichte – nur die Namen wurden geändert, um Unschuldige zu schützen.

Die Zeiten werden härter. Für uns alle. Da muss man jetzt nicht groß drumrum reden. Es ist einfach so.

Das trifft auch auf uns zu, den Damenkegelclub »Die fidelen Abräumerinnen«. Im Herbst 1985 kamen die Keglerinnen zum ersten Mal auf der Bahn des Traditionsgasthauses *Jehööschnis* in Krekel zusammen – und so war es bis heute jeden zweiten Dienstag geblieben. Acht Frauen gingen damals auf die Bahn, und in der heutigen Stammformation aus sechs Keglerinnen waren noch fünf Gründerinnen mit dabei.

Die Kegelbahn hatten wir immer für uns. Mitten auf dem Stammtisch stand seit Jahr und Tag die Kegelkasse. Sie bildete den Grundstock für unsere gemeinsamen Aktivitäten. Seit ich vor fünf Jahren dazugestoßen war, hatten wir schon zweimal Ausflüge ins Hochsauerland unternommen. Und was im Hochsauerland passierte, blieb im Hochsauerland. Aber die Kegelkasse stand nun schon geraume Zeit leer. Unsere Renten reichten vorn und hinten nicht. Und schon gar nicht für die Kegelkasse.

Bei unserem letzten Treffen war die Stimmung auf dem Tiefpunkt. Mascha – gelernte Akkordeonistin, vierzig Jahre im Ensemble des Philharmonischen Orchesters der Stadt Trier und auch heute noch für Hochzeiten und Jubiläen zu haben – spielte auf ihrer Reiseziehharmonika, die sie immer dabei hatte, ein paar Takte aus dem *Totenmarsch* von Chopin.

»Die Zeiten werden härter«, fasste ich zusammen, weil das Zusammenfassen des Offensichtlichen meine Kernkompetenz war.

»*Du* kannst dich doch echt nicht beschweren«, meinte Carmen und sah mich über ihr Weinglas hinweg niedergeschlagen an. »Du hast wenigstens keine Familie, um die du dir Sorgen machen musst.«

»Ich habe eine Yuccapalme und zwei Katzen, die wollen auch leben«, brüllte ich, weil Anspielungen auf mein Dasein als alte Jungfer stets meine Bisshemmung aufhoben.

»Wir müssen uns was einfallen lassen«, meinte Karla, trank ihr Bier auf ex und stellte die Flasche wuchtig auf die Tischplatte. Karla war Polizistin und ließ gern mal die taffe Ordnungshüterin raushängen. »Verdammt, wenn ich nur wüsste, was?!«

»Renate, jetzt sag du doch auch mal was«, verlangte Petra und fuhr sich durch ihre Lockenpracht. Wir waren alle ein bisschen neidisch, dass sie in ihrem Alter noch so volles Haar hatte. Wobei ich persönlich ja auf Perücke tippte.

Renate, der Kopf unserer Bande, wenn wir denn eine Bande gewesen wären, gurgelte mit einem indonesischen Schnaps aus Wildkräutern und Orang-Utan-Urin. Also, nicht wirklich, nehme ich mal an. Aber Renate hatte immer einen Flachmann dabei, aus dem sie uns nie probieren ließ, und das war dann natürlich bester Nährboden für wilde Spekulationen. Renate, hauptberufliche Ehefrau eines feisten Landtagsabgeordneten, streichelte zärtlich ihren Horst.

Karl-Rüdiger, ihr Ehemann, war bei unseren Damenkegelabenden selbstverständlich nicht dabei. Horst war Renates Hahn. Sie züchtete Haubenhühner in ihrem Garten, und ihre leidenschaftliche Neigung zu Federvieh war mir durch und durch suspekt. Das zwischen ihr und Horst … also, da sag ich jetzt weiter nichts zu.

Renate sah nachdenklich auf Carmens nunmehr leeres Weinglas. »Mich hat neulich bei einem Empfang in Köln ein älterer Herr angesprochen. Rudi Mehling hieß der.«

»Den kenn ich!«, freute sich Carmen. »Der Mehling ist berühmt! Der wohnt im Ahrtal und hat die seltensten Spitzenweine in seinem Keller. Ahrweine, versteht sich. Aber auch exklusive Tropfen aus aller Welt. Er ist Weinsammler von Weltrang.« Carmen, Gourmetkritikerin für ein Lifestyle-Magazin, war selbst eine Weinkennerin von Rang und Namen. Jetzt klang sie nachgerade begeistert. »Die Mehling-Sammlung gehört zu den berühmtesten der Welt. Er hat drei Flaschen Château Lafite von 1787 für 132.000 Euro die Flasche. Und angeblich sogar eine Kiste von dem legendären Heidsieck & Co Monopole Champagner Diamant Bleu. Die Kiste stammt aus der Ladung eines Schiffes, das im ersten Weltkrieg gesunken ist und 1998 gehoben wurde – dieser Champagner geht pro Flasche für fast eine Viertelmillion weg.«

»Das ist ein Scherz, oder?« Petra konnte es kaum glauben. »Hundert Jahre alter Schampus und dann noch die ganze Zeit im Meer gelegen – der schmeckt doch scheiße. Scheiße und salzig, mit 'nem Hauch von Fisch.«

Carmen strafte dieses Banausentum mit der Nichtbeachtung, die es verdiente.

Ich sah zu Renate.

Die lächelte nachgerade diabolisch und kraulte Horsts Nacken. Sie sah in ihrem strengen Kostüm mit dem schütteren Greisenhaar ein bisschen aus wie Blofeld, das kriminelle Superhirn aus den James Bond Filmen. Nur dass Blofeld auf der Leinwand immer einen Perserkater massierte, keinen Haushahn.

Sie sah uns der Reihe nach an. »Ich habe da eine Idee. Was wäre, wenn wir in den Weinkeller von diesem Rudi Mehling einsteigen und ein, zwei, drei, viele Flaschen von den teuersten Tropfen mopsen und dann unter der Hand an die meistbietenden Weinsammler verscherbeln? Auch wenn wir den Gewinn durch sechs teilen müssen, bliebe für jede von uns ein erkleckliches Sümmchen übrig.«

Horst krähte.

»Du hast sie doch nicht mehr alle. Das ist völlig unmöglich«, empörte sich Carmen und verschränkte die Arme. »Absolut. Nicht. Zu. Machen.«

»Und es ist illegal«, warf Karla ein.

Carmen entschränkte ihre Arme und wischte Karlas Einwand mit einer Handbewegung beiseite. »Illegal, schnurzegal. Aber ich wiederhole nochmal: es ist absolut unmöglich! Hört mal, ich kenne seine Sicherheitsvorkehrungen. Es gibt keinen Weinkeller, der besser geschützt wäre als der von Rudi Mehling. Sein Weinkeller ist kein Keller, sondern ein Tresor. Es gibt Security Personal, eine Alarmanlage, Bewegungsmelder, eine Tresortür, die sich nur per Stimmkontrolle öffnen lässt – und zwar durch die Stimme von Mehling selbst. Und im Tresorraum mit den Flaschen befindet sich ein Sumatra-Tiger …«

»Das ist doch Quatsch!«, unterbrach Petra. »Ein Tiger im Tresor?«

»Das ist …«, fing Karla an.

»Illegal, jaja … deine Platte hat einen Sprung.« Carmen guckte trotzig. Es nervte sie, wenn man ihr Expertisentum anzweifelte. Und noch viel mehr nervte es, wenn diese Zweifel nicht von alten, weißen Männern, sondern von Mitfrauen – noch dazu Kegelschwestern – kamen. »Glaubt mir, das ist keine urbane Legende. Mehling setzt auf technische *und* biologische Überwachung. Da ist wirklich ein Tiger im Tresor, der so gut wie nie gefüttert wird und wenn doch, dann nur mit veganem Brotaufstrich. Das Tier wird regelmäßig mit einem elektronischen Tentakelstab unter Strom gesetzt, damit es nicht nur ständig hungrig, sondern auch sauer ist. Nein, ich sage euch, das ist einfach nicht zu machen.«

»Raubtiere sind legal, allerdings meldepflichtig«, stellte Karla mit amtlicher Ruhe und Kompetenz erstmal klar, um dann hinzuzufügen: »Aber Einbrüche sind illegal, definitiv illegal.« Das musste gesagt werden.

Renate hob – fast priesterlich segnend – beide Hände. »Hört mich doch erstmal an. Natürlich ist es schwierig, aber der Mensch wächst mit seinen Aufgaben. Und wir sind nicht nur Menschen, wir sind Frauen!«

Das war ein schlagendes Argument.

»Schaffen wir das denn zu sechst?« Petra blieb skeptisch. »Das muss man doch aufwändig ausbaldowern. Und ganz oft üben. Und da braucht man Kenntnisse.

Wir haben doch keine Ahnung, wie man so einen Bruch durchführt. Keine von uns hat jemals ein Verbrechen begangen.«

»Sprich du nur für dich«, warf ich ein, um auch mal was gesagt zu haben.

Renate schnalzte mit der Zunge. »Klar, schaffen wir das. Ü-ber-haupt kein Thema. Wo ein Wille ist, ist auch ein Weg. Ich sehe schon alles in Eastman-Color vor mir: Tamara lenkt mit ihrem Sex-Appeal die Security-Männer ab, ich besorge die Stimme von Mehling und öffne mit der Sprachaufzeichnung die Tresortür, Petra hat einen Hund und weiß folglich, wie man Felltiere – also auch Tiger – friedlich stimmt, und du, Carmen, kannst mit Kennerblick in Sekundenschnelle entscheiden, welche Flaschen wir einpacken sollten, um das größtmögliche Gewinnpotenzial zu gewährleisten.«

Horst krähte.

»Und was mache ich?«, fragte Karla. Klang sie ein bisschen beleidigt, weil man sie ausschließen wollte?

»Also, was denn nun?«, nölte Petra. »Du mit deinem Beamtengewissen hast doch wie bei einer Abwehrzauber-Teufelsbeschwörung drei Mal ausgerufen, dass es illegal ist!«

»Ist es ja auch. Das heißt aber doch noch lange nicht, dass ich nicht mit von der Partie sein werde. Mit mir kann man Pferde stehlen!«

»Wir wollen Wein klauen, keine Pferde«, korrigierte Carmen.

Während Karla und Carmen und Petra daraufhin eine Rangelei anfingen, in deren Verlauf die Tischfahne unseres Clubs zu Boden ging und der Sockel zerbrach, was uns als Omen hätte dienen sollen, rief Renate: »Mascha, bist du dabei?«

Mascha grinste und spielte ein paar Takte aus dem Refrain von Peter Alexanders Hit *Steck dir deine Sorgen an den Hut.*

Renate interpretierte das als Zustimmung. »Wunderbar. Das wird fein. Und wenn es klappt, muss keine von uns zu Aldi an die Kasse. Dann können wir alle fleißig weiter kegeln. Und vor allem endlich wieder Kegelausflüge machen.«

Die rangelnden Mädels ließen voneinander ab. Petra schüttelte ihren Lockenkopf und rief: »Hurra, wir machen einen Bruch!«

Mascha spielte ein paar Takte aus *Ich hätt getanzt heut Nacht,* es gab Gruppenumärmelungen und Gruppenknutschen.

Ja, bei unserem letzten Kegelclubabend war die Welt noch in Ordnung …

* * *

Rudi Mehling residierte in einer Prachtvilla mit Ahrblick. Momentan residierte Mehling jedoch nicht, sondern befand sich – laut Recherche von Carmen – auf einer Weinauktion in Doha, der Hauptstadt von Katar.

»Und wenn es nicht klappt?«, fragte ich, weil ich eine Angsthäsin bin.

Renate erklärte mit unmissverständlicher Finalität: »Scheitern ist keine Option.«

Was sollte aber auch schiefgehen?

Wir hatten uns perfekt vorbereitet.

Petra hatte eine Tupperdose Schweinehack, eine Rinderhälfte und zwei Wienerwürstchen in ihrem Rucksack, um den Sumatra-Tiger im Tresorraum mit einem Drei-Gänge-Menü milde zu stimmen.

Karla führte ihren Werkzeugkasten mit sich, um Alarmanlage und Bewegungsmelder auszuschalten.

Carmen lockerte ihre Schultern und legte den Kopf erst auf die linke, dann auf die rechte Seite. Auf ihr lastete der größte Druck. Sie musste nach dem Öffnen der Tresortür punktgenau die sechs teuersten Flaschen finden. Und zwar flott, denn sobald die Tresortür geöffnet war, blieben uns fünf Minuten, um eine Ziffernfolge in eine Tastatur einzugeben, sonst wurde Alarm ausgelöst. Und natürlich hatten wir diesen Zifferncode nicht. Wir mussten also unter fünf Minuten wieder weg sein.

Ich war die Jüngste und sollte die Sicherheitsmänner ablenken. Im Idealfall tranken sie mit mir das mitgebrachte Bier, in das wir K.O.-Tropfen gegeben hatten. Ich hatte mich in ein Stützmieder gezwängt und trug ein auf Körper geschnittenes Slinkykleid und High Heels und einen kompletten Flakon Chanel No. 5 – ein Parfüm, in das ja angeblich ein Männerlockstoffpheromon eingearbeitet war. Die Securitymänner hatten keine Chance.

Renate gurgelte zur Nervenberuhigung aus ihrem Flachmann mit bulgarischem Magenbitter aus dem Schweiß gedopter Hammerwerfer. Sie hatte sich mit Mehling auf einen Kaffee getroffen – unter dem Vorwand, sie wolle ihren Ehemann zu seinem Siebzigsten mit einem ganz besonderen Tropfen überraschen. Wie alle Sammler sprach Mehling gern über seine Passion, und als Politikergattin war Renate ja auch nicht irgendwer. Im Laufe des Kaffeegesprächs – das Renate mit einem Diktaphon aufzeichnete – war es ihr gelungen, Mehling die Worte »*Sesam*brötchen, Flaschen*öffne*r und *Dich*tungsring zu entlocken. Daraus hatte sie im Tonstudio ihres Sohnes den magischen Satz, *Sesam öffne dich* gebastelt, der uns Zugang zum Tresor geben würde. Renate hielt also das Diktaphon in der linken Hand …

… und unter der rechten Achselhöhle Horst, den Hahn.

Der krähte.

»Ich verstehe nicht, warum das Huhn mitmusste«, flüsterte Karla.

»Das ist ein Hahn«, korrigierte Renate.

»Ich frage mich echt auch, warum du den Hahn mitbringen musstest?«, wunderte sich Petra.

»Nennt ihn nicht Hahn. Er hat einen Namen!«, fauchte Renate. »Er heißt Horst.«

»Und warum ist Horst dabei?«, wollte auch Carmen wissen.

»Unser Huhn-Sitte hat abgesagt, und ich kann Horst nicht im Garten allein lassen. Die Hennen mobben ihn, weil er mein Favorit ist. Ich versichere euch, er wird den Schnabel halten.«

Wir zweifelten.

Auch deswegen, weil Horst in diesem Augenblick krähte.

Aber nun waren wir schon vor Ort, da konnten wir auch Nägel mit Köpfen machen. Die Ausbeute lockte.

Wir winkten Mascha zu. Sie war bei diesem Bruch unser Schumacher. Also, sie schusterte nicht, sie sollte nur so schnell wie Schumacher – Vater oder Sohn, egal, Hauptsache schnell – die Biege machen, sobald wir nach dem Bruch mit der Beute angerannt kamen.

Mascha winkte fröhlich zurück. Sie ging ganz in ihrer Rolle auf, trug ein Netzhemd über ihrem Top und hatte sich extra für diesen Bruch den linken Arm tätowieren lassen. Als Einzige von uns war sie gut drauf. Ich meinte, aus dem Wagen die Klänge vom *Eifellied* auf ihrem Reiseakkordeon zu hören …

Wir standen vor der Villa mit Blick ins Ahrtal und auf zahlreiche Weinhänge. Schon 1602 hatte ein Ahrweiler Stadtschreiber notiert, dass *der Wein hiesiger Gegend fürnehmste Nahrung* sei. Für uns symbolisierte diese idyllische Aussicht eine finanziell abgesicherte Zukunft.

So denn alles klappte.

»Also gut, ich geh jetzt rein«, sagte ich, ruckelte mein Kleid zurecht, aus dem meine Rundungen nachgerade obszön herausquollen, und stöckelte zum Eingang.

Das erste Problem ergab sich, als ich nach dem Klingeln an der Haustür feststellen musste, dass die beiden kompakten Securitymänner keine Männer, sondern Frauen waren. Keine Panik, redete ich mir gut zu, das sind bestimmt Kampflesben. Noch ist Hopfen und Malz – und vor allem Wein – nicht verloren.

»Hallo-o«, flötete ich. »Mein Wagen hat den Geist aufgegeben, und ich brauche Hilfe.« Ich klimperte mit den falschen Wimpern. Eine fiel ab.

»Wir rufen gern den ADAC für Sie«, bot die Stämmigere der beiden an.

Ich wollte Zeit schinden und flirtete auf Teufel komm raus. Wie sich herausstellte, waren die beiden Wuchtbrummen jedoch keine Lesben. Oder ich war nicht ihr Typ. Jedenfalls wollten sie kein Bier mit mir trinken, und als ich mich hartnäckig weigerte, das Grundstück zu verlassen, nahm mich die eine in den Schwitzkasten, und die andere wollte gerade die Polizei rufen, da stürmte Karla mit dem Schlachtruf »Gironimo!« herbei.

Dank ihrer polizeilichen Nahkampfausbildung lagen die beiden Wachfrauen kurz darauf bewusstlos am Boden. Petra verschnürte sie mit Kabelbindern. In Makramé-Technik, weil unser Lockenmädel immer auf Ästhetik achtete.

Wir stiegen die Treppe hinunter zum Weinkeller.

Karla deaktivierte mit schnellen Griffen die Alarmanlage und die Bewegungsmelder. Sie hatte was von Angelina Jolie in *Tomb Raider*. Von einer fünfundsechzigjährigen Angelina.

Kurz darauf standen wir vor der riesigen Tresortür aus Titanstahl. Jetzt kam's drauf an. Renate hielt das Diktaphon hoch und ….

… der Hahn krähte.

Zutritt verweigert, erklärte prompt eine Computerstimme vom Band.

»Mann, Renate, kannst du dein Huhn nicht besser unter Kontrolle halten?«, schimpfte Carmen.

»Horst«, maulte Renate. »Er heißt Horst.«

Nächster Versuch.

Petra hatte die Tupperdose mit dem Schweinehack geöffnet und hielt sie vor sich, um damit den Sumatra-Tiger zu besänftigen, sobald die Tresortür aufging.

»Wieso riecht das so komisch?«, fragte Karla und schnupperte.

»Das ist die Kräutermischung, die ich unter das Hack gerührt habe. Das rundet den Geschmack ab.« Petra strahlte. In der Küche machte ihr niemand was vor.

»Du tickst doch nicht richtig. Tiger sind Fleischfresser, keine Gourmets.« Karla schüttelte den Kopf.

»Die Details machen den Unterschied!«, beharrte Petra.

Renate, Carmen und ich traten zur Seite. Falls das mit dem Haute Cuisine Hack nicht klappte, sollte das Augenmerk – und Fressmerk – des Tigers auf Petra gerichtet sein, nicht auf uns.

Renate presste Horst an ihren Busen, sagte »Pst, mein Liebling« und hob erneut das Diktaphon an das Spracherkennungsmodul des Tresors. *Sesam öffne dich,* knarzte die Stimme von Mehling.

Und da ertönte ein *Pling*-Ton, und die Tresortür glitt auf.

Wir hielten alle den Atem an. Bis auf den Hahn. Der krähte. Ich sprach es natürlich nicht laut aus, aber wenn es hart auf hart kam, würde ich Renate den Hahn entreißen und ihn dem Tiger zum Fraß vorwerfen …

Doch so weit kam es nicht. Man glaubt es kaum, aber es gab tatsächlich einen Tiger. Weil der aber zu selten gefüttert wurde, lag er völlig entkräftet am Boden und sah uns nur waidwund an.

»Das arme Tier«, rief Petra, eilte zu dem Tiger und fütterte ihn mit dem Hack. Das dem Sumatra-Tiger sichtlich schmeckte. Wobei nicht klar war, ob das an den Kräutern lag.

Plötzlich ein gellender Schrei.

»AUA!« Es war Carmen. Ein Tentakelarm war aus der Wand geglitten und hatte ihn gestupst. Nicht nur gestupst, sondern ihm auch einen Stromschlag versetzt. »Das tat weh!«

»Meine Güte, hab dich nicht so«, brummte Karla. »Sag uns lieber, welche Flaschen wir einsacken sollen.«

Renate setzte das Huhn ab und stellte die Wecker-Funktion ihrer Apple Watch. Ab jetzt blieben uns noch vier Minuten und 59 Sekunden.

Carmen rieb sich die frisch unter Strom gesetzten, verlängerte Rückseite und sah sich um.

Der Sumatra-Tiger hatte mittlerweile auch die Rinderhälfte verspeist. Die Wienerwürstchen verschmähte er. Stattdessen sah er zu Horst.

Der Hahn krähte. Sein Kamm schwoll.

»Wir nehmen auf jeden Fall die hier. Und – oh mein Gott! – die hier.« Carmen wählte zügig und reichte die Flaschen vorsichtig an uns andere weiter.

»Noch drei Minuten fünfzig Sekunden«, rief Renate.

Und dann: »Noch drei Minuten!«

»Fertig!«, jodelte Carmen eine Minute später. Jede von uns hielt jetzt zwei Flaschen im Arm, vorsichtig, als ob es Babys wären.

»Summa summarum bekommen wir dafür eine Million«, freute sich Carmen.

Wir wandten uns zum Ausgang.

»Moment mal, wir können doch den Tiger nicht zurücklassen«, sagte Petra. »Das ist doch kein Leben, was er hier führt.«

»Haha, sehr lustig. Du kannst ja anonym Anzeige wegen Tierquälerei erstatten. Mitnehmen können wir ihn jedenfalls nicht«, sagte Renate, und sie klang ein bisschen eifersüchtig, weil ihr Horst ein immenses Interesse an dem Tiger zeigte, der wiederum keine Anstalten machte, Horst zu fressen, sondern ihn verliebt anschnurrte.

»Leute, es wird Zeit!«, mahnte Karla nervös.

»Ich gehe nicht ohne den Tiger«, bockte Petra.

»Verdammt und zugenäht, ich hab doch hier nicht meine Karriere und mein Leben aufs Spiel gesetzt, nur um jetzt wegen so einer blöden Großkatze vor den Hund zu gehen!«, fluchte Karla, die sonst nie fluchte.

Renate versuchte – vergeblich – trotz der beiden exorbitant exklusiven Flaschen, die sie mit dem linken Arm umklammerte, mit dem rechten Arm ihren Horst hochzuheben.

Der Tiger knurrte warnend.

»Hilf mir doch mal wer!«, verlangte Renate.

Da waren die fünf Minuten um, und der Alarm ging los. Ohrenbetäubend laut.

Der Hahn krähte wie am Spieß. Allerdings nicht ängstlich und verstört, mehr so, als wolle er der Sirene zeigen, wer hier das lautere Organ hatte.

»Dieses Scheißhuhn treibt mich noch in den Wahnsinn!«, rief Carmen, die Hühner eigentlich mochte. Grundsätzlich, aber vor allem als *Croque Monsieur* mit viel Soße. Hin und wieder auch als Hühnchen süßsauer.

»Er hat einen Namen, er heißt Horst!«, schrie Renate.

Der Tiger knurrte.

Ich schüttelte nur den Kopf und stöckelte die Treppe hinauf. Nach mir die Sintflut. Ich hatte meine Flaschen und wollte nur weg.

Die Mädels zickten noch ein, zwei Sekunden, dann wurde ihnen klar, dass sie schleunigst die Biege machen mussten. Von draußen hörte man schon, wie unsere Mascha *Schumacher* den Motor aufheulen ließ.

Hinter mir auf der Treppe nahm ich eine Bewegung wahr. Weniger eine Bewegung, mehr ein Erdbeben – es fühlte sich an wie eine Büffelherde, die über die Prärie donnerte. Die Stufen vibrierten.

Renate kam angelaufen und scheuchte Horst vor sich her, und direkt hinter ihr der verliebte Tiger und hinter dem Tiger Karla, Petra und Carmen.

Auf der obersten Stufe überholten mich der Hahn und der Tiger. Letzterer schubberte sich im Vorbeilaufen an mir, und auf meinen ungewohnt hohen High Heels geriet ich ins Schwanken und … es kam, wie es kommen musste … ich fiel rücklings die Treppe hinunter, direkt auf Renate, Petra, Karla und Carmen. Als ineinander verhaktes Menschenknäuel purzelten wir die Stufen hinunter. Was wir fünf alle gut überstanden … die Flaschen jedoch nicht. Wir lagen in einem Meer aus Scherben und rochen nach Wein.

Draußen hupte Mascha. Sie hupte panisch.

Waren das in der Ferne schon Polizeisirenen?

Wir rappelten uns auf und rannten, was das Zeug hielt …

* * *

Der Sumatra-Tiger erwies sich als Tigerin. Sie lebt jetzt bei Renate und ihrem Mann. Die sprechen zwar von einem »Kater« und nennen ihn *Jupp*, aber es ist die klein gewachsene Tigerin vom alten Mehling, die sich unsterblich in Horst, den Hahn, verliebt hat. Er erwidert ihre Liebe. Und dank seiner Spezies übergreifenden Freundin wird er von den anderen Hennen auch nicht mehr gemobbt …

Es ist aber nicht alles eitel Sonnenschein. Die Mädels und ich, wir reden jetzt nicht mehr miteinander. Wir reden nicht nur nicht miteinander, wir können uns nicht mehr ausstehen.

Obwohl die Polizei uns nie auf die Schliche kam. Es gab natürlich Täterbeschreibungen durch die beiden Securitymädels, aber wir sehen gottseidank alle ziemlich durchschnittlich aus. Und dass eine Politikergattin, eine Gourmetkritikerin, eine Oberstudienrätin, eine Polizeibeamtin, eine Musikologin und eine Bestsellerautorin einen echten Einbruch durchziehen, das glaubt ja eh keiner.

Wir gaben uns alle gegenseitig die Schuld an dem Desaster. Direkt im Anschluss, als uns Mascha wie eine gesengte Sau vom Tatort wegkutschierte. Und ich mich vor lauter Angst, geschnappt zu werden, an Renates Flachmann bediente und feststellen musste, dass der keinen exotischen Schnaps, sondern Hühnerbrühe enthielt. Woraufhin ich mich im Wagen übergeben musste. Großzügig übergeben musste. Über die komplette Polsterung und all meine Kegelschwestern. Weil in meinem Fall Bruch von brechen kam.

Damit hätte man mich noch jahrzehntelang fröhlich aufziehen können, aber wie gesagt, nach der anfänglichen Schuldzuweisungsorgie von damals reden wir nicht mehr miteinander. Keine Sterbenssilbe.

Die »fidelen Abräumerinnnen« gibt es nicht mehr.

Es hat sich ausgekegelt.

Leckerschmeckermorde

Petronella's Pralinenparadies leuchtete in großen, gelben Lettern über dem Eingang. Der ganze Laden war nicht breiter als die Leuchtschrift und lag an der Ecke Marktstraße und Neue Straße, in einem verputzten Fachwerkhaus, in dessen Gewerberäumen sich zuvor ein Telekommunikationsgeschäft und davor ein Ein-Euro-Laden und ganz früher eine Modeboutique befunden hatten. Zwischen einer Hochzeitsausstatterin und einem Gourmetmetzger. Nur zehn Schritte weiter, und man stand mitten auf dem pittoresken Marktplatz der süddeutschen Kleinstadt. Kurzum, 1A Lauflage für Einheimische und Touristen.

Uschi hatte die Konfiserie von ihrer verstorbenen Tante geerbt, die kurz zuvor im noch gar nicht so alten Alter von 55 überraschend einem Schlaganfall erlegen war.

Es muss leider gesagt werden, dass Uschi keine Ahnung vom Konfiserieren hatte.

Also, im Konsumieren von Kuchen, Torten und Pralinen schon. Uschi durfte mit Fug und Recht als rubenesk bezeichnet werden. Ihre künftigen Kunden und Kundinnen würden höchstwahrscheinlich davon ausgehen, dass Uschi jede Praline im Selbstversuch getestet und für gut befunden hatte. Das ist doch schon mal gut, oder?, dachte sie, als sie an einem verregneten Donnerstagnachmittag, kurz nach der Testamentsverlesung, ihr neues Reich betrat. Seufzend betrat. Denn natürlich war nicht daran zu denken, die Konfiserie fortzuführen. Schade eigentlich. Man hätte aus dem schnuckeligen Eckgeschäft durchaus etwas machen können.

* * *

»Sehr schnuffig. Da kann man was draus machen!«, sagte ich und schob mich an Uschi vorbei in den Laden.

»Entschuldigung, wir haben nicht geöffnet«, rief Uschi meinem Rücken hinterher. Da war ich bereits an den leeren Schaukästen entlang zu den kleinen Sitzecken im hinteren Teil der Konfiserie gelaufen.

»Wirklich schön«, konstatierte ich, ohne auf ihren Einwurf einzugehen. »Schaufensterfronten zu beiden Seiten, das macht es hell und einladend. Natürlich werden wir anfangs so wenig wie möglich verändern. Die Stammkunden müssen erst Zutrauen zur neuen Chefin gewinnen.« Ich nickte ihr zu.

Uschi schloss die Tür hinter sich, an der noch das Schild *Wegen Trauerfall geschlossen* hing. »Wer sind Sie?«

»Hat die gute Petronella Ihnen denn nie von mir erzählt, meine Kleine?« Ich hob die Augenbrauen.

Uschi schüttelte den Kopf.

Nun, ehrlich gesagt hätte mich das auch sehr erstaunt, denn Uschis verstorbene Tante Petronella kannte mich nicht. Aber dieses kleine Geheimnis hatte sie ja nun dankenswerterweise mit ins Grab genommen.

»Nennen Sie mich Hanna«, sagte ich und schüttelte Uschis Hand. »Ich bin eine alte Schulfreundin Ihrer Tante. Nicht zuletzt wegen mir hat sie sich damals mit ihrem kleinen Pralinengeschäft selbstständig gemacht.«

»Oh«, rief Uschi, und man sah ihr förmlich an, wie in ihr die Hoffnung keimte, ich würde ihr den Laden abkaufen.

Um sie zu ermutigen, schenkte ich ihr mein mütterlichstes Lächeln. »Ich mag Menschen, ich kenne mich mit Pralinen aus – ich werde Ihnen helfen, den Neuanfang so reibungslos wie möglich zu gestalten. Gemeinsam wuppen wir das!«

»Ich kann mir keine Hilfe leisten.« Uschi sah mich entschuldigend an.

»Aber ich bitte Sie, das ist ein reiner Freundschaftsdienst«, erklärte ich. »Betrachten Sie mich nicht als Angestellte. Wir sind doch fast schon Familie!«

So wurde ich an einem verregneten Donnerstag Verkäuferin in einer Kleinstadtkonfiserie.

Ungeschult, wie ich hinzufügen möchte, aber wie schwer konnte es schon sein, Süßwaren zu verkaufen?

* * *

Die Torten, Kuchen und Pralinen für *Petronellas Pralinenparadies* hatte die jüngst Verstorbene mitnichten selbst gezaubert. Sie ließ zaubern. Von einem pensionierten Konditormeister namens Höllinger, der die Verblichene einst heftig umworben hatte und in seligem Gedenken an seine Jugendliebe auch ihrer Nichte zuverlässigen Nachschub zu äußerst entgegenkommenden Konditionen zusagte.

Seine Brioches, sein Feingebäck, seine Obstkuchen und seine Trüffelpralinen schmeckten einzigartig. Manch ein Mensch hatte sein Leben schon für weniger gegeben. Allerdings schien das niemand zu wissen. Wenn wir im Laufe eines Tages zehn, elf Kunden hatten, war das schon viel. Der Teufel scheißt immer auf den größten Haufen, und der Laufkunde geht immer in den Laden, in dem schon viele andere anstehen. Leere Geschäfte haben etwas Abschreckendes. Das war zumindest meine These.

»Wer isst in *I will make you sexy*-Zeiten schon noch Pralinen?«, seufzte Uschi am Ende meiner ersten Woche und schob sich eine Mandelsplitterpraline in den Mund. »Meine Tante hat die letzten Jahre offenbar ihr Erbe investiert, um den Laden am Laufen zu halten. Aber ich habe kein Vermögen, das ich hier in den Sand setzen könnte. Wenn das so weitergeht, muss ich zum Ende des Quartals schließen.«

»Das ist noch lange hin, bis dahin fällt uns schon noch etwas ein«, erklärte ich mit der felsenfesten Sicherheit jener, die ihre Sicherheit nur vortäuschen. Da ich keinerlei Einzelhandelserfahrung hatte, konnte ich nur wild raten, womit man für mehr Kundschaft sorgen konnte. Rabattaktionen – zwei Pralinen zum Preis von einer? Tief dekolletiertes, sexy Outfit für die Chefin? Erweiterung des Sortiments um vegane-laktosefreie-glutenfreie-geschmacksfreie Aprikosenmarmelade für Kostverächter?

Das alles wurde auf mein Insistieren hin durchgesetzt, zeitigte jedoch keine unmittelbare Wirkung.

Jetzt machten sich die beiden Fensterfronten nachteilig bemerkbar – die männlichen Touristen bewunderten zwar Uschis Doppel-D Augenweide, aber von draußen. Sie kamen nicht herein und kauften folglich auch nichts. Ich erwog den Ankauf von Gardinen …

* * *

Ich wollte der ungemein sympathischen Uschi wirklich helfen. Jeden Mittag Punkt zwölf pflegte ich mich also in einen der vier Rattansessel mit Blick auf die Marktstraße zu setzen und meine Pause zu zelebrieren, in der Hoffnung, Kunden hereinzulocken, wenn ich nur besonders genießerisch meinen Cappuccino trank und in meine Brioche mit Trüffelpralinenfüllung biss, während Uschi in dem kleinen Büro im ersten Stock die nötigen Büroarbeiten erledigte und dabei immer laut seufzte.

Die Brioches von Konditor Höllinger waren himmlisch. In ihrer Konsistenz butterweich und doch bissfest. Ich sollte mir die Idee, die Brioches aufzuschneiden und mit Pralinen zu füllen, eigentlich patentieren lassen. Diese Köstlichkeit schickte Wellen durch meinen Körper, die, wenn sie mein Gesicht erreichten, ein Lächeln darauf zauberten. Ja, das muss als Gesamteindruck sehr verlockend ausgesehen haben, wie ich jeden Mittag mein kleines Ritual vor der Fensterfront zelebrierte, denn schon einen Tag später kam ein Bankertyp von der Sparkasse schräg gegenüber herein.

»Sie werden es nicht bereuen«, versprach ich, als ich ihm eine Brioche in die Papiertüte gab. »Es ist Form gewordene Verführung.«

Er lachte. »Wenn das so ist, nehme ich zwei. Ausnahmsweise, versteht sich.« Sprach's und biss gleich hinein.

Meine Chefin lugte die Treppe hinunter. »Wozu geben Sie sich diese Mühe? Ich muss den Laden ohnehin schließen«, erkundigte sie sich, kaum hatte der Kunde den Laden verlassen, eine Bröselspur hinter sich herziehend. »Es rentiert sich einfach nicht.«

Ich kehrte zu meinem Rattansessel zurück und breitete eine Papierserviette auf meinem Schoß aus. »Es ist erst vorbei, wenn es vorbei ist«, orakelte ich. »Und außerdem halte ich es mit Martin Luther – ich werde bis zuletzt ein Apfelbäumchen pflanzen. Beziehungsweise Pralinen verkaufen.«

* * *

Nein, dies ist nicht die Geschichte einer kleinen Konfiserie, die über Nacht zum Geheimtipp und zur Pilgerstätte für alle Schokoholiker wurde.

Der Banker kam zwar von nun an jeden Mittag und brachte auch mehrmals eine Kollegin mit, die gleich halbkiloweise Weinbrandbohnen kaufte, aber das war es dann auch schon. Es gab in der kleinen Touristenstadt einfach zu viele Cafés. Um mit der Konkurrenz mithalten zu können, würde Uschi jemand mit Business-Knowhow brauchen.

Mitte der zweiten Woche genoss ich am späten Nachmittag mein Stück Torte. Es war gegen sechzehn Uhr, und draußen schüttete es wie aus Kübeln. Eine Frau fortgeschrittenen Alters betrat den Laden – sehr elegant, teuer duftend, mit mehr Goldschmuck an, auf und über ihrem Chanel-Kostüm als Pharao Tutanchamuns komplette Grabbeigaben. Vom Sehen kannte ich sie. Sie lief jeden Tag vorbei und schaute von draußen herein. Jetzt hatte sie sich offenbar einen Ruck gegeben.

»Scheußliches Wetter«, kommentierte sie.

»Furchtbar«, stimmte ich ihr zu. »Was darf es denn sein? Kuchen? Pralinen?«

»Ehrlich gesagt, ich will nichts kaufen.« Aus perfekt geschminkten Augen sah mich die Frau unentschuldigend an. Ihr Blick schweifte desinteressiert über die Vitrinen. Mit ihrer Größe 36 führte sie sichtlich nicht oft Pralinen zum Mund. »Führen Sie immer noch Latte macchiato mit fettarmer Milch?«

Ich nickte.

»Dann bitte einen Latte.«

Ich hantierte mit der altertümlichen Kaffeemaschine. Die Milch musste man bei ihr noch von Hand aufschäumen.

Die Dürre setzte sich an einen Fenstertisch und fuhr mit der Fingerspitze prüfend über die Tischplatte. »Früher habe ich hier jeden Tag einen Kaffee getrunken. Aber nach dem Tod der Inhaberin …«

»Die Nichte führt die Konditorei jetzt weiter.« Ich servierte ihren Latte.

»Das wird hart für die Nichte werden«, prophezeite sie düster. »Ich führe seit meiner Scheidung das Juweliergeschäft hier gleich um die Ecke. Ganz ehrlich, ohne die Unterhaltszahlungen meines Mannes hätte ich schon längst schließen müssen. Die Innenstadt ist tot. Die Einheimischen kaufen draußen im Industriegebiet, und von den Touristen allein kann man nicht leben.«

»Wem sagen Sie das«, sagte ich und nickte zustimmend.

Sie nahm vorsichtig einen Schluck. »Hm, beim Kaffee gibt es nur ein ganz kleines Qualitätsgefälle. Das liegt vermutlich daran, dass Sie noch neu hier sind. Ich glaube, ich werde von nun an wieder jeden Tag vorbeischauen.« Sie trank aus und stand auf.

»Das freut mich sehr. Nicht doch noch eine Kleinigkeit auf den Weg?«

Sie schaute zu den Vitrinen. »Wissen Sie, als Kind habe ich ja gern Süßes gegessen. Am liebsten Windbeutel.«

Ich war sicher, dass der einzige Windbeutel in der Vitrine ihr in diesem Moment unwiderstehlich zuzwinkerte. Aber man marschiert nicht in Größe 36 durch die Wechseljahre, indem man sich seinen Gelüsten hingibt. Folglich widerstand sie tapfer und ging.

Schade, fand ich.

Und aß den Windbeutel selbst.

* * *

Am nächsten Morgen brachte nicht Konditormeister Höllinger, sondern sein Enkel, ebenfalls Konditor, die frischen Waren vorbei. Zehn Brioches, ein Viertel Bananencremetorte, ein halber Zwetschgenkuchen und zweimal fünfhundert Gramm Trüffel- beziehungsweise Nougatpralinen. Anderen Konditoreien würde diese Kleinmenge keine Stunde reichen, aber wir mussten vermutlich am Abend wieder alles selbst essen, was nicht über Nacht gelagert werden konnte.

Mir fiel der begehrliche Blick des Enkels auf – nicht auf das Naschwerk in den Vitrinen, sondern auf Uschis Auslagen. Uschi schaute nur rotwangig zu Boden. Im Umgang mit Männern war sie offenbar ebenso unerfahren wie in der Leitung einer Konditorei.

An diesem Mittag kam der Banker wieder herein und kaufte zwei Brioches, seine Kollegin erstand den kompletten Neuzugang an Pralinen, ein unbekanntes Touristenpärchen verputzte zwei Stücke Bananencremetorte und die dürre Chanel-Kostümträgerin schaute wieder auf einen fettarmen Latte vorbei. Nach einem Besuch der Fliesenabteilung beschwerte sie sich, dass unser Toilettenpapier nur zweilagig sei. Das hätte es unter der alten Chefin nicht gegeben.

Ich gelobte hinsichtlich der Mehrlagigkeit Besserung.

»Kein Windbeutel?«, fragte die Dürre noch enttäuscht, bevor sie ging, als ob ihr der Anblick allein schon einen Kick versetzt hätte.

»Morgen wieder«, versicherte ich und rief gleich im Anschluss bei Höllingers an, um zwei Windbeutel in Auftrag zu geben und bei der Gelegenheit dem Enkel zu sagen, wie beeindruckt Uschi von ihm gewesen sei, auch wenn Letzteres die pure Improvisation war und ich das nie verifiziert hatte.

* * *

Am nächsten Tag kam der Enkel wieder, und weil Uschi es nicht tat, bot ich ihm einen Kaffee an und schlug auch gleich vor, die beiden sollten sich doch zusammen im Büro oben eine Pause gönnen.

Ich sah ihnen nach, als sie die Treppe hochstiegen. Ein schönes Paar. Mit etwas Glück würden sie zueinander finden. Da bin ich ganz Romantikerin.

Nachdem er gegangen war, erzählte Uschi mit glühenden Wangen, dass er in die Konditorei einsteigen wollte. Als Investor. Vor Freude umarmte sie mich. Meine Phantasie mochte allzu optimistisch voranpreschen, aber ich hörte schon Hochzeitsglocken läuten. Also umarmte ich zurück, obwohl ich sonst nicht so der Körperkontakttyp bin.

Mittags gab es wieder Brioches und Pralinen für den Banker und seine Kollegin. Ich fand ja, dass bei beiden die Kleidung schon etwas enger saß. Gut so.

Und am späten Nachmittag schlug die Ladentür erneut an, um die dürre Chanel-Trägerin einzulassen, die an diesem Tag Prada trug.

»Windbeutel, fangfrisch«, sagte ich lächelnd und zeigte auf die beiden Prachtexemplare in der Auslage.

Sie seufzte. »Herrlich, aber nicht für mich. Ich nehme wie immer einen fettarmen Latte. Heute *to go*. Ich erwarte die Gattin des Oberbürgermeisters im Laden.«

Sie sah mich auffordernd an, als müsse ich jetzt beeindruckt schauen. Folglich schaute ich beeindruckt.

»Fettarmer Latte to go. Kommt sofort.« Ich lächelte zufrieden in mich hinein, als ich mich zur Kaffeemaschine umdrehte.

Während sie weiterhin die Windbeutel begehrlich anstarrte, goss ich den Inhalt der Phiole aus meiner Blazertasche in den Pappbecher. Die Wirkung des Giftes würde sie in ungefähr einer halben Stunde zu spüren bekommen, da wäre sie schon längst im Juweliergeschäft. Auf den Moment, wo sie Kaffee to go bestellen würde, hatte ich nur gewartet. Ich wollte nicht, dass Uschi meinetwegen das ganze Erbrochene würde aufwischen müssen. Und es würde viel Erbrochenes geben. Mit Blut und Panikurin. Ein qualvoller Tod. Auf Wunsch des Kunden. Der Alimente zahlende Ex-Mann, wie ich vermutete, auch wenn er meine Dienste anonym und online gebucht hatte.

Ich persönlich bin ja völlig unemotional und gönne meinen Opfern normalerweise einen raschen, schmerzlosen Tod. Aber Auftrag ist Auftrag, und meine Zuverlässigkeit ist in der Branche der gedungenen Problembeseitiger legendär.

Meine zwei Wochen in *Petronellas Pralinenparadies* waren somit vorbei. Schade eigentlich, ich hatte mich sehr an die leckeren Pralinen-Brioches gewöhnt …

Es fährt ein Cello nach Nirgendwo

Hm, wie haben Stachelschweine Sex miteinander? Rudi fältete die mittlerweile recht hohe Stirn und betrachtete das Foto eines Stachelschweins in der neuesten Ausgabe von *DB mobil. Die stechen sich doch gegenseitig ab, wenn sie kuscheln.*

Rudi, der unbeantwortete Fragen nicht gut aushielt, googelte auf seinem Handy *Stachelschweine* und *Sex* und fand auch ein YouTube-Video, ließ sich dann aber von dem direkt darunter befindlichen Clip über das Geschlechtsleben der Beutelmaus ablenken. Mäuse waren viel niedlicher als Schweine.

Da sackte der Mann ihm gegenüber in sich zusammen.

Sie saßen im Bordbistro des Intercity nach Westerland. Jetzt schon zum vierten Mal. Beim ersten Mal hatte Rudi nur beobachtet, beim zweiten und dritten Mal war Plönzdorf nicht allein, aber heute hatte es geklappt: Er konnte sich gleich nach der Abfahrt vom Bahnhof Hamburg-Altona neben Plönzdorf setzen, ihm wie einem alten Freund zunicken, und der nickte höflich zurück, und schon eine Viertelstunde später gelang es Rudi, die K.O.-Tropfen in Plönzdorfs Kaffee zu geben. Ja, es war voll im Bordbistro. Und genau das war der Vorteil! Wenn es vor Menschen nur so wimmelte, wie eigentlich jeden Freitag im Zug nach Sylt, dann war jeder mit sich beschäftigt.

»Hach, mein Freund ist eingeschlafen, war aber auch eine anstrengende Konzertreise. Ich bringe mal besser sein Cello in unser Abteil.« Rudi arrangierte Plönzdorf ausgeknockten Körper so in der Sitzecke, dass es tatsächlich so aussah, als würde er ein Nickerchen halten – inklusive offenem Mund und Sabberfaden. Dann nahm er den Cellokasten und ging in Richtung der ersten Klasse.

Es hätte gar nicht besser laufen können. Rudi hatte für jeden der Unterwegshalte einen Plan. Weil er nämlich glaubte, dass das Glück immer mit dem Tüchtigen ist. Und er sollte Recht behalten. Der IC hielt nur fünf Minuten später in Elmshorn auf Gleis 1.

Rudi stieg zügig aus. Der Zug nach Kiel würde in neun Minuten am selben Gleis eintreffen. Von Kiel ging es dann zurück nach Hamburg und schon morgen würde er das Cello seinem Hehler bringen, der ihm fünfzig Riesen dafür zahlte. Fünfzig. Für ein Cello. Bloß weil es von einem alten Italiener stammte, der es Siebzehnhundertirgendwas geschnitzt hatte. Rudi hatte das auch gegoogelt.

Das Leben zeigte sich ihm von seiner besten Seite. Er pfiff.

Die Lautsprecherdurchsage verkündete, dass nun der verspätete RE 21022 nach Kiel eintraf, ursprüngliche Abfahrtszeit 15 Uhr 47. Rudi war egal, welchen Zug er nahm, er musste nur in Kiel landen. Also stieg er ein.

Der Regionalexpress zuckelte durch die norddeutsche Landschaft. Rudi hielt seinen Schatz im Arm und schaute nach draußen. Klinkerhäuser, Kühe, Kradfahrer, Koniferen.

Der Schaffner kam. Rudi hatte natürlich nicht nur ein IC-Ticket nach Westerland, sondern auch ein Schleswig Holstein-Ticket gekauft. Er war für alle Eventualitäten gerüstet.

»Warum fahren wir denn so langsam?«, fragte er den Kontrolleur.

»Triebwerksschaden. In Neumünster wird die Lok ausgetauscht, danach geht's schneller.«

In Neumünster stiegen alle Raucher aus, weil der Lokaustausch für mindestens zwei Kippen reichte. Auch Rudi mitsamt Cello stieg aus. Das Rauchen wollte er sich schon lange abgewöhnen, aber wie's halt so ist …

»Wie schön, Sie sind da!« Zwei gediegen aussehende Anzugträger mit grauen Haaren kamen mit ausgestreckten Händen auf Rudi zu.

»Toll, dass Sie doch pünktlich sind. Eben habe ich noch Ihre SMS gelesen, dass Sie wegen eines defekten vorausfahrenden Zuges vermutlich eine Stunde später eintreffen.«

Rudi schüttelte ihre Hände. Die anderen Raucher schauten interessiert. Wenn Rudi jetzt darauf hinwies, dass es sich um eine Verwechslung handelte und der, den sie erwarteten, im nachfolgenden Zug saß, dann würde das Aufsehen erregen. Er hatte es ja nicht eilig, warum nicht einfach mitgehen und sich später absentieren, wenn es keine Zeugen gab?

Die Männer fuhren mit ihm zur Stadthalle.

»Wir sind sehr erfreut, dass Sie so kurzfristig einspringen konnten!«, freute sich Grauhaar eins. »Noch dazu beim zweiten Cellokonzert von Saint-Saens, mit diesen aberwitzigen Doppelgriffen. Da traut sich ja keiner ran.«

Rudi schüttelte den Kopf, als ob ihm völlig unverständlich sei, warum seine Cellokollegen nicht den Mumm für dieses Stück hatten.

»Sie haben gar keine Tasche dabei? Mit den Noten?«, fragte Grauhaar zwei.

»Ich spiele grundsätzlich auswendig«, erklärte Rudi mit der Überzeugung eines Menschen, der keine Ahnung hat, wovon er da redet, und deshalb umso glaubwürdiger klang.

Die Grauhaarigen nickten beeindruckt.

Vor der Stadthalle wimmelte es schon von Menschen. Gut, dachte Rudi, da kann ich in der Menge untertauchen. Ist natürlich mit so einem Cellokasten schwieriger, aber wird schon werden.

Während Grauhaar eins den Wagen parkte, führte Grauhaar zwei Rudi in die Stadthalle – mit dem Achtzigerjahre-Flair aus großzügigen Glasflächen und wärmendem Holz – und weiter in die Künstlergarderobe. Wo ein junges Ding auf ihn wartete.

»Sie sehen ganz anders aus als auf Ihrer Homepage«, warf sie ihm vor. Sie klang enttäuscht.

»Wer sieht sich schon auf seinen Homepagefotos ähnlich? Die sind doch alle gephotoshoppt.« Rudi ließ es klingen, als sei das eine Selbstverständlichkeit.

»Ich hatte gehofft, dass Sie mir mein Notenheft signieren.« Sie hielt ihm etwas hin, das ihm vor den Augen verschwamm, weil er keine Ahnung hatte, wer er hier war.

»Nach dem Konzert«, erklärte er. »Ich brauche jetzt einen Moment für mich allein, um mich zu sammeln.«

Grauhaar zwei schob die Maus nach draußen. »Kein Problem«, sagte er zu Rudi. »Sie teilen sich die Garderobe nur mit Maestro Gabaldi. Aber das macht Ihnen sicher nichts, Sie sind ja befreundet. Und er hat Sie uns als Ersatzmann empfohlen. Bis gleich!«

Rudi schluckte. Die Garderobe hatte kein Fenster. Als er die Tür zum Flur öffnete, stand draußen der Grauhaarige wie so ein Bodyguard.

Allmählich musste Rudi einräumen, dass er ein Problem hatte. Und wenn dieser Gabaldi kam, würde die Kacke erst so richtig dampfen. Das Plakat neben dem Spiegel zeigte einen überdimensionalen Lockenkopf, darunter die Worte *Gabaldi dirigiert Saint-Saens* und der Aufkleber *Ausverkauft*. Na toll.

Rudi ging wieder zur Tür.

»Ich müsste mal aufs Klo«, sagte er zu dem Grauhaarigen.

»Sie haben eine eigene Toilette in der Garderobe rechts …«, erwiderte der.

»Die ist mir zu klein«, erklärte Rudi. »Ich brauche Luft zum Atmen.«

»Ja, äh, dann … bitte mir nach.« Der Grauhaarige stutzte kurz, als Rudi ihm mit dem Cellokasten folgte.

Die Toilette, in die der Grauhaarige ihn führte, war leer. So weit, so gut. Allerdings gab es auch hier kein Fenster ins Freie. Rudi erleichterte sich kurz, wo er schon hier war, wollte er das nutzen, ratschte seinen Hosenschlitz zu, nahm den Cellokasten und ging zur Tür.

Doch auf halber Strecke wurde die Tür aufgerissen und der riesige Lockenkopf vom Plakat torkelte herein. Noch im Mantel, aber schon mit geöffnetem Hosenschlitz.

Das war jetzt blöd. Er würde wissen, dass Rudi nicht der war, für den ihn alle hielten. Aber der Lockenkopf guckte ihn nur aus blicklosen Augen glasig an. Dann ging er in die Knie.

Besoffen zur Arbeit?, dachte Rudi noch, und er dachte es hoffnungsvoll, aber da schlug der Lockenkopf auch schon schwer mit der Stirn auf die Fliesen auf. Es gab ein unschönes knackendes Geräusch, vermutlich sein Nasenrücken, und da sich nun sein Rücken präsentierte, sah Rudi, dass ein Messer darin steckte. Eigentlich kein Messer, mehr schon eine Machete.

Rudi atmete schwer aus. Heute war nicht sein Tag.

Er lugte auf den Flur hinaus. Rudis Kumpel Ernö arbeitete hin und wieder als Auftragskiller, darum wusste Rudi, wer immer diesen Gabaldi abgestochen hatte, war bereits über alle Berge. Und es war ihm ein Anliegen, es ihm möglichst zügig gleichzutun und zu verschwinden. Der Flur direkt vor der Toilette war leer. Rudi sah nach links. Niemand. Dann nach rechts. Am entfernten Ende sah man den Grauhaarigen telefonieren.

Rudi schob sich mit dem Cellokasten im Arm in den Flur.

»Hallo.« Ein sinnliches Hauchen. Es war die Autogrammmaus. Mit Groupieblick.

Rudi zuckte zusammen. »Wo kommen Sie denn her?«, fauchte er.

»Damentoilette.« Sie wies mit dem Kopf auf die Nebentür und sah ihn aus großen Augen an. »Lampenfieber?«

Rudi überlegte in Windeseile. Die Kleine konnte sein Ticket nach draußen sein. »Ja«, sagte er deshalb, »ich brauche dringend frische Luft. Das ... äh ... sollte aber keiner mitkriegen.«

Sie lächelte. »Kein Problem.« Schon hatte sie ihn am Jackenzipfel gepackt und zog ihn nach links. »Da hinten geht es zum Rolltor, wo die großen Tourbusse andocken, damit die Roadies das Equipment ausladen können.«

»Rolltor?«, krächzte Rudi. Rolltore quietschten.

»Vertrau mir.«

Sie huschte flink und gazellengleich durch die Flure, schlug Haken, wenn ihnen jemand entgegenkam, und tatsächlich standen sie keine fünf Minuten später auf dem Parkplatz vor einem alten VW-Bus, in den sie Rudi mir nichts, dir nichts hineinschob. Dann kletterte sie hinterher und schloss die Tür. »Geschafft!« Sie strahlte.

»Ich wollte Frischluft«, sagte Rudi und wollte an ihr vorbei aus dem Bus.

Sie rollte eins der Fenster herunter. »So bitte.«

Rudi schwante Schlimmes. Ernö, der, wenn er nicht gerade Menschen mordete, in einer Coverband die Songs von Chris de Burgh an der Bassgitarre killte, hatte ihm von diesen zügellosen Groupies erzählt, die Musiker sammelten wie andere Stöckelschuhe. Rudi fand die Kleine ja ganz niedlich, aber nicht jetzt und nicht hier.

»Darf ich mal anfassen?«, fragte sie mit sinnlicher Stimme.

»Nee du, ich ... äh ... bin schwul«, verkündete Rudi mit einer Finalität, die seine Kronjuwelen schützen sollte.

»Was hat denn das mit deinem Cello zu tun?«, fragte sie und guckte verständnislos.

Rudi kam der Gedanke, dass hier ein Kommunikationskollaps vorlag. »Mein Cello?«

»Ja.« Sie streichelte zärtlich den Kasten.

»Ach so, ich dachte schon ...«

»Dass ich was von dir will?« Sie lachte glockenhell auf. Ein bisschen zu schnell und zu hell. So hässlich fand sich Rudi nun auch wieder nicht.

»Ich hab eben schon dem Dirigenten einen geblasen, ich bin für heute durch«, erklärte sie, mehr so dem Cellokasten als Rudi. Ihr Blick verschlang förmlich begehrlich die Instrumentenhülle.

In Rudi arbeitete es. Er war mehr so der Mann fürs Ausführen – wenn man ihm sagte, da ist so ein Cellist und dem klaust du das Cello, dann machte er das. Da konnte er sogar Eigeninitiative zeigen. Die Idee, den Typ vor aller Augen im Zug zu betäuben, war allein auf seinem Mist gewachsen. Aber sobald Sand ins Getriebe seiner Pläne geriet, rief er gern jemand an. Seinen Auftraggeber. Oder Ernö. Rudi zog sein Handy aus der Hosentasche.

»Was machst du'n da?«, wollte sie wissen.

Wenn sie den Lockenkopf gerade oral verwöhnt hatte, dachte Rudi, hat sie ihn dann womöglich auch erstochen? Nee, die war doch viel zu zierlich, um eine Machete so tief in einen Männerrücken zu bohren. Vielleicht hatte sie einen Freund, der die beiden überrascht hatte. Einen Freund, der schon einen Anfangsverdacht hatte und deshalb bewaffnet kam? Rudi sah aus dem Fenster. Aufgehübschte Menschen eilten zum Eingang der Stadthalle. Bestimmt wurde er da drin schon vermisst. Gleich würden die Grauhaarigen auf der Suche nach ihm aus dem Gebäude eilen. Er musste hier weg.

»Ich muss hier weg«, sagte er folglich und wollte die Kleine aus dem Weg schieben.

»Ich will erst dein Cello sehen«, bockte sie. »Nur einmal anschauen. Und drüberstreichen.«

»Nur anschauen«, erklärte Rudi resignierend. »Aber nicht antatschen. Hautfett verursacht Holzfraß.«

Sie atmete schneller und nickte.

Rudi öffnete den Cellokasten.

Der leer war.

Also nicht wirklich leer: Unterwäsche, Badelatschen, ein Kulturbeutel, ein Taschenbuch, ein Hemd zum Wechseln, was man für ein Wochenende so brauchte.

»Soll das ein Witz sein?«, fragte die Kleine.

Rudi antwortete nicht. Er schaute fassungslos in die Eingeweide des Cellokastens. Hatte Böhme gewusst, dass sein Cello gestohlen werden sollte? Oder reiste er jedes Wochenende cellolos in sein Ferienhäuschen in Kampen? Statt mit Reisetasche mit Cellokasten, weil er das so gewohnt war? Von nun an würde er keinem Cellokasten mehr trauen …

»Scheiße«, murmelte Rudi. Er war sauer. Auf den Cellisten, auf das Schicksal, auf sich selbst.

»Soll das ein Witz sein?«, wiederholte die Kleine, und es klang verdammt bedrohlich.

»Ich muss jetzt los«, sagte Rudi unwirsch und schob sie beiseite.

Ein Fehler. Nicht sein erster an diesem Tag, aber sein größter. Und auch sein letzter.

»Das glaub ich jetzt nicht«, röhrte das Mäuschen. »Erst erklärt mir diese Impotenzlocke, dass er seinen berüchtigten Elfenbeintaktstock nicht dabei hat, und jetzt hast du bayrischer Saftsack dein Cello nicht dabei?«

Rudi kam der Gedanke, dass er hier in Neumünster für Bruno Pfaffenwimmer gehalten wurde. Das war der Zweite auf seiner Liste mit sündteuren Celli gewesen, aber sein Auftraggeber hatte sich dann für Böhme entschieden.

»Es muss mir geklaut worden sein!«, erklärte Rudi und ruckelte an der Seitentür.

»Dein Pech!«, hauchte ihm die Kleine heiß ins Ohr.Und das nächste was er spürte, war die Saite, die sie ihm um den Hals schlang.

Groupies, dachte Rudi noch, da hatte der Ernö ein völlig falsches Bild gezeichnet!

Wo laufen sie denn, wo laufen sie denn hin?

Es gibt Menschen, die Pferde essen, und es gibt Menschen, die sie reiten.

Der Kleine neben mir gehörte zur letzten Kategorie.

Zwischen diesen beiden Extremen tummeln sich natürlich noch jede Menge Leute, denen Pferde egal sind. So wie mir.

»Das ist die Sicherheitschefin«, zischelte er jetzt, weil eine rothaarige Frau in einer gelben Warnweste auf uns zu kam.

Wir liefen durch die Soers. Es war Ende Juli. CHIO-Time. Aber wo vor wenigen Stunden noch fast vierzigtausend Pferdeliebhaber und -innen ihrer Passion für den Reitsport gefrönt hatten, liefen jetzt nur der Kleine, ich, die Sicherheitschefin und noch ein paar Dutzend Versprengte vom Reinigungs- und Sicherheitsdienst herum.

Es war zwei Uhr dreißig nachts.

»'n Abend«, rief er der Frau übertrieben fröhlich zu. Typisch Laie.

Ich nickte nur und vermied jedweden Blickkontakt.

Sie murmelte etwas, war aber viel zu sehr damit beschäftigt, Häkchen auf ein Klemmbrett zu kritzeln, um groß auf uns zu achten.

Der Kleine hatte mir eine Warnweste der Reinigungscrew besorgt. Wir gingen schnell, aber nicht übertrieben zügig durch die Zeltstadt, wo tagsüber unzählige Anbieter ihre Waren feilgeboten hatten, jetzt aber nur die weißen Edel-Jurten ihr wohlverdientes Nickerchen hielten.

Am Bereithaltungsplatz waren wir schon gewesen, auch in der Riders Corner und natürlich davor auch bei den Ställen, die wie eine putzige, weiße Stallstadt wirkten. Weil aber beim Stallmeister noch Licht brannte, hatten wir uns dort nicht länger aufgehalten.

Ich hatte mir ausbedungen, das komplette Gelände in Augenschein zu nehmen.

»Hier geht's jetzt zum Hauptstadion.«

»Was?«

Zum einen flüsterte er leise, wie es Amateur-Kriminelle zu tun pflegen, zum anderen sprach er ziemlich weit unten. Für meine Verhältnisse gefühlt in Knöchelhöhe. Ich bin einsachtundachtzig und überragte ihn um fast dreißig Zentimeter.

Die Location war mir fremd. Will heißen, Aachen im Allgemeinen und das Turniergelände in der Aachener Soers im Besonderen. War noch nie hier gewesen und hatte mich auch nicht richtig vorbereiten können, weil es sich um einen Eilauftrag handelte, der erst am Nachmittag hereingekommen war. Deswegen führte mich mein Auftraggeber ja auch mitten in der Nacht durchs Gelände, damit ich mir den optimalen Einsatzort aussuchen konnte. Wobei ihm, wie er sagte, etwas Spektakuläres am liebsten wäre. Deswegen lehnte er den Einsatz von Gift auch grundsätzlich ab und bestand auf den Einsatz einer Schusswaffe.

»Warum ist es da noch taghell?«

»Der Parcours legt letzte Hand an.«

Ich sagte nichts, nickte nur. Es nötigt mir immer Respekt ab, wenn andere bei der Arbeit ebenso viel Einsatz zeigen wie ich selbst.

Zwei junge Männer in Warnwesten kamen an uns vorüber. Sie musterten mich. Mein Auftraggeber neben mir wurde spürbar nervös. Er dachte wohl, sie könnten in uns lesen wie in einem Buch, hätten unseren Plan durchschaut. Ich blieb ganz ruhig. Als sehr große, sehr blonde Frau mit Idealmaßen kannte ich diese Art von Blicken: Das war kein Misstrauen – das war lüsterne Begierde.

Ich zwinkerte den beiden keck zu.

Sie wurden rot und gingen weiter. Weil sonst keine Helden der Nacht mehr zu sehen waren, die wie Heinzelmännchen dafür sorgten, dass die CHIO morgen früh reibungslos weitergehen konnte, sagte ich zu meinem Auftraggeber: »Ich brauche natürlich etwas Höhergelegenes.«

»Äh ... ja, natürlich ... wie wäre es mit dem Richterturm?« Er zeigte auf etwas, das wie ein gestrandetes, gepfähltes Ufo mit Panoramafenstern aussah.

»Etwas Höhergelegenes *ohne* Leute darin.«

»Äh ... natürlich.«

Er war nicht dumm, nur nervös. Offenbar vergab er zum ersten Mal einen solchen Auftrag.

Vom Wind verwehte Sprühtropfen der Sprinkleranlagen benetzten uns. Morgen sollte hier das *Rolex Turnier* stattfinden. Da musste der »heilige« Rasen schön grün sein. Es ging um Ruhm und Ehre, eine goldene Rolex und eine Million Preisgeld.

»Oben auf der Tribüne vielleicht?« Er zeigte auf eine der Tribünen. »Ich weiß, dass ganz hinten ein abgesperrter Bereich ist.«

Wir schritten betont lässig nach oben. Die Männer von der Reinigungscrew – es waren so gut wie ausschließlich Männer – hatten diesen Bereich bereits durchkämmt. An einem einzigen CHIO-Tag wurde zweifelsohne tonnenweise Müll zurückgelassen. Jetzt konnte man hier oben zwar nicht am offenen Herzen operieren, aber es war unwuchtfrei und sauber. Bereit für den Besucheransturm des letzten Turniertages.

Ganz oben angekommen, sah ich mich um. Erst nach der idealen Schussposition, dann nach einem Fluchtweg. »Ja, von hier hinten oben könnte es gehen.« Von hier aus hatte ich zwar freies Schussfeld, musste aber definitiv damit rechnen, dass irgendjemand mitbekam, was ich getan hatte. Auch wenn ich selbstverständlich einen Schalldämpfer verwenden würde. Also musste mein Abgang zügig erfolgen, solange alle noch in der Schrecksekunde verharrten. Das machte natürlich einen Aufschlag aufs Honorar erforderlich. Aber der Kleine hatte mehrfach versichert, dass Geld kein Thema sei.

Ich hatte ihn selbstverständlich gegoogelt. Aus reicher, sehr reicher Familie. Lauter hochgewachsene Hanseaten. Keine Ahnung, warum er so ein Knirps geblieben war. Immerhin konnte er auf diese Weise Berufsreiter werden. Es gab sicher nicht viele Reiter, die aus einem besseren Stall stammten, als die Pferde, die sie ritten. Er hier schon. Damit meine ich aber nur seine Herkunft, nicht seinen Charakter – er schien mir ganz der Typ, der beim Untergang der *Titanic* als Erster ins Rettungsboot gesprungen wäre.

Dann fand ich meinen Fluchtweg. Die Feuertreppe lag entgegenkommenderweise in der Nähe. »Ja, hier passt es gut«, resümierte ich.

Er strahlte glühbirnenreif auf. »Ich kann Ihnen auch dabei behilflich sein, das Gewehr ins Stadion zu schmuggeln. Es wird sicher ziemlich wuchtig sein.«

»Aber nein. Eine lange, schmale Waffe, die ich mit wenigen Handgriffen zusammensetzen kann.« Ich lächelte. »Und wie ich sie durch die Sicherheitskontrollen bekomme, weiß ich auch schon. Ich bin schließlich Profi.«

»Das weiß ich. Deswegen habe ich ja auch Sie verlangt. Ich sagte, ich will den Besten. Niemand aus der zweiten Garde.«

Keine Ahnung, wie er an die Adresse meines *Handlers* gekommen war. Vermutlich kannte er jemand, der jemand kannte. Für Geld kann man ja alles möglich machen. Sogar die weltbeste Auftragskillerin anheuern. Wenn ich das selbst über mich sagen darf.

Unten im Stadion sah sich jemand, der wie der Facility Manager wirkte – nicht vom Aussehen, sondern vom Habitus – inspizierend um. Ich legte die Warnweste ab. Eine Störung konnten wir jetzt nicht gebrauchen. Dunkel gekleidet, wie wir beide nun waren, verschmolzen wir mit dem Hintergrund.

Wir setzten uns auf zwei der blauen Plastikschalensitze neben dem Tribünenaufgang.

»Also gut, ich nehme an, ich soll Sie von der Konkurrenz befreien.«

Der Kleine nickte. »Vor dem Rennen werden wir morgen alle auf unseren Pferden ins Stadion reiten.«

»Verstehe.« Wenn man ihn googelte, tauchte unweigerlich auch immer der Name seines größten Konkurrenten auf: Gregori Poljakoff. Trotz des Namens ein Rheinländer. Lange Zeit schienen sie alle bedeutenden Turniere abwechselnd gewonnen zu haben, mal Poljakoff, mal er. Aber in den beiden letzten Jahren lag sein Konkurrent vorn. Deutlich vorn.

Mein Auftraggeber hatte die Anzahlung – zwei Drittel der Endsumme – bereits auf mein Offshore Konto überwiesen. Das Geld konnte ich behalten, ob ich den Auftrag annahm oder nicht. Aber ich lehnte niemals ab, egal wie schwierig. Auftragskiller ist immer noch ein Männerjob, da musste ich als Frau ständig das Toyota-Motto *Nichts ist unmöglich* unter Beweis stellen, um in der Oberliga mitspielen zu können. Kratzte mich weiter nicht – das ist mein Traumjob, und ich mache ihn gern.

»Es muss wie ein Unfall ausehen«, verlangte mein Auftraggeber jetzt. Seine Stirn hatte er dabei gefältet, den Mund fest entschlossen zu einer Linie gepresst.

Beinahe hätte ich laut aufgelacht. Im letzten Moment riss ich mich zusammen. »Entschuldigung, aber wenn man mit einem Scharfschützengewehr erschossen wird, sieht das *nie* nach einem Unfall aus.«

Er wedelte meinen Einwand mit seiner zierlichen rechten Hand beiseite. »Nein, nein, ich meine, es muss so *aussehen,* als hätten Sie Gregori totschießen wollen. Der schläft mit verheirateten Frauen, hat Spielschulden in sechsstelliger Höhe, verprügelt auch schon mal seine Stallhelfer … es muss Dutzende Leute geben, die ihn gern tot sehen würden. Da fällt der Verdacht nicht gleich auf mich.«

»Also soll Gregori gar nicht sterben, nur verwundet werden?« Ich konnte nicht ganz folgen. Der ganze Aufwand und all die Kohle nur für einen Streifschuss? Ich fand es tendenziell unbefriedigend, dass ich keine weitere Kerbe in den Lauf meines Gewehrs ritzen sollte.

»Was?« Der Kleine schreckte auf.

»Die Kugel soll diesen Gregori nur streifen?«

»Nein!« Mein Auftraggeber wurde rot im Gesicht. Besonders dezidiert, so als ob er es einem begriffstutzigen Kleinkind erklären müsse, erklärte er: »Gregori soll überhaupt nichts passieren! Es muss nur so aussehen, als hätten Sie es auf ihn abgesehen. Aber in Wirklichkeit erschießen Sie das Pferd.«

»Wie bitte?«

Ich musste mich verhört haben.

»Sie sollen Gregorius erschießen. Den Wallach. Gregori hat das Tier nach sich benannt, als er ihn damals als Jährling gekauft hat – wie albern ist das denn bitte?« Er schaute erst verächtlich, dann bitter. »Gregori ist keinen Deut besser als ich, aber auf Gregorius ist er unschlagbar. Als ob schwarze Magie im Spiel wäre. Absolut unschlagbar. Kurzum, das Pferd muss weg.« Der Kleine redete sich in Fahrt. Ein Sabberbläschen bildete sich in seinem Mundwinkel. »Ich habe alles genau durchdacht. Natürlich ist es vorstellbar, vielleicht sogar wahrscheinlich, dass das Turnier danach abgesagt wird. Aber ab nächstem Jahr – wenn er kein Wunderpferd mehr hat – habe ich die besseren Karten. Und dann kann Gregori einpacken!«

Er grinste breit und sah zu mir auf. »Sie werden vermutlich größere Kugeln brauchen, damit der Klepper auch wirklich stirbt, oder? Aber vielleicht reicht es ja auch, wenn Sie mehrere Kugeln abfeuern, wie?« Er formte sein Patschehändchen zur Waffe und machte *ratterratterratter*-Geräusche wie bei einer Maschinengewehrsalve. Weil ich nicht gleich antwortete, hakte er nach: »Und? Kriegen Sie das hin? Was sagen Sie?«

Ich sagte nichts.

Ich zog einfach nur meine Beretta mit Schalldämpfer heraus und erschoss ihn. Mitten in die Stirn.

Er rutschte vom Plastikschalensitz, kullerte ein paar der Stufen hinunter und blieb dann mit verrenkten Gliedmaßen liegen. Es bildete sich eine Blutlache unter seinem Kopf, aber die blieb so klein wie der ganze Mann.

Wissen Sie, ich mag keine Menschen, darum tut es mir um die nie leid.

Aber bei Tieren …

… bei Tieren ziehe ich die Grenze!

Die Doris macht das Gift

Da drüben steht er, neben dem Händel-Denkmal, und schaut zur Marktkirche: unscheinbar in beige Stoffhose und beige Windjacke gekleidet, einen leeren Jute-Einkaufsbeutel in der Hand haltend. Keiner ahnt: er ist einer der gefährlichsten Verbrecher der neueren deutschen Geschichte. Diverse Raubmorde gehen auf sein Konto. In diesem Moment steht er kurz vor der Ausführung seiner nächsten perfiden Tat, bei der er schonungslos über Leichen gehen wird, wenn es sein muss. Und es wird sein müssen, weil er keine Zeugen gebrauchen kann.

Er weiß allerdings nicht, dass er in exakt fünfunddreißig Minuten und siebenundzwanzig Sekunden selbst tot sein wird. Gewaltsam vom Leben zum Tode verbracht.

Wer wird es tun? Wer bringt ihn um?

Der junge Student mit dem Hipster-Männerhaarknoten, der gerade quer über den Marktplatz von Halle an der Saale sprintet?

Die beiden feisten Gesellen namens Hämmerle und Breitmayr, die sich in *Steinecke's Backstube* just in diesem Augenblick mit süddeutschem Dialekt ihre tägliche Dosis Kohlehydrate in Form von zwei Snackbaguettes Salami bestellen?

Oder Doris Patzek, die junge Ehrenamtliche, die Mitglied im Freundeskreis der Marienbibliothek ist und heute die Schlüsselgewalt besitzt, wenn die Bibliothek, wie jeden Montag und Donnerstag von 14 bis 17 Uhr, ihre Pforten öffnet? Heißt diese Geschichte wegen ihr, wie sie heißt?

Oder kommt doch alles ganz anders?

* * *

Immer diese lästigen zehn Minuten, bevor der *Jägermeister* anfängt zu wirken. Michael ›Michi‹ Gensch bechert nicht oft, nur wenn er sich Mut antrinken muss, und jetzt und hier braucht er definitiv einen Kräuterschnaps. Er steht im Innenhof vor dem 1890 erbauten Bibliotheksgebäude und betrachtet die ansprechende Fassade.

»Warten Sie auf mich?«

Michi zuckt zusammen und schiebt die Mini-Flasche in seine Jeanstasche.

»Tut mir leid, ich wollte Sie nicht erschrecken. Hallo! Sie sind bestimmt Herr Gensch, der Student. Ich bin Doris Patzek, kommen Sie mit.«

Die Marienbibliothek in Halle ist die älteste, seit ihrer Gründung im Jahr 1552 ununterbrochen öffentlich zugängliche evangelische Kirchenbibliothek in Deutschland. Lange ein bibliothekarer Hotspot, fiel sie im vorigen Jahrhundert in einen Dornröschenschlaf, gilt nur noch unter Historikern als ein verborgenes Refugium. Wenn dieser Tage jemand, nach Voranmeldung, vorbeikommt, dann meist Privatleute, die in den Kirchenbüchern ihre Familiengeschichte erforschen wollen.

Mit dieser Begründung hat sich auch Michi Gensch angemeldet. Frech gelogen.

Er schluckt schwer und folgt der jungen Frau, die gazellengleich die Treppe in den ersten Stock hinaufeilt, wobei er kaum mithalten kann. Nicht, weil er unsportlich wäre, nein, sein schlechtes Gewissen lastet tonnenschwer auf seinen Schultern und verwandelt jede Stufe in den Mount Everest.

»Sind Sie zum ersten Mal hier?«, fragt Doris, als sie erst die Holz- und dann die Eisentür zum Bibliothekssaal aufschließt.

Michi nickt. Weil er hinter ihr steht und sie sein Nicken somit nicht sehen kann, will er »Ja« sagen, es kommt aber nur eine Art Gurgeln heraus. Dass die junge Bibliothekarin so sexy ist, macht seine Mission nicht leichter.

Sie treten in den riesigen, sieben Meter hohen Saal mit den beiden Zwischengeschossen, der genauso aussieht, wie man sich eine uralte Kirchenbibliothek vorstellt, nur sehr viel heller: voller Bücher und Atmosphäre. Und mit einer sensationellen Eisentreppe.

Michi ist kurz ergriffen. Er liebt Bücher. Und Bibliotheken.

»Sie können Ihre Sachen im Büro ablegen«, bietet Doris an, die hinter ihm wieder abschließt und ihn anschließend nach links in das gemütliche, wenn auch etwas chaotische Eckbüro führt, in dem sie an den Öffnungstagen meistens allein sitzt. Sie freut sich immer, wenn jemand vorbeikommt. Und heute freut sie sich besonders, denn nur selten sind die Besucher der Bibliothek so schnuffig wie dieses Prachtexemplar von einem Mann. »Möchten Sie einen Kaffee?«

»Danke, nein«, sagt Michi, der seine Stimme wiedergefunden hat. Er will es möglichst rasch hinter sich bringen. »Ich widme mich besser gleich den Kirchenbüchern.«

»Natürlich. Mir nach.«

»Bitte keine Umstände, ich finde mich auch allein zurecht.« Was natürlich Quatsch ist, weil er ja noch nie hier war.

»Das sind doch keine Umstände.« Doris wirft ihre Tasche auf den großen Arbeitstisch in der Mitte des Büros und geht wieder in den Bibliothekssaal, Michi im Schlepptau.

Seine Aufregung wächst. Er ist in seinem Leben noch nicht oft vom rechten Weg abgekommen – das hier ist Terra incognita für ihn.

Michi Gensch studiert im vierten Semester Literaturgeschichte und hat bei einem Zufallsfund während seiner Recherchen eine sensationelle Entdeckung gemacht: er kann eine Lücke im Lebenslauf von Johann Wolfgang von Goethe schließen! Michi kann beweisen, dass Goethe sich in eine Hallenserin verliebte und dass er die Marienbibliothek besucht hat. Und zwar 1805. Das 55-jährige, von Koliken geplagte Universalgenie ließ sich von Stadtphysikus Johann Christian Reil behandeln und wohnte währenddessen bei seinem alten Freund Friedrich August Wolf, dem Begründer der Altertumswissenschaft, und dessen blutjunger, sonnenscheinschöner Tochter Wilhelmine, genannt Minchen. Der damals schon wampenbäuchige Dichterfürst fing mit Minchen eine heimliche Liebelei an, um *»sich mit einer kleinen Liebschaft vor langer Weile zu schützen«*, wie er es vermutlich seinem Freund und Intimus Schiller geschrieben hätte, wäre der nicht schon im Mai 1805 verstorben.

Michi hat rein zufällig in einem alten Erbauungsbüchlein einen Brief von Wilhelmine gefunden, in dem sie einer Freundin kurz vor ihrer Verehelichung schrieb: »*Seine Exzellenz, der Geheime Rath von Göthe, erwies mir die Ehre, mir seine Zuneigung durch allerlei Tändeleien und auch mit gar schönen Worten in einem Brieflein zu gestehen welches ich in meiner lieben Mutter Bibel versteckte, auf dass es mein Vater nicht finde und sich gräme. Wie ich aber heute vom Tee bei Frau von Z. kam, trug mir das Dienstmädchen zu, dass Vater und der Geheime Rath auf dem Weg zu Johann Christlieb Kemme seien, um ihm zu treuen Händen Mutters Bibel für seine Bibliothek zu überlassen.*«

Er muss diese Bibel finden! Womöglich hat Goethe dem Minchen in diesem Brief sogar ein Gedicht geschrieben. Das wäre eine literarische Sensation, und er wäre ein gemachter Mann. Natürlich hätte er das melden müssen – seinem Prof, der Bibliotheksleitung –, aber das hätte seinen Ruhm geschmälert. Ein Teil von ihm schämte sich, aber ein anderer Teil peitschte ihn voran.

»So, hier sind die Kirchenbücher. Welche Jahre brauchen Sie?« Doris steht wieder neben der Eingangstür und zeigt auf diverse, schwarz gebundene Folianten.

Mist. Erstens hat sich Michi vorgestellt, allein durch die Bibliothek streifen zu können, und zweitens hat er sich für Uroma und Uropa, deren Ahnen er angeblich suchen will, keine genauen Daten überlegt.

»Äh …«

Er wird durch das Läuten der Türglocke gerettet.

»Ah, das muss die zweite Anmeldung sein ... der Bibelforscher«, sagt Doris mit Blick auf ihre Armbanduhr und zückt ihren Schlüsselbund. »Einen Moment, bitte.«

Vor der geöffneten Tür steht ein unscheinbarer Mann in Windjacke und Stoffhose und mit einem leeren Einkaufsbeutel.

»Ich komme wegen Plocks Bibel«, sagt der Mann. Am Telefon hat er sich als Theologe angemeldet, der einen Blick auf einen ganz besonderen Schatz der Marienbibliothek werfen will: eine Bibel aus dem Besitz des Seidenstickers Hans Plock in deutscher Sprache, datiert auf das Jahr 1478, also noch vor Luthers Bibelübersetzung.

»Nur immer herein in die gute Stube.« Doris strahlt. Sie ist ein Ausbund an Fröhlichkeit. Als der Neuankömmling Michi Gensch bemerkt, stockt er kurz.

Doris zeigt nach oben. »Unsere Bibeln sind ...«, fängt sie an, aber da passiert es ...

... Hämmerle und Breitmayr stampfen wie eine wild gewordene Büffelherde die Treppe hinauf, schubsen den Unscheinbaren kraftvoll in den Bibliothekssaal, sodass er über die grau-gelben Fliesen schlittert und unsanft gegen die Eisenstufen mit dem Blümchenmuster prallt, und entreißen Doris den Schlüssel für die Eingangstüren.

»Huch!«, entfährt es Michi.

»Wir wollen die Hände!«, ruft der Größere der beiden Eindringlinge. Es ist Hämmerle, aber wie er heißt, wissen Doris, Michi und der Unscheinbare in diesem Moment natürlich nicht. Hämmerle zückt eine Pistole.

Die Hände von Doris, Michi und dem Unscheinbaren schießen in die Höhe. Sie sind jetzt Geiseln!

Breitmayr, der Kleinere der beiden, schließt die Tür ab. Ursprünglich hatten sie einfach klingeln wollen. Dass gerade jemand eingelassen wurde, war pures Glück für sie.

»Hände her!«, röhrt Hämmerle.

»Höher geht nicht«, sagt Doris.

Hämmerle guckt verständnislos.

»Nicht *Eure* Hände, die Hände von Luther. Her damit!«, verlangt Breitmayr. »Und zwar pronto, wenn ich bitten darf!«

Hämmerle und Breitmayr sind Grundschulfreunde, zusammengeschmiedet durch unzählige Stunden des Nachsitzens und, später dann, vieler gemeinsamer Jahre in der JVA Bruchsal. Sie eint aber noch mehr, nämlich der niedrige Intelligenzquotient. Niedriger als einstellig. Eigentlich im Minusbereich. Deswegen haben sie auch nur eine *klein*kriminelle Laufbahn, die sie nun krönen wollen, indem sie die Hände von Martin Luther auf dem Schwarzmarkt anbieten. Irgendwo da draußen gibt es bestimmt einen Sammler, der für die Hände ein Vermögen löhnt. Denken die beiden.

Nun muss man wissen, dass die Kirchenältesten von Halle im Jahr 1663 den Handwerker Lucas Schöne damit beauftragten, eine lebensgroße Nachbildung des berühmten Reformators zu erstellen, auf Grundlage seiner aus gelbem Wachs gegossenen Totenmaske und der Abformung seiner gichtigen Hände. Lucas Schöne ergänzte die Maske mit einem Hinterkopf und klebte Glasplättchen mit aufgemalter Iris auf die Augen, um einen lebendigen Gesichtsausdruck zu erzeugen, und in eine der gichtigen Hände steckte er eine Schreibfeder. Anschließend bekleidete er ihn mit Talar und Doktorbarett und setzte ihn an einen Tisch mit der lutherischen Bibelübersetzung. Je nun, möchte man sagen, aber diese Art der Zurschaustellung entsprach eben dem barocken Lebensgefühl, und später war es dann einfach Tradition. Über 250 Jahre saß Luther so da. Bis in die zwanziger Jahre des vorigen Jahrhunderts hinein, dann wurde er demontiert. Nur die originalen Wachsabgüsse der Totenmaske und der Hände des Reformators sind in der Turmkammer der gegenüberliegenden Marktkirche noch zu sehen.

Was alle Welt weiß oder zumindest in jedem Touristenführer nachlesen kann. Hämmerle und Breitmayr haben das aus irgendeinem Grund aber nicht mitbekommen.

»Wird's jetzt!«, verlangt Breitmayr, der nun ebenfalls mit einer Pistole auf die drei Geiseln zielt.

Michi schluckt schwer.

»Also … die Hände sind drüben in der Kirche«, sagt Doris, die weniger angstfrei, mehr interessiert wirkt.

»Das ist ein Trick, die will uns nur loswerden«, räsoniert Hämmerle.

Der Unscheinbare denkt, dass sich in der Trommel seines Revolvers, der in seinem hinteren Hosenbund steckt, acht Schuss befinden und er somit jeden der anderen zweimal erschießen kann, um dann in aller Ruhe nach der Plock-Bibel zu suchen, für die er bereits einen durchgeknallten, texanischen Bibelsammler als Käufer an der Hand hat. Aber er will auf Nummer sicher gehen und erstmal abwarten, ob die beiden Dummies nicht womöglich noch einen Kumpan haben, der draußen Schmiere steht.

Doris nickt mehrmals. »Ganz ehrlich, die Wachshände sind wirklich drüben in der Kirche.«

»Wie? Wachs?« Hämmerle legt die Stirn in Falten. »Es sind nicht die echten?« Hämmerle hatte immer gedacht, das Wachs sei nur zum Schutz über die originalen Hände gegossen. Wie Sonnenmilch gegen Sonnenstrahlen. Oder Fettcreme gegen Falten.

Breitmayr bleibt skeptisch. »Da oben sehe ich doch eine Vitrine«, ruft er und zeigt in die Höhe.

»Da sind nur Schuhe drin«, erklärt Doris. Die von Melanchton und einer Türkin, will sie noch ergänzen, wird aber von Breitmayr unterbrochen.

»Schuhe? In 'ner Bibliothek? Quatsch! Hoch da! Alle!«

Doris steigt die Stufen der Eisentreppe hoch. Hinter ihr Michi, der eigentlich mehr Angst haben müsste, aber vom Anblick der Beine von Doris abgelenkt wird. Dann der Unscheinbare, dem Hämmerle einen Stoß ins Kreuz versetzt. Der Unscheinbare denkt, dass er die beiden jungen Leute mit je einem Schuss ausschalten wird, damit zwei weitere Kugeln für Hämmerle übrig bleiben. Er wird ihn langsam killen: erst ein Schuss ins linke Knie, dann ein Schuss ins rechte Knie, dann in die Stirn. Keiner schubst ihn ungestraft!

Hämmerle schubst ihn nochmal, als sie am Treppenkopf angelangt sind, wo es für alle fünf etwas eng wird.

Links neben dem Rundbogenfenster steht eine kleine Vitrine, in der sich tatsächlich Schuhe befinden. Vergleichsweise winzige Schuhe – die Menschheit ist durch die Evolution nicht klüger geworden, dafür aber größer.

»Sch…«, flucht Breitmayr. Ihm dämmert, dass die Bibliothekarin ihn womöglich doch nicht anlügt. Und nun? Ohne ein Heißgetränk und eine Fluppe kann er nicht denken.

»Gibt's hier Kaffee?«, fragt er Doris.

»Ich kann rasch einen machen.« Sie nickt hilfsbereit.

»Du gehst mit«, sagt Breitmayr zu Hämmerle.

Der Unscheinbare und Michi Gensch haben mitbekommen, dass sie nun direkt vor der Bibelsammlung der Bibliothek stehen, quasi am Ziel ihrer Wünsche. Diskret schauen sie sich um. Jeder für sich, versteht sich.

»Was guckt ihr denn da?«, blafft Breitmayr sie an, während Hämmerle und Doris nach unten in Richtung Büro entschwinden.

»Bibeln«, sagt Michi und zeigt dabei mit zittriger Hand auf eine lateinische Bibel aus Straßburg aus dem Jahr 1481, Rindsledereinband mit Metallbeschlägen und Schließen. Er tut sich selber leid, weil sein junges, vielversprechendes Leben womöglich jede Sekunde völlig sinnlos ausgelöscht wird.

»Ist die was wert?«, will Breitmayr wissen und riecht gewissermaßen Licht am Ende des Tunnels.

Michi nickt.

Breitmayr hat im Fernsehen zweimal *Der Name der Rose* gesehen. Er denkt, dass alle alten Bibeln von den Mönchen mit vergifteter Tinte geschrieben wurden.

»Rausnehmen«, sagt er deshalb zu Michi.

Der nimmt die Bibel, ein recht schweres Teil, aus dem Regal, legt sie auf die Vitrine mit den Schuhen und schlägt sie auf. Schade, kein *Ex Libris* von Friedrich August Wolf. Er hätte gern in den letzten Augenblicken seines Lebens seinen heiligen Gral gefunden. Michi kommt eine Idee. »Vielleicht gibt es ja noch wertvollere Bibeln. Soll ich nachsehen?«, bietet er Breitmayr an.

Der nickt.

Während Michi und der Unscheinbare die Bibelsammlung durchgehen – beide mit Hintergedanken, Michi auf der Suche nach der Wolfschen Familienbibel mit dem Goethe-Liebesbrief, der Unscheinbare auf der Suche nach der unschätzbaren Plockschen Bibel –, sind Hämmerle und Doris im Büro angelangt.

»Da ist unsere Kaffeemaschine«, sagt Doris und zeigt auf ein kleines schwarzes Teil, in das man Kapseln stecken kann und gut.

»Boar, das sind ja voll viele Sorten.« Hämmerle beugt sich über die Schachtel mit den Kaffeekapseln. Weil er strohdumm ist, das aber weiß, hält er Doris am Arm fest, damit sie nicht plötzlich einen Notruf auf ihrem Handy absetzt oder an die Fensterscheiben hämmert und um Hilfe ruft. »Ich nehm die lila Kapsel und die schwarzblau-weiß gestreifte«, sagt er.

»Es geht immer nur eine Kapsel auf einmal«, hält Doris dagegen.

In Hämmerle überlegt es.

»Oder wir nehmen eine größere Tasse und drücken zweimal.« Doris zeigt auf einen Kaffeebecher neben ihrer Handtasche.

Hämmerle strahlt. Und während er die beiden Kapseln aus der Schachtel fischt, fischt Doris ein braunes Fläschchen aus ihrer Handtasche …

Oben im Zwischengeschoss der Bibliothek geht die Suche derweil weiter.

»Die da sieht hübsch aus.« Breitmayr deutet mit seiner Pistole auf einen der fetten Folianten. Alte Bibeln sind grundsätzlich nie Size Zero.

Michi will die Bibel vom obersten Regal ziehen – wenn er so weitermacht, wird er Muskelkater in den Oberarmen bekommen.

Der Unscheinbare rückt wieder einen Zentimeter weiter an die gegenüberliegende Wandseite. Dort steht ebenfalls eine Vitrine, und er ist sich ziemlich sicher, dass das Objekt seiner Begierde darin aufbewahrt wird. Falls dem so sein sollte, wird er kurzen Prozess mit diesen ganzen Idioten hier machen.

»Kaffee ist fertig«, jubelt Hämmerle.

Michi hält kurz inne.

Hämmerle und Doris kommen mit einem dampfenden Becher die Treppe hoch.

Breitmayr greift nach dem Kaffee, nimmt vorsichtig einen Schluck und spuckt ihn wieder aus. Nicht in den Becher, auf den Boden. »Schmeckt Kacke!«, sagt er, als hätten die anderen das nicht schon aus der Spuckaktion geschlussfolgert.

»He, das ist meine Spezialmischung!« Hämmerle nimmt ihm den Becher ab und trinkt auf ex, als besäße sein Gaumen keine Hitze-Rezeptoren. »Lecker!«, strahlt er.

Breitmayr schüttelt den Kopf und zieht eine Zigarette und ein Feuerzeug aus der Innentasche seiner Jacke.

»In einer Bibliothek darf man nicht rauchen«, rutscht es aus Michi heraus, der immer noch mit erhobenen Händen vor dem Bibelregal steht. Seine Mahnung ist ein Reflex. Weil er doch Bücher so liebt. Ein Reflex, den er aber sogleich bereut, weil Hämmerle und Breitmayr mit ihren Pistolen jetzt auf seinen Kopf zielen.

Er hätte sich keine Sorgen machen müssen. Hämmerle und Breitmayr haben noch nie jemand erschossen. Sie könnten es auch in diesem Augenblick nicht, weil Hämmerle, der für die Materialpflege verantwortlich ist, an diesem Morgen vergessen hat, die Pistolen zu laden.

»Wo willst du denn hin«, röhrt Breitmayr da, weil er jetzt endlich bemerkt, dass der Unscheinbare schon fast am anderen Ende der Regalwand angekommen ist. »Hol den mal zurück«, befiehlt er Hämmerle.

Doris beobachtet die ganze Zeit aufmerksam Hämmerle, der den Unscheinbaren am Arm packt und zurück zu den anderen zieht. Was der Unscheinbare nur deshalb mit sich geschehen lässt, weil in der Vitrine doch nicht, wie erhofft, die Plocksche Bibel liegt.

Breitmayr schiebt sich seine Zigarette in den Mund, klackt das Feuerzeug auf und …

… zündet sich den Glimmstängel an.

Wir, die wir dieser Szene beiwohnen, sollten uns nun wie eine Drohne über diese fünf Menschen erheben und sie wohlwollend von oben betrachten. Fünf Menschen, die das unergründliche Schicksal an ein und demselben Nachmittag in der Marienbibliothek zu Halle an der Saale zusammengewürfelt hat: Hämmerle und Breitmayr, die eigentlich Luthers Hände stehlen und verscherbeln wollten, der Unscheinbare, der eine kostbare Bibel zu stehlen gedachte und dabei die Bibliothekarin erschossen hätte, weil er niemals lebende Zeugen hinterlässt, Michi Gensch, der mit dem Auffinden eines verschollenen Liebesbriefs von Goethe das Fundament für seine weitere

Karriere gießen wollte, und Doris Platzek, die nur aushilfsweise die Aufsicht übernahm, wenn die richtige Bibliothekarin krankheits- oder urlaubsbedingt ausfiel.

Als Drohne von oben sehen wir nicht nur die fünf Menschen, sondern auch die Regale voller Bibeln, die teilweise mehrere Kilogramm wiegen. Wir sehen die Rundfenster, die die gesamte Geschosshöhe ausnützen und aus Fensterglas bestehen, das nur zwei Millimeter dick ist und gewissermaßen schon Risse bekommt, wenn man nur in seine Richtung ausatmet. Und wir stoßen mit dem Drohnenkopf gegen den Stutzen, aus dem im Brandfall unter großem Druck Inertgas ausströmt. In einer Bibliothek kann man natürlich nicht mit Wasser löschen, das würde den kompletten Bestand zerstören. Man löscht daher mit Inertgasen, die den Luftsauerstoff verdrängen, was das Feuer zum Erlöschen bringt.

Und von hier oben würden wir jetzt auch sehen, wie Hämmerle sich plötzlich mit schmerzverzerrtem Gesicht in der Leibesmitte krümmt.

»Was ist?«, will Breitmayr wissen, ehrlich besorgt, weil es auch unter Ganoven sowas wie echte Freundschaft gibt.

Hämmerle schreit qualvoll auf. Er hat das Gefühl, dass ihm gleich seine Gedärme platzen.

»Wo …«, quetscht Hämmerle hervor und lässt die Pistole fallen, damit er sich den Bauch mit beiden Händen halten kann, »… ist … das Klo?«

Dem Unscheinbaren reicht es jetzt mit diesen Pappnasen. In einer einzigen fließenden Bewegung stößt er Hämmerle zu Boden, wo dieser in Embryonalhaltung jaulend liegenbleibt, entreißt Breitmayr dessen Pistole und stößt ihn zu Michi und Doris vor die Bibeln, während er selbst am Fenster Position bezieht.

»Jetzt hört mal alle gut zu …«, zischt er mit bedrohlich klingender Stimme.

Aber was immer er sagen will, bleibt auf ewig ungesagt, denn in diesem Moment kickt Hämmerle, der es vor Schmerzen kaum noch aushält, mit beiden Beinen kräftig nach vorn …

… gegen die Beine von Michi Gensch. Der knallt gegen das Regal mit den Bibeln, und die zuoberst liegende Bibel, die er schon über den Holzrand gezogen hat, fällt nach unten – Breitmayr direkt auf den Kopf. Weil sie ohnehin schwer ist und auf dem Flug nach unten aufgrund physikalischer Gesetze gefühlt auch noch an Gewicht zulegt, wird Breitmayr ausgeknockt. Er geht – schon mit glasigem Blick – erst in die Knie und kippt dann um. Seine Zigarette schnippst dabei auf ein Büchlein mit Bibelkommentaren, dessen Bezugsstoff sofort Feuer fängt.

Doris zieht Michi mit sich in die Hocke, als der Feueralarm anschlägt und das Inertgas seine Pflicht erfüllt und unter Druck ausströmt. Unter hohem Druck. Der Laie unterschätzt das gern. Es ist wie ein rechter Haken von Klitschko.

Der Unscheinbare, der direkt unter dem Stutzen steht, wird folglich gegen die Fensterscheibe katapultiert, die seinem Gewicht nicht standhält und zerbirst.

Man darf durchaus davon ausgehen, dass er sich während seines Falls in die Tiefe grämt – weil er immer gedacht hatte, bei einer wilden Verfolgungsjagd mit der Polizei ums Leben zu kommen oder doch wenigstens beim Showdown mit einem Konkurrenten, aber nicht so, nicht durch solche Idioten, nicht durch eine saublöde Verkettung von Umständen. Wäre er nicht mit dem Kopf zuerst auf dem Innenhofpflaster aufgeschlagen, hätte er den Sturz womöglich überlebt. So aber …

… so aber identifizierte die Hallenser Polizei den Unscheinbaren als Rudi Schmittke, per Interpol gesuchten Gewaltverbrecher, vor dem die Welt nunmehr sicher war.

Breitmayr kam mit schwerer Gehirnerschütterung ins Krankenhaus, er würde es aber überleben. Ebenso wie Hämmerle. Als sie wieder in ihre Zelle in der JVA Bruchsal eingeliefert wurden, war das wie Heimkommen. Die anderen Insassen gaben eine Party.

Doris Platzek, die an jenem ereignisreichen Nachmittag nach ihrem Dienst in der Bibliothek ihre an Verstopfung leidende Großmutter hatte besuchen wollen, hatte geistesgegenwärtig die komplette Flasche Abführmittel in den Kaffeebecher gegeben. Was Hämmerle, der es natürlich nicht mehr rechtzeitig auf die außerhalb der Bibliothek liegende Toilette geschafft hatte, von da an den Spitznamen »Kleiner Scheißer« eintrug.

Michi und Doris kamen sich durch dieses gemeinsame traumatische Erlebnis näher. So nahe, dass er sich ihr bei ihrer Verlobung anvertraute und ihr von dem Liebesbrief Goethes erzählte.

Aber ob Michi Gensch, dieser Ausbund an Larmoyanz, Häufchenelendsein und Mimimi, und Doris Patzek, die stets gut gelaunte Pragmatikerin, bei der Suche nach diesem Brief je fündig wurden und was sie dabei Kurioses erlebten, das, tja das ist eine andere Geschichte …

Die vier großen H des Hallensers Till B.

»Äh … Entschuldigung? … Sind Sie tot?«

Da keine Antwort kommt und der Fleischberg vor ihm auch sonst völlig reglos bleibt, geht Till mal davon aus, dass die Antwort auf seine Frage *›ja, aber sowas von‹* lauten muss.

Er hat soeben einen Menschen ermordet …

* * *

Halloren, Händel, Hanse – diese drei großen H zeichneten Halle an der Saale aus. Fand zumindest Till Bause.

Besonders die Hanse hatte es ihm angetan. Zu der Halle von 1281 bis 1479 gehörte. Würde er an Reinkarnation glauben – was er insgeheim ein klitzekleines bisschen tat –, dann wäre er bestimmt einst ein Hanse gewesen. Darum hatte er auch – mit dem Geld aus einer kleinen Erbschaft – hier in Halle sein Hanse-Museum eröffnet.

Leider nicht am Hansering, sondern in einer Seitenstraße, die noch sehr daran erinnerte, warum man Halle vorübergehend auch »die graue Diva« genannt hatte. Hierher verirrten sich so gut wie keine Touristen.

Und selbst Einheimische schritten immer etwas schneller aus.

Die Idee zu seinem Hanse-Museum kam ihm vor ein paar Jahren auf der Erlebnisausstellung »Halle und die Hanse« auf der Saline. Die Macher wollten seinerzeit keine historisch-wissenschaftlich fundierte Ausstellung auf die Beine stellen, sondern nur Besuchern jeder Altersgruppe längst Vergangenes erlebbar machen.

Till Bause hatte da völlig andere Vorstellungen. In seinem Museum ging es um Information, um Daten, um Zahlen. Bei ihm gab es kein interaktives Mimimi, keine Gimmicks und keine haptischen oder visuellen Eintaucherfahrungen in die Welt der Hanse, nur Übersichtstafeln und einige wenige Schaukästen mit Sammlerstücken. Was mit ein Grund sein mochte, warum die Wenigen, die sich zu ihm verirrten – hauptsächlich interessierte Mitglieder des Hallischen Hansevereins, der Hanseschar und des Vereins zur Hebung der Saaleschifffahrt sowie hin und wieder ein Tourist, der nach dem Weg fragte –, lachend beziehungsweise kopfschüttelnd abzogen, nie wiederkamen und auch sonst keinen in sein Museum schickten.

Kümmerte ihn nicht weiter, das war deren Verlust. Wem die nackten Fakten nicht genügten, der hatte hier nichts verloren.

Jeden Morgen, wenn er in seiner historisch korrekten Gewandung aus weißem Leinenhemd, einem Wams aus Wollstoff und einer hautengen Hose mit Schaumkapsel um Punkt neun Uhr sein Museum eröffnete, lief ihm ein freudig-erregter Schauder über den Rücken. Er lebte seinen Traum, und das wusste er auch.

Till Bause sah auch mit Anfang dreißig noch total süß aus – nur leicht schütter werdendes Blondhaar, große, blaue Augen, weiche Haut. Ein Niedlichkeitsoverkill auf zwei Beinen, vor allem für ältere Frauen. Er hätte auf ein Fingerschnippen hin der Toyboy einer seiner Verehrerinnen werden können, aber sein Leben war das Hanse-Museum. Das erfüllte ihn in Gänze. Und seit er nur noch im Museum herumhing und nicht mehr unter Leute ging, hatte sich dieses Problem seines Lebens auch erledigt. Eine einzige blondgefärbte, ondulierte Matrone kam noch eine Zeitlang vorbei, weil sie wohl glaubte, wenn sie Interesse an seinem »Hobby« zeigte, würde ihn das auf Dauer weichkochen. Aber er verlangte jedes Mal die zehn Euro Eintritt von ihr und zeigte dabei auf das Schild »Keine Ermäßigung für Kinder, Rentner und Schwerbehinderte.« Er hatte zwar auch nicht mehr gegen Kinder, Rentner und Behinderte als sowieso gegenüber allen anderen Menschen, aber es gab kein Schild »Keine Ermäßigung für niemand«, darum hatte er dieses nehmen müssen. Langer Rede kurzes Ergebnis: Seine Verehrerin tauchte irgendwann nicht wieder auf.

Fortan gab es nur ihn und die Hanse, diesen bedeutenden Städtebund, der über 400 Jahre lang die Geschicke des Handels an Nord- und Ostsee dominierte. Er fühlte sich als Teil von etwas Großem.

Till Bause war glücklich.

* * *

An diesem schicksalsträchtigen Sommertag – es ist ein Mittwoch, mit jetzt schon 21 Grad Celsius und 53 Prozent Luftfeuchtigkeit bei 1019 hPa Luftdruck – schließt Till Bause, in seinem historischen Outfit bereits schwitzend, sein Hanse-Museum um exakt 8 Uhr 59 auf.

Als Erstes schaltet er wie immer den CD-Player ein – die drei Suiten von Händels *Wassermusik* laufen in Endlosschleife –, dann zieht er sich die Gummihandschuhe an, nimmt den Staubwedel vom Haken und schreitet wedelnd sein Museum ab.

Im Erdgeschoss hängen nur einführende Informationstafeln, mit so prickelnden Aussagen wie dass Halle schon im 12. Jahrhundert derart bedeutend war, dass es in die Weltkarte eines arabischen Kartographen gelangte. Oder dass Halle am 3. März 1281 erstmals als Hansestadt erwähnt wurde. Ja, Halle an der Saale hat schon früh die Nase in den Globalisierungswind gehalten. War ganz vorn mit dabei. 2012 wurde der sächsische Hansebund wieder ins Leben gerufen, aber den lehnt Till Bause ab. Diese Neugründung ist seiner Meinung nach nur eine Rechtfertigungs-Verbrämung für vermehrtes Event-Happening.

Oben im ersten Stock finden sich die Highlights seiner Ausstellung, beispielsweise eine Vitrine mit der Überschrift »Die Hanse in der Philatelie« und fünf Briefmarken mit Hanse-Motiven aus Deutschland und Dänemark. Daneben steht der Nachbau einer Kogge, wie sie womöglich auch auf der Saale gefahren war – natürlich nicht in Originalgröße, sondern nur ungefähr zwanzig Zentimeter hoch und aus Lego-Steinen. Grauen Lego-Steinen, weil die Hanse ja in der Schwarz-Weiß-Zeit existiert hatte.

Über der Kogge ist auf einer Tafel zu lesen, dass die Hallenser ihr Salz nur im Ausnahmefall verschifften. Halle gehörte zu den Binnenstädten der Hanse und erledigte seine Warentransporte mehrheitlich auf dem Landweg. Till ist absolute Korrektheit wichtig.

Sein einziges Zugeständnis an die Erwartungshaltung etwaiger Museumsbesucher sind zwei Schaufensterpuppen in nachempfundener Tracht der Zeit. Da er dieselbe Kleidergröße wie die männliche Puppe hat, tauscht er regelmäßig mit ihr die Kleidung, was problemlos geht, weil beide Hartplastikarme locker sitzen und sich herausnehmen lassen.

Die weibliche Puppe ist in ein Kleid aus rotem Wollstoff mit einem Schalkragen aus Kaninchenfell gewandet, wie es die Frau eines durchschnittlich wohlhabenden Hansen getragen hätte. Sie trägt auch Unterwäsche, die Till ihr selbstverständlich nicht selbst angezogen hat. Das hat er seiner damaligen Verehrerin überlassen. Die auch die Kostüme geschneidert hat. Und trotzdem Eintritt zahlen musste. Vielleicht hat sie deswegen der Frauenpuppe unter dem Kleid eine Nylonstrumpfhose angezogen. Als passiv-aggressive Retourkutsche, kurz bevor sie das Handtuch warf. Weil sie genau wusste, dass er nie an die Puppe Hand anlegen würde und ihn diese historische Unkorrektheit langsam innerlich auffressen würde. Es muss nicht extra erwähnt werden, dass Till Bause noch Jungfrau ist, oder? Sein Leben ist der Hanse gewidmet, für sie atmet und arbeitet und kämpft er.

Jedenfalls steht er an diesem Mittwochmorgen gerade mit seinem Staubwedel vor der holzwurmlöchrigen Armbrust, seinem teuersten Stück, als unten der Frosch quakt.

Die Armbrust ist ein Original von einer der Friedekoggen der Hanse, die vor allem gegen die Seeräuberei eingesetzt wurden und auf der Kriegsknechte mitfuhren, die im Kampf ausgebildet waren und vor allem Armbrüste und Langbogen verwendeten. Und der Frosch hat einen Bewegungsmelder und quakt immer, wenn die Museumstür geöffnet wird.

Till stutzt. Ein Besucher? Seit fast einem halben Jahr war keiner mehr da. Im Grunde stört es ihn auch, wenn Fremde kommen. Die stellen dumme Fragen und machen Dreck. Er kann gut ohne.

Stirnrunzelnd geht er daher die Wendeltreppe nach unten und hängt den Staubwedel an seinen Haken.

»Tach.« Ein ungepflegt wirkender Mann, vermutlich in Tills Alter, steht mit einer Eiswaffel in der Hand vor der Schautafel mit den verschiedenen Grenzen der Hanse in den Jahrhunderten ihrer Existenz. Das Eis tropft.

»Macht zehn Euro«, sagt Till und zeigt auf das *Keine Ermäßigung*-Schild.

»Echt jetzt? Zehn Euro für das hier?« Der Mann holt weit mit dem Arm aus. Es ist der Arm mit der Hand, in der er das Eis hält, weswegen sich gleich darauf eine Tropfenspur an den Wänden entlangzieht.

»Die wertvollen Exponate befinden sich im oberen Stock«, erklärt Till automatisch, obwohl er sehr viel lieber »Verpiss dich!« geraunt hätte. Letzteres traute er sich aber nicht, weil der Kerl gut einen Kopf größer und doppelt so breit ist wie er. Angesichts körperlicher Überlegenheit wird man ja gern mal spontan zum Pazifisten.

»Na gut, ich fliege ja solo, da kann ich mir auch mal was gönnen.« Der Eisschlecker lässt die Waffel mit dem Eis in den nicht ausgekleideten Metallpapierkorb neben dem Tisch mit der Kasse fallen, aus dem gleich darauf geschmolzenes Eis heraussuppt.

In Till beginnt es zu köcheln.

»Hier.« Der Mann wirft achtlos einen Zehner auf den Tisch und steigt die Wendeltreppe hoch.

Till fasst den Geldschein mit spitzen Fingern an und legte ihn in die Kasse. Die ansonsten leer ist. Seine Hoffnung, dass sein Besucher den Eintritt nicht passend hat und er dann bedauernd mit den Schultern zucken und ihn wegen fehlenden Wechselgeldes des Weges verweisen könnte, hat sich nicht erfüllt. Jetzt ruft der Typ von oben: »Ist das dein Ernst, Alter? Ein Kinderspielzeug-Schiff und zwei mottenkugelmuffige Schaufensterpuppen?«

Till erklimmt die Wendeltreppe. Er köchelt jetzt schon auf höherer Stufe. Noch eine einzige dumme Bemerkung, und er wird …

Dann erstarrt er.

Oben angekommen sieht er nämlich, wie dieser schmierige, ekelhafte Kerl die Brust von Dorlein betatscht.

Till hat die weibliche Puppe Dorlein getauft, nach der heiligen Dorothea. Denn natürlich muss sie einen Namen haben. Wie auch die männliche Puppe einen Namen hat: Kunz.

»Was fällt Ihnen ein?«, quiekt es empört aus ihm heraus.

»Lecker Möpse«, freut sich der Schmierlappen und, weil er die Aufmerksamkeitsspanne einer frisch geschlüpften Fruchtfliege hat, freut er sich gleich darauf: »Oho, eine Armbrust, funktioniert die?« Er streckt die noch klebrigen Hände nach Tills teuerstem Exponat aus.

Das. Ist. Zuviel.

Till packt den linken Arm von Kunz, holt aus und zieht seinem Museumsbesucher kräftig eins über den Schädel.

Das hätte dem womöglich gar nicht so viel ausgemacht, weil das, was bei Till als *kräftig* durchgeht, für normale Menschen einen mittelstarken Klaps darstellt. Aber weil der Typ direkt neben dem Aufgang der Wendeltreppe steht und er den Schlag nicht kommen sieht, verliert er das Gleichgewicht und purzelt mit diversen unschönen Knackgeräuschen Stufe um Stufe in die Tiefe, bis er schließlich am Fuß der Treppe liegenbleibt.

Und sich nicht mehr rührt.

Till läuft nach unten, Kunzes Arm an die Brust gepresst.

Er beugt sich über die reglose Gestalt.

»Äh … Entschuldigung? … Sind Sie tot?«

Da keine Antwort kommt und der Fleischberg vor ihm auch sonst völlig leblos bleibt, geht Till mal davon aus, dass die Antwort auf seine Frage *›ja, aber sowas von‹* lauten muss.

Er hat soeben einen Menschen ermordet.

Bevor er jedoch dazu kommt, sich über sein weiteres Vorgehen Gedanken zu machen, quakt der Frosch erneut.

Rush Hour im Hansemuseum.

Ausgerechnet heute.

Dass der Neuzugang aber nicht wirklich an der Hanse interessiert ist, schließt Till aus der Tatsache, dass der Mann eine Strumpfmaske trägt und eine kleinkalibrige Waffe auf ihn richtet.

Jetzt erst bekommt er mit, dass draußen Sirenen tönen und Blaulicht blinkt und Menschen in Panik herumlaufen und Schreie gellen.

Aus dem Rucksack des Bewaffneten flattern zwei Hunderter heraus. Till schließt messerscharf auf einen Banküberfall. Fußläufig von seinem Museum liegen gleich vier große Filialen.

»Keine falsche Bewegung!«, ruft der Bewaffnete, weil sich das so gehört.

Wäre unnötig gewesen, Till ist zur Salzsäule erstarrt. Und der Tote kann ja nicht.

»Was ist mit dem da?«, will der Bewaffnete wissen und zeigt mit seiner Knarre auf den reglosen Fleischberg am Fuß der Treppe.

In Till arbeitet es. »Ohnmachtsanfall?«, sagt er. Es klingt wie eine Frage.

Der Bewaffnete kauft es ihm ab. Weil man im Adrenalinrausch nicht daran denkt, dass man gerade in einen Mord hineingeraten sein könnte. Denkt man ohne Adrenalin ja eher auch nicht.

Und weil man Till einfach alles abkaufen würde. Weil er so harmlos aussieht. So niedlich. So unbedarft.

Und das ist er ja auch alles. Nur nicht, wenn es um die Erinnerung an die Hanse und sein Museum geht. Wer soll sich um sein Museum kümmern, wenn er wegen Totschlags einsitzt?

Er will, dass der Bankräuber gefasst wird – Bankraub ist unsozial! –, aber vorher braucht er Zeit, um sich zu überlegen, was er mit dem Toten macht. Till denkt so schnell wie noch nie.

»Scheiße, die Bullen«, flucht der Bewaffnete, der aus dem Fenster neben der Tür lugt. »Gibt's hier einen Hinterausgang?«

»Im ersten Stock führt eine Feuertreppe in die Gasse hinter dem Haus«, sagt Till. Frech gelogen.

Der Bewaffnete bedeutet Till mit seiner Waffe, dass er vor ihm die Wendeltreppe hoch soll. Was Till auch sofort tut. In seinem Schamkappenhöschen hüpft er leichtfüßig die Eisenstufen hoch.

Der Bankräuber folgt keuchend. Als er jedoch mit seiner Wumme die letzte Biegung der Wendeltreppe erreicht, sieht er vor sich, am Kopf der Treppe, Till Bause – der eine Armbrust auf ihn anlegt.

»Was ...?«, sagt der Bankräuber noch, da bohrt sich auch schon ein Pfeil in seine Brust. Er stürzt rücklings in die Tiefe und bleibt auf dem Fleischklops liegen, wo er noch kurz röchelt, dann aber verstirbt.

Natürlich hat er im Fallen noch einen Schuss abgegeben, aber der bohrt sich nicht in Till, sondern in die Decke.

Oben befestigt Till Bause in aller Ruhe Kunzens Arm wieder im Torso, zieht Dorlein einen Strumpf aus (wobei er selbstverständlich den Blick abwendet, als er mit seinem Schweizermesser das Nylon durchsäbelt), geht dann nach unten.

Er holt kurz tief Luft, dann drückt er dem Bankräuber die Armbrust in die Hand und die Knarre des Bankräubers in die Hand des Fleischklopses. Anschließend zieht er dem Fleischklops Dorleins Feinstrumpf über den Kopf und nimmt zwei gute Hände voll Banknoten aus dem Rucksack. Eine Handvoll stopft er in die Hosentaschen des Fleischklopses und den Rest davon in seine Kasse. Ein paar Restscheine verstreut er im Museum und am Eingang, damit es so aussieht, als hätten die beiden auf ihrer Flucht Geldscheine wie Brotkrumen zurückgelassen und sich die Banker nicht über die fehlende Summe wunderten.

Till sieht sich prüfend um. Ja, es sieht so aus, als hätten sich die Bankräuber hier um die Beute gestritten und sich gegenseitig umgebracht. Das wird er auch genau so zu Protokoll geben.

Till nickt sich zu.

Er zieht seine Gummihandschuhe aus, drückt den Rücken durch, richtet sich auf, holt nochmal tief Luft und läuft auf die Straße.

»Hilfe, zu Hilfe!«, brüllt er und läuft auf den Streifenwagen zu, der vorn um die Ecke biegt.

Dabei muss er sich schon sehr anstrengen, nicht triumphal zu grinsen.

Dank des Bankräubers kann er sein Hanse-Museum noch ein paar Jahre weiterführen und den toten Unsympath wird er auch sauber los. Und vielleicht reicht das Geld sogar noch für den Original Kupferstich von 1478, der gerade auf eBay angeboten wird und letztmals »Halle als Hansestadt« zeigt. Hach, wär das schön!

Halle an der Saale kann aufatmen: Die drei großen H – Halloren, Händel, Hanse – bleiben beisammen. Und es ist sogar noch ein viertes H dazugekommen: Hartnäckigkeit. So schnell gibt ein Hallenser nämlich nicht auf..

Till Bause im Glück!

Heute kein Kaffee!

»Was soll das heißen, heute kein Kaffee?«

In der Rückschau wird ja oft klar, dass die größten Katastrophen auf ein winziges Ereignis zurückzuführen sind, auf einen gänzlich harmlos scheinenden Auslöser.

An diesem Montagmorgen um exakt 8:45 Uhr gab es in der Kaffeeküche des Bundesamtes für Seeschifffahrt und Hydrographie im siebten Stock des Bürogebäudes Bernhard-Nocht-Straße keine Heißgetränke, weil über Nacht in der Hightech-Kaffeemaschine ein Kabel durchgeschmort war.

Henning Mönch, Leiter der Abteilung Wasserstandsvorhersagen gemäß Seeaufgabengesetz § 1 Abs. 9, zertifiziert nach DIN EN ISO 9001, hatte seinerzeit den Antrag für einen Wasserkocher als Ersatz für Notfälle abschlägig beschieden. Das rächte sich jetzt.

»Die Kaffeemaschine ist defekt«, erklärte Silke Benke. »Der Techniker kann erst heute Nachmittag kommen.«

Henning Mönch sah seine Sekretärin fassungslos an.

»Ich würde ja zu Starbucks laufen, aber ich muss noch die Sitzungsunterlagen für das Meeting um neun kopieren«, sagte Silke Benke, die wusste, wie sehr ihr Chef seinen Kaffee brauchte, und die alles gegeben hätte, um ihn glücklich zu machen, aber sie konnte sich nun mal nicht zweiteilen und die Sitzung war wichtiger. Es ging um neue Messgeräte für Hoch- und Niedrigwasserstände an der Elbe bei Scharhörn Barke C, Brunsbüttel und Blankenese-Unterfuer. Sie nahm ihren Job ernst: Wer mit Wasserstandsprognosen fahrlässig umging, gefährdete Menschenleben! Ergo war die Sitzung wichtiger als der Kaffee-Jang ihres Chefs.

Man sah förmlich, wie in Henning Mönch ebenfalls eine Leitung durchschmorte. »Das ist unerhört. Ich darf ja wohl erwarten, dass Sie an wichtigen Meetingtagen so rechtzeitig im Büro sind, dass Sie für Ersatzkaffee sorgen können!«

In Silke Benke, die am Vorabend bis 23 Uhr die Unterlagen erstellt hatte, die jetzt nur noch für alle Teilnehmer kopiert werden mussten, fing es an zu brodeln. Sie hätte gern eine entsprechende Retourkutsche von sich gegeben, aber da war Henning Mönch bereits aus dem Büro gestürmt, um sich – in einem noch nie da gewesenen, im Grunde unvorstellbaren Präzedenzfall – selbst Kaffee zu holen.

Silke Benke stürmte in das Kabuff mit dem Kopiergerät und stopfte die Agenda für das Meeting in den Vorlagenschuber. »Idiot, blöder!«, war noch die harmloseste Beschimpfung, mit der sie ihren Chef bedachte. Es sprudelte nur so aus ihr heraus.

»Reden Sie mit mir?« Kollege Wennermann streckte den Kopf durch die Tür. Seine Persönlichkeitsstruktur war derart beschaffen, dass er grundsätzlich alles auf sich bezog – jeden noch so beiläufig geäußerten Satz, jeden ziellos umherwandernden Blick, auch das Wetter.

»Haben Sie mich gerade als Idioten bezeichnet? Ich muss schon sagen, dieser Ton ist mir in meinem zwanzigjährigen Berufsleben noch nicht untergekommen!«

»Mischen Sie sich bitte nicht in meine Selbstgespräche, Herr Wennermann«, schnaubte Silke. »Mit Ihnen rede ich nur, wenn es sich nicht vermeiden lässt, das sollte Ihnen klar sein.«

Wennermann hob beide Augenbrauen und stapfte zu seinem Schreibtisch. Unerhört! Das musste er sich bieten lassen. Von dieser unfähigen Schnepfe. Wo doch jeder wusste, dass sie es mit ihrem Chef trieb.

Aber nicht mit ihm! Mit ihm nicht! Er hatte sich nicht zwanzig Jahre lang die Finger wundgearbeitet, um sich derart beleidigen zu lassen. Er war hier nicht der blöde Idiot!

Wennermann griff zum Telefonhörer. Die Privatnummer von Mönch war kein Geheimnis.

»Spreche ich mit Frau Mönch? Mein Name tut nichts zur Sache, aber ich finde, Sie sollten wissen, dass Ihr Mann seine Sekretärin vögelt. Jawohl.« Befriedigt legte Wennermann auf.

Frau Mönch war da schon weniger befriedigt. Einerseits von diesem Informationshappen, andererseits von ihrem Gatten. Kein Wunder, zeigte er sich in letzter Zeit so uninteressiert an ihr. Von wegen ›Stress im Büro‹. Bürogymnastik!

Ihr Vater, der in fünfter Generation eine äußerst renommierte Kaffeerösterei führte, hatte es ihr ja gleich gesagt. »Der Henning nimmt dich nur, weil du eine reiche Erbin bist.« Auf dem Weg zum Altar hatte er ihr das zugeflüstert. »Schau ihn dir an, der könnte ganz andere Frauen haben. Du spielst nicht in seiner Liga. Aber durch dich schafft er den Sprung an die Spitze der Gesellschaft.«

Draußen fuhr der gelbe Testarossa ihres Mannes vor. Sie ging zum Tresor und gab mit vor Wut zitternden Fingern die Kombination ein.

Währenddessen stürmte Henning Mönch in die Küche und riss mit Schmackes das Kabel der Nespresso-Maschine aus der Halterung. Bevor er eine Viertelstunde bei Starbucks in der Schlange anstand, konnte er auch rasch seine eigene Kaffeemaschine mitsamt seinen Lieblingskapseln holen. Das nannte man *lösungsorientiert* denken.

»Kirsten?« Er begriff nicht gleich, was er da sah, als sie sich urplötzlich vor ihm materialisierte.

Kirsten Mönch hob die Handfeuerwaffe, die sie aus dem Tresor geholt hatte. »Du betrügst mich nie wieder«, erklärte sie frostiger Stimme …

… und drückte ab.

* * *

P.S.: Frau Münch bekam 15 Jahre wegen Mordes, Silke Benke heiratete den Kaffeemaschinen-Techniker, Herr Wennermann ließ sich vorzeitig pensionieren und hing von da an immer am Jungfernstieg ab, wo er Passanten anpöbelte, und aufgrund der ausgefallenen Wasserstandsmeldegeräte wurde die nächste Sturmflut zu spät erkannt und setzte fünf Vorgärten in Blankenese unter Wasser. Zwei Rosenbeete starben. Und alles nur, weil es keinen Kaffee gab.

Wir lernen: Nichts (!) ist wichtiger als funktionierende Kaffeemaschinen.

Summsummsesumm

Ich bringe nur ganz selten einen um.

Echt jetzt. Voll die Ausnahme.

Aber – um mal in der Sprache meines Pitbulls Desi zu bleiben – wenn dir einer nicht nur immer wieder ans Bein pinkelt, sondern quasi auch kleine Fleischhappen aus deiner Wade beißt, dann musst du ein Zeichen setzen. Sonst spricht sich das rum, und eh du dich versiehst, bist du nur noch Geschichte.

Wer will schon Schnee von gestern sein?

Sorry, wenn ich jetzt kichere.

Schnee! Wortspiel, Leute. Ich bin nämlich Drogenboss. Die Nummer eins der Szene. Auch wenn es sich nur um die Drogenszene von Nordostwürttemberg handelt. Mit den Hauptabsatzzentren Heilbronn und Schwäbisch Hall. Letzteres ist jetzt mehr so die Kleinstadt, darum halten sich die Umsätze dort auch in Grenzen. Fällt dann aber auch umso mehr auf, wenn sich einer davon ungefragt eine Scheibe abschneiden will.

Anfangs habe ich das ja noch belächelt. Als mir gesteckt wurde, dass da neben meinen Vertragshändlern noch einer namens Tom alles verkauft, was in Pulverform zu haben ist: Koks, Meth, Steroide, Badesalz.

Wichser, habe ich gedacht.

Aber mit der Zeit war doch ein deutlicher Umsatzrückgang zu spüren. Das geht natürlich nicht. Also denke ich, man muss mit dem einfach mal Klartext reden. Vielleicht kapiert er's ja. Wenn nicht: *Zong*!

Ich bin jetzt kein kolumbianischer Drogenlord oder so. Ich kann keinen Mannschaftswagen voller Schläger in die Provinz schicken, um für Ordnung zu sorgen. Früher hat mein Cousin sich ums Grobe gekümmert, aber der sitzt gerade 18 Monate wegen schwerer Körperverletzung ab. Ich muss also selber ran.

Der Typ, der mir das mit dem Konkurrenten gesteckt hat, hat mir auch gleich eine Adresse genannt.

Ich schiebe mir also meine SIG Sauer in den hinteren Hosenbund, mein Klappmesser in den Springerstiefelschaft und meinen Totenschläger in meine Kapuzenshirttasche und mach mich in meinem Geländewagen auf den Road Trip nach Schwäbisch Hall.

Das Haus von dem Spacko liegt innenstadtnah. Das GPS lässt mich hinter einer Brücke rechts abbiegen, dann bin ich nach 500 Metern auch schon da. Rechts der Fluss, links ein Hang mit einer Wiese und ein paar Bäumen. Und davor ein Zweifamilienhaus. Das ist jetzt blöd. Mein Spitzel hat nichts von 14a und 14b erwähnt, nur die Hausnummer 14.

An der Pforte zu 14a hängt ein gelbes Schild. *Honig vom Imker.* Daneben ein Holzkasten mit gläserner Schiebetür, darin diverse Imkerhoniggläser und eine Schale, in die man pro Glas zehn Euro legen soll. Vielleicht klebt unter den Honigglasdeckeln ein Tütchen mit Stoff? Keine schlechte Tarnung!

Ich schiebe das Glas auf und nehme die fünfzig Euro, die in der Schale liegen. Das steht mir zu!

Ich dann die Treppe zum Haus hoch und klingele.

Nichts.

Ich klingele nochmal.

»Hier hinten. Im Garten«, ruft es da.

Ich nehme Desi den Maulkorb und die Leine ab und mache rasch ein paar Lockerungsübungen. Ich prüfe nochmal den Sitz der SIG, des Totschlägers und des Klappmessers. Deren Einsatz wird wohl nicht nötig sein. Ist ja nur ein Freundschaftsbesuch mit Klartextansage. Denke ich da noch.

Dann marschiere ich hinters Haus. Körpersprache ist alles. Gleich zeigen, wer hier der Alpha ist.

Ich biege also im lässig-bedrohlichen Dwayne ›The Rock‹ Johnson Schlenkerschritt um die Ecke und …

… sehe mich drei alten Omas gegenüber. Wie alte Omas heutzutage so aussehen: Tanktop, Capri-Jeans, knallrot gefärbte Haare. Nur an den Truthahnhälsen und den Altersflecken an den Krallenhänden als Omas zu erkennen.

Und die sind verdammt gut drauf, diese Omas!

Vermutlich hat der Wichser, der mir hier das Marktrecht streitig macht, den alten Damen irgendwelches Aufputschzeug verkauft.

Die drei sehen meinen Pitbull und rufen: »Oh, süßes Hundi, dutzi, dutzi, dutzi!«

Desi, der Depp, läuft schwanzwedelnd los. Der ist da voll schräg drauf. Wenn man den so begrüßt, als sei er noch ein Welpe, dann legt sich in ihm ein Schalter um, und er mutiert tatsächlich wieder zum Welpen. Dabei kann der erwachsenen Männern die Unterarmknochen durchbeißen. Echt jetzt. Schon zwei Mal passiert. Aber bei den drei Alten hechelt er und fiept und lässt sich von den Krallenhänden durchkraulen.

Es riecht nach Blumen, in der Luft liegt ein Summen.

»Wo is'n der Tom?«, frage ich.

Ich bin fast zwei Meter groß und gebaut wie ein Grizzly und schädelrasiert und ganzkörpertätowiert und meine Stimme klingt wie voll aufgedreht aus'm Subwoofer. Gestandene Schläger haben Angst vor mir. Egal, wie viel Bullen mich hochnehmen wollen, sie rufen immer erst Verstärkung. Aber die drei Omas glucksen nur. Mein Gott, was haben die bloß eingeworfen?

»Hallo erstmal«, flötet eine der Omas. »Setz dich doch. Kaffee?«

Ich rühre mich keinen Millimeter. Frauen muss man die Peitsche zeigen. »Tom!«, wiederhole ich.

»Oder ein Stück Bienenstich?«, fragt die zweite Oma.

»Wir haben auch Eierlikör«, ergänzt die dritte Oma juchzend, und alle drei prusten los. Unterm Tisch sehe ich zwei leere Flaschen, auf dem Tisch eine halbvolle. Ob die gar nicht auf Droge sind, sondern auf Eierlikör?

»Kommt der Tom gleich wieder oder was?«, brumme ich ungnädig.

Desi wirft sich auf den Rücken und streckt den Alten seinen Bauch entgegen. Eine Schande für die Zunft der Kampfhunde.

Die Alten geben ekstatische Laute von sich und kraulen ihm die Wampe.

»Wie heißt er denn?«, will eine wissen.

»Destroyer!«, brumme ich.

»Das ist doch kein Name für so einen süßen Schnuffelhund!«

Desi schnurrt. In Momenten größter Ekstase wird er zur Katze. Gut, dass das jetzt keiner vom Kampfhundeverein mitbekommt.

Eine der Omas lupft eine Tortenhaube, und darunter kommt ein Bienenstich zum Vorschein. »Nicht doch ein Stück?«

Was soll's, denke ich, kleine Stärkung zwischendurch.

Ich setze mich, und sie tischt mir auf. Der Bienenstich schmeckt voll lecker. Findet offenbar auch eine Biene. Ich wedele sie zur Seite. Sie fliegt einen Bogen und kommt summend zurück. Ich mache sie mit dem Löffel platt, wische den Löffel an meinem Hosenbein ab und häufe noch ein Stück Bienenstich darauf.

»Was is'n jetzt mit Tom?«, frage ich mit vollem Mund.

Die Servieroma gießt mir auch noch Kaffee ein. »Was soll mit ihm sein?«

Sofort werde ich misstrauisch. Gegenfragen sind quasi immer ein Schuldeingeständnis!

Ich mustere die drei. Ist eine von denen die Großmutter von diesem Tom? Weiß sie, was ihr Enkel so treibt? Steckt sie mit ihm unter einer Decke? Den Riesenklunker an ihrem Ringfinger hat sie doch nicht mit ihrer Rente bezahlt!

Ich wedele die nächste Biene beiseite, die sich hartnäckig an meinem Stich vergehen will.

»Ich muss mit Tom sprechen!«, verlange ich.

Die drei schauen sich an und kichern. Blöde Weiber!

Da kommt mir ein Gedanke: ist eine von denen vielleicht der ominöse Tom? Heutzutage weiß man doch nie. Vielleicht ist Tom die Kurzform von Thomasina? Ist die

Alte, die mir den Bienenstich angedreht hat, meine Konkurrentin, und die anderen beiden sind ihre Bodyguardgreisinnen?

Sie gießen sich reihum Eierlikör ein und trinken glucksend auf ex. Besonders professionell wirken die ja nicht.

Aber – noch ein Gedanke – vielleicht steht ›TOM‹ ja für Thekla-Ortrud-Margret und die drei sind ehemalige Chemielehrerinnen, die unter einer Decke stecken und sich mit selbstgepanschtem Crystal Meth ein Alters-Zubrot verdienen? Wissen die drei, wer ich bin? Ist der Bienenstich womöglich vergiftet?

Ich spucke den Bissen, den ich gerade im Mund habe, aus. Viel nützen wird mir das nicht mehr, ich habe das Kuchenstück ja schon zu drei Vierteln verspachtelt.

»Schmeckt er nicht?«, jodelt die Erste.

»Er ist gestochen worden«, jodelt die Zweite.

»Ich hole eine Zwiebel«, jodelt die Dritte und steht auf.

Besoffen, alle drei.

Desi guckt enttäuscht, weil seine Wampe plötzlich ungekrault bleibt.

»Quark, da muss eine Quarkkompresse drauf«, bitcht die Zweite der Dritten hinterher.

»Eiswürfel«, verkündet die Erste. »Mit Eiswürfeln kühlen ist das A und O.«

Ich schaue auf meinen Unterarm und sehe einen roten Fleck.

Aufspringen und die SIG ziehen passiert gleichzeitig. »Das habt ihr doch absichtlich getan!«, donnere ich.

Die Eierlikörtanten erstarren.

Normalerweise würde Desi in einer solchen Situation die Zähne fletschen und schon mal dem einen oder anderen meiner Feinde einen Gebissabdruck in einer Weichteilzone verpassen, aber hier und jetzt bleibt er auf dem Rücken liegen und gähnt ausgiebig. Wenn das hier vorbei ist, schick ich ihn in Rente. Der taugt höchstens noch zur Zucht.

»Ich will jetzt sofort wissen, wo Tom ist!«, brülle ich.

Also …

… eigentlich wollte ich gar nicht schießen, aber in exakt diesem Moment spüre ich einen stechenden Schmerz am Hals, und während ich die Biene – klar, schon wieder eine Biene, Scheiß-Imkerei! – totklatsche, krümmt sich unwillkürlich mein Schussfinger, und es ploppt.

Natürlich habe ich einen Schalldämpfer aufgeschraubt. Deswegen hört man keinen Schuss.

Dafür hört man das Scheppern des guten Kaffeegeschirrs umso mehr, als die erste Oma blutend auf dem Tisch zusammenbricht. Der Bienenstich und die dritte Eierlikörflasche werden in hohem Bogen ins Gras katapultiert.

»Hoppla.« Etwas bestürzt schaue ich auf die Scherben und die tote Oma und dann zu den zwei noch lebenden Omas, die wie Lots Weib zu Salzsäulen erstarrt sind.

Sie erwidern meinen Blick.

Das ist jetzt so ein Zeitlupenmoment, in dem alles verlangsamt abläuft, nur das Denken nicht.

Ich denke, dass ich keine Zeuginnen gebrauchen kann.

Die beiden Alten denken sichtlich, dass sie zwar alt sind, aber noch nicht alt genug, um zu sterben.

An meinem Ohr summt etwas. Vermutlich der Kumpel der Biene, deren zermanschte Reste an meiner Hand kleben. Der sucht seinen Freund. Da kann er lange suchen.

Die beiden Alten lösen ihren Blick von mir, schauen sich an, drehen sich um und laufen los.

Wenn die Omas einen Dutt gehabt hätten und eine gemusterte Kittelschürze und braune Stützstrümpfe, so wie meine Oma damals, dann hätte ich vielleicht gezögert. Aber diese hippen, durchtrainierten Seniorinnen, denen man von hinten ihr Alter nicht ansieht, lösen in mir keine Schusshemmung aus.

Folglich schieße ich. Zwei Mal.

Eine sackt sofort zusammen, die andere schafft es noch zur Hintertür, bevor sie nach einem weiteren Schuss umfällt.

Desi schleckt derweil genüsslich den Bienenstich vom Rasen auf.

Ich will ihn davon abhalten, weil der Bienenstich doch vielleicht vergiftet ist, da spüre ich noch einen Stich am Hals. Mann, sind die Viecher hartnäckig. Ist das jetzt Rache für ihre verstorbenen Kameraden oder was?

Ich schlage wieder zu.

Okay, so weit, so gut. Jetzt sollte ich im Haus nachsehen, ob ich im Keller ein Meth-Labor entdecke oder ob ich mich einfach in der Hausnummer vertan habe und gerade drei unschuldigen, gastfreundlichen Seniorinnen das letzte Arrivederci bereitet habe.

Ich lege Desi die Leine an und gehe in Richtung Haus und da …

… wird mir plötzlich schwindelig. Was womöglich daher kommt, dass sich mir irgendwie der Hals abschnürt und ich kaum Luft bekomme.

Bin ich etwa … allergisch?

Ich sehe zu meinem Unterarm, der rot leuchtet und angeschwollen ist wie eine Wurst, die aus ihrer Pelle platzen will.

Ja, ich bin definitiv gegen Bienenstiche allergisch. Habe ich bis jetzt nicht gewusst, weil ich noch nie gestochen worden bin.

Keine Panik, denke ich, auf dem Weg hierher bin ich an einem Krankenhaus vorbeigekommen, bis dahin schaffe ich es doch lässig.

Stellt sich heraus: ich schaffe das nicht.

Auf dem schmalen Weg neben dem Einfamilienhaus, der hinunter zu meinem Geländewagen führt, knicken mir die Beine weg. Ich verharre noch kurz auf Knien, dann kippe ich nach vorn auf die Fresse.

Desi schleckt mir das Gesicht. Ich will um Hilfe rufen, aber das, was mal mein Hals war, gibt keinen Ton mehr von sich.

Ich schließe mit meinem Leben ab. Wer wird sich um Desi kümmern, wenn ich nicht mehr bin? Die schläfern den doch ein! Das hat er nicht verdient! Ich hätte ein Testament machen sollen, verdammt.

Plötzlich kommt von 14b ein Junge angelaufen. So ein Pickelgesicht mit ein bisschen Flaum am Kinn.

»Keine Sorge«, sagt er, »mein Papa ist Arzt. Sie sind nicht der erste Allergikerbesucher bei Frau Braun, dem er wieder auf die Beine hilft.« Er lächelt.

Ein guter Junge, denke ich.

Der gute Junge ruft »Papa! Papa, schnell! Luftröhrenschnitt! Und bring ein Antihistaminikum mit!«

Ein sehr guter Junge, denke ich.

Der sehr gute Junge nickt mir aufmunternd zu, geht an mir vorbei in den Garten, zieht – wie ich aus den Augenwinkeln mitbekomme – den drei Alten die Ringe von den Fingern, kommt zu mir zurück und schiebt mir den Schmuck in die Hosentasche. Dann holt er ein Päckchen mit weißem Pulver – ganz sicher kein Zucker – aus seiner Hosentasche und steckt es zum Schmuck.

Dabei grinst er. Wie dieses besessene Teufelskind in *Das Omen*. Die werden immer jünger, echt jetzt. Aber ich muss zugeben: exzellent inszeniert. Die Bullen werden es jetzt für einen Raubüberfall von einem Drogenjunkie halten, der schiefgegangen ist, weil drei suizidale Bienen ihren Stachel in ihn versenkten.

Ich röchele.

Da kommt ein Mann mit Arzttasche angelaufen.

»Ruf den Krankenwagen, Tom«, sagt er zu dem Jungen und kniet sich neben mich. »Alles wird gut, Sie stehen das durch«, sagt er noch zu mir, aber da werde ich schon ohnmächtig.

Das Letzte, was ich noch mitbekomme, ist, wie Desi diesem Tom die Hand schleckt …

James Bond, die coolste Sau der Welt …

Oder: *Der große Kunstraub von Montreal*

I: Der Einbruch

Es war ein Schlachtfeld, eine Stätte der Verwüstung, ein Meer an Scherben und zerschlagenen Schaukästen und zerbrochenen Rahmen …« Ruth Jackson brach die Stimme. »Das obere Stockwerk haben sie komplett leer geräumt.«

Der Reporter konnte sein Glück kaum fassen. Emotionen kamen immer besonders gut. Er hielt ihr das Mikrofon seines Aufnahmegeräts noch etwas näher vor den Mund. Die unverheiratete, 61-jährige Kuratorin langte sich mit der Hand an die Stirn, als könne ihr das Halt geben. Ihre Augen glitzerten feucht, als hätte sie nicht Gemälde und Pretiosen im Wert von mehreren Millionen verloren, sondern ihren Erstgeborenen.

»Dann wollten sie in den Nebenraum eindringen, aber als sie die Tür aufbrachen, ging der Alarm los. Ich darf gar nicht daran denken, was sonst gewesen wäre … ich glaube, die hätten das ganze Museum ausgeräumt.«

Am 4. September 1972, dem kanadischen Labour Day Wochenende, raubten drei strumpfmaskierte Männer gegen halb zwei Uhr nachts das *Montreal Museum of Fine Arts* aus. Sie stiegen durch ein Dachfenster ein, überwältigten und fesselten die Wächter und verschwanden unerkannt mit Gemälden u. a. von Rembrandt, Corot, Daumier, Delacroix, Gainsborough und Rubens sowie 39 Schmuckstücken. Als der Alarm losging, ließen sie einen weiteren Stapel an Kunstwerken von El Greco, Picasso und Tintoretto zurück, die sie schon mitnahmegerecht am Ausgang gestapelt hatten.

Die Pressekonferenz war eben in vollem Gange. Während die Vertreter der großen Zeitungen den vorab geprobten Statements der Museumschefs lauschten, hatte sich der junge Reporter in kühner Eigeninitiative die Kuratorin des Museums gekrallt, als sie gerade aus der Damentoilette kam. Man durfte als investigativer Journalist mit Ambitionen auf den Pulitzer keine Hemmungen oder moralische Skrupel haben. Auch kein Anstandsgefühl.

»Können Sie bestätigen, dass die Diebe bequem über eine Handwerkerleiter an der Rückseite des Museums in der Sherbrooke Street auf das Dach kamen und sich dann über ein Oberlicht Zugang zum Museum verschafften?«

»Ganz so simpel war es nicht.« Sie zog ein Stofftaschentuch aus dem Ärmel ihrer Twinset-Strickjacke und schnäuzte sich kräftig. »Einer der Diebe ist mit Spezial-Kletterschuhen auf den Baum in der Sherbrooke Street gestiegen. Von dort aus sprang er auf das Dach, auf dem die Handwerker die Leiter gesichert zurückgelassen hatten.« Sie schnäuzte sich erneut. Ihre Nasenspitze war schon ganz rot. »Das Oberlicht wird seit zwei Wochen repariert, und deswegen ist es nicht so rundum alarmgeschützt wie sonst. Und … äh … die Handwerker haben zum Schutz vor der Witterung ein Plastiktuch über das Oberlicht gelegt – das hat den Alarm offenbar … äh … neutralisiert. So konnten sich die Diebe an Nylonseilen ins Museum abseilen.« Auch der Rest ihres Gesichts lief jetzt rot an und passte sich somit der Nasenspitze an.

Waren die Handwerker involviert?, stenographierte der Reporter in sein Notizbuch.

»Für die Handwerker legen wir unsere Hand ins Feuer«, fuhr die Kuratorin rasch fort. »Aber ein paar Wochen vor dem Einbruch sind sie auf dem Dach zwei Männern begegnet, die behaupteten, für das Museum zu arbeiten. Das müssen die Diebe gewesen sein, die das Terrain ausbaldowerten.«

»Also ein von langer Hand geplanter Coup?«

Sie nickte. »Die Diebe waren bewaffnet – mit einer Pumpgun und einer Smith & Wesson. Sie haben zwei Schüsse in die Decke gefeuert, um unsere Nachtwächter zur Kooperation zu zwingen. Dann haben sie die drei Wachen überwältigt, gefesselt und geknebelt. Bei den Dieben handelte es sich um zwei relativ große, langhaarige Männer, maskiert. Einer sprach Französisch, der andere Englisch. Den dritten Mann haben unsere Wachen nur gehört, nie gesehen.« Es floss aus ihr wie aus einem Wasserhahn, den man aufgedreht hatte. Womöglich fand sie in ihrem männerdominierten Umfeld sonst wenig Gehör. Oder sie redete grundsätzlich gern. »Nach einer halben Stunde lösten sie an der Tür zum zweiten Ausstellungsraum den Alarm aus und verschwanden daraufhin blitzartig, offenbar auf Fahrrädern. Es dauerte dann noch eine weitere Stunde, bis sich die Wachen befreien konnten.«

»Der Alarm ging nicht zeitgleich bei der Polizei ein?«, fragte der Reporter verwundert.

»Nein.« Sie klang unsicher. »Deswegen gibt es doch drei Wachen. Damit einer im Notfall Hilfe mobilisieren kann. Wer ahnt denn, dass alle drei überwältigt werden konnten?«

Ja, wer ahnt das auch schon.

Steckt einer der Wachmänner mit drin?, notierte sich der Reporter.

»Von da an wurde streng nach Protokoll vorgegangen«, fuhr sie mit wiedergefundener Sicherheit in der Stimme fort. »Das Protokoll sieht vor, dass der jeweils höchste Museumsleiter zu verständigen ist. Weil unser Direktor, der Geschäftsführer und der Sicherheitschef in Urlaub waren, verständigten sie unseren Pressesprecher, Bill Bantey.«

»Habe ich das richtig verstanden? Bei einem Diebstahl sollte laut Protokoll nicht sofort die Polizei verständigt werden, sondern erst ein Amtsträger des Museums? Alle wichtigen Männer des Museums befanden sich jedoch außerhalb von Montreal?«, hakte der Reporter nach.

»Es war Labour Day Wochenende.« Sie verstand die Frage nicht.

Vertuschung durch die Museumsleitung?, notierte der Reporter.

Er strahlte. Von den Handwerkern über die Wachleute bis zu den Chefs – keiner war kosher. Als ob er in ein Wespennest gestochen hätte!

Jackpot!

II: Die Ermittlungen

Zwischen dem Journalisten und seinem Pulitzerpreis steht immer … der Chefredakteur.

In diesem Fall der Chefredakteur des *Montreal Enquirer.*

»Das können Sie so nicht schreiben!«, erklärte der, mit einer kalten, kubanischen Zigarre zwischen den Lippen.

»Aber …«, fing der junge Reporter an.

»Nein. Wir unterstellen keinem unbescholtenen Bürger, er könne an einem Millionenraub beteiligt gewesen sein. Sie verrennen sich da in etwas.«

»Aber alles deutet darauf hin, dass es ein Insiderjob war!«, beharrte der junge Reporter.

Der alte Hase lächelte nur milde. »Gar nichts deutet darauf hin. Denken Sie doch mal nach! Die Einbrecher wussten zwar, dass der Alarm im Oberlicht nicht funktionierte, aber vom Türalarm hatten sie keine Ahnung. Ein Insider hätte zudem gewusst, dass der Alarm nur bei den Wachen, nicht aber auf einem Polizeirevier eingeht – es hätte also kein Grund für eine übereilte Flucht bestanden. Nein, allenfalls die Handwerker könnten verdächtig sein, aber Ihre Recherchen haben ja ergeben, dass es bei keinem von ihnen Auffälligkeiten gibt.«

»Okay, ich kann den Teil mit den Handwerkern, den Wachen und der Museumsleitung streichen. Aber das mit den Studenten von der *Ecole des Beaux-Arts* ist stichhaltig. Seit Jahren ist das Verhältnis der französisch sprechenden Kunststudenten zur englisch sprechenden Museumsverwaltung gestört!«

Der Chefreporter schnippte durch die offene Tür seiner Sekretärin zu und bedeutete ihr mit der leeren Tasse, ihm frischen Kaffee zu bringen. »Wir werden ganz sicher nicht den Sprachenkonflikt schüren – das gibt sonst noch einen Bürgerkrieg. Die Luft ist ohnehin aufgeladen. Die Studenten sprechen Französisch, die Museumsverwaltung beharrt auf Englisch, aber aus diesem Babylon ein Motiv für einen Kunstraub zu basteln, ist – mit Verlaub – für unser Blatt zu gewagt! Außerdem ist der Einbruch viel zu professionell vonstattengegangen. Die langen Haare unter den Skimasken mögen auf Studenten hinweisen, aber das war definitiv die Arbeit von gewieften Ganoven. Ganoven, die frisurentechnisch mit der Zeit gehen.« Er grinste.

Der junge Reporter hätte seinem Chef am liebsten die Zigarre aus dem Mund gerissen und sie in die dampfende, frisch servierte Kaffeetasse gebröselt.

»Aber was bleibt von meinem Artikel dann noch übrig?«, begehrte er auf.

»Nichts, mein Lieber, absolut gar nichts.« Der Chefredakteur sah dem verschwindenden Hintern seiner Sekretärin hinterher und sagte: »Der Diebstahl ist abgehakt. Am Labour Day Wochenende sind schlimmere Dinge passiert als der Raub von ein paar staubigen Ölgemälden. Jemand hat ein Feuer im Blue Bird Nachtclub gelegt, 37 Tote, 54 Verletzte. *Das* ist eine Neuigkeit, die unsere Leser interessiert.«

»Kollege Channing berichtet darüber, was hat das mit mir zu tun?«

»Nichts. Von Ihnen erwarte ich bis Redaktionsschluss einen Bericht über das Jahrestreffen des Brieftaubenzüchtervereins!«

III: Die Erpressung

»Wir wollen eine halbe Million!«

»Das ist nicht dein Ernst.«

»Doch, genau das waren seine Worte. Wir wollen eine halbe Million.«

Es war ein paar Wochen nach dem Diebstahl. Der Chefredakteur des *Montreal Enquirer* saß mit Museumsdirektor David Giles Carter in den Leder-Fauteuils der Bar des Montrealer Luxushotels Le St. James. Beide waren Anfang fünfzig. Sie kannten sich aus Studientagen. Carter erzählte, wie ihn der Anrufer mit nasaler Stimme zu einer Telefonzelle vor der McGill University schickte, wo er tatsächlich einen indischen Anhänger aus dem Diebesgut fand.

»Und es ging noch weiter.« Carter schwenkte die bernsteinfarbene Flüssigkeit in seinem Glas.

»*Port of Montreal* stand auf dem braunen Umschlag, den die Diebe anschließend ins Museum schickten. Zum weiteren Beweis, dass sie die Gemälde in ihrem Besitz hatten, waren Schnappschüsse des Diebesgutes beigefügt.«

»Und? Habt ihr gezahlt?« Der Chefredakteur wusste, dass das *Montreal Museum of Fine Arts* in den letzten 112 Jahren bedeutende Kunstwerke von den reichsten Familien des ganzen Landes geschenkt bekommen hatte. Es war demzufolge für beinahe acht Millionen Dollar gegen Diebstahl versichert. Eine halbe Million schien im Vergleich nur ein Klacks.

»Ich habe noch einen weiteren Beweis verlangt und auch bekommen.« Carter nahm einen Schluck des zwölf Jahre alten Single Malt.

»Ach ja?« Der Chefredakteur wunderte sich ein wenig. Hier ging es um Millionenwerte. Fotos und ein Schmuckstück lagen bereits vor. Da gingen die Diebe tatsächlich auf eine weitere Forderung ein? Und wenn sie überhaupt verhandelten, dann hieß das doch im Umkehrschluss, dass es sich nicht um einen Auftragsdiebstahl für einen Sammler handelte, oder?

»Sie haben in einem Schließfach am Hauptbahnhof eins der gestohlenen Gemälde hinterlegt. Ein Landschaftsbild von Brueghel. Aber das war eine sinnlose Geste der Diebe.«

»Wieso das?«

Carter nahm noch einen Schluck. »Das Bild war eine Fälschung.«

»Ist nicht wahr!« Der Chefredakteur hätte jetzt zu gern Notizen gemacht, aber das gehörte sich unter Freunden nicht. Außerdem hatte er nichts zu schreiben dabei.

»Unsere Versicherungsgesellschaft hat sich natürlich längst eingeschaltet. Einer ihrer Vertreter vereinbarte mit den Dieben, sich in Longueuil zu treffen, um ihm ein weiteres der Bilder gegen Zahlung von 5000 Dollar auszuhändigen«, fuhr Carter fort. Er schaute düster in das flackernde Kaminfeuer. »Blöderweise kam zufällig ein Streifenwagen an der Übergabestelle vorbei, wirklich zufällig, aber noch am selben Tag bekam ich einen Anruf von den Dieben, wir hätten sie in eine Falle locken wollen. Sie würden sich nie mehr bei uns melden.« Carter winkte mit dem leeren Whiskyglas dem Barkeeper zu und zeigte auf sich und den Chefredakteur. »Ich persönlich glaube ja, die Gemälde sind schon längst an einen oder mehrere Sammler verkauft worden, vermutlich in Europa. Das einzige Bild, das sie zurückgegeben haben, war eine Fälschung – die wären sie sonst nicht losgeworden. Ich wette, die zweite Übergabe war nur vorgetäuscht.«

Der Chefredakteur sagte nichts, zumal auch gerade ein Kellner die zweite Whisky-Runde servierte, aber in ihm dachte es. Kleine Rauchwölkchen stoben ihm dabei förmlich aus den Ohren. Die Diebe mussten über großes Kunstverständnis verfügen, wenn sie in einem Haufen gestohlener Meisterwerke einen falschen Brueghel erkannten.

»Was hast du jetzt vor?«, fragte er Carter, als sie wieder unter sich waren.

»Wir werden ein Rundschreiben aufsetzen. Bebildert. Mit allen Einzelheiten zu den gestohlenen Gemälden. Das verteilen wir dann an alle Kunsthändler und Sammler. Es ist mir wichtig, offensiv mit dem Diebstahl umzugehen. Ich möchte es den Dieben und den Käufern so schwer wie möglich machen, die Bilder wieder in Geld zu verwandeln.«

»Dann hängen die Sammler die Bilder eben in ihre begehbaren Safes. Du bekommst sie trotzdem nicht zurück«, warf der Chefredakteur ein.

»Die Gemälde gehören dem Museum ohnehin nicht mehr. Unsere Versicherung hat uns 1.945.300 Dollar ausbezahlt. Die Kunstwerke, wenn sie denn irgendwann wieder auftauchen, gehören jetzt der Versicherung.«

Der Chefredakteur pfiff leise.

Carter prostete dem Chefredakteur zu. »Ich wollte dir noch danken, dass du bis heute nicht groß über den Diebstahl berichtet hast. Das hat auch die anderen Zeitungen davon abgehalten, detailliert darüber zu schreiben. Aber jetzt wäre es schön, wenn du unser Rundschreiben als Aufhänger für einen Artikel verwenden könntest.«

IV: Die Monate danach

Kurz nach zwei Uhr war endlich Feierabend für den Bar-Kellner des Le St. James. In der kleinen Angestellten-Garderobe wechselte er von der Uniform in Jeans, Hemd und Lederjacke und öffnete seinen Pferdeschwanz.

»Bonne nuit, ma chère«, rief er der Putzfrau Madame Flaubert zu, deren Schicht in den Service-Räumen um zwei Uhr begann. Dann radelte er die fast zehn Kilometer zu seiner Studentenbude nach Hause. Mit dem Barkeeping finanzierte er sich sein Studium.

Er teilte sich ein Haus mit anderen Kunststudenten. Schon von Weitem war zu sehen – und zu hören – dass in dieser Nacht Party gefeiert wurde. Als er sein Fahrrad in den Hausflur schieben wollte, bemerkte er hinter den Büschen im Vorgarten eine Bewegung. Unhektisch und als ob nichts wäre, nahm er die Fahrradpumpe aus der Halterung, richtete sich auf und hastete dann mit wenigen Schritten zur Quelle des Geräusches.

»Smith! Verdammt, was hast du hier in den Büschen zu suchen, du Perversling?«

Eine der Studentinnen, mit denen er zusammenwohnte, hatte sein Monaten einen Stalker. »Verehrer«, wie sie es nannte, weil er ihr hin und wieder kleine, selbst geschnitzte Tierfiguren vor die Haustür legte. Aber natürlich war er ein Stalker. Noch dazu einer aus Vancouver, der kein Französisch sprach.

Mit der Luftpumpe drohte er diesem Smith. »Verschwinde bloß, sonst …« Weil er es auf Französisch sagte, starrte Smith ihn nur aus großen Augen an. »Hau ab!«, wiederholte er auf Englisch. »Und lass dich hier nie wieder blicken!«

»Gibt's ein Problem, meine Herren?«

Vor lauter Gockelkampf hatten die beiden nicht bemerkt, wie ein Streifenwagen lautlos herangefahren war. Der Polizist, Georges Lacoursière, streckte den Kopf aus dem Fenster.

»Nein.« Die beiden jungen Männer schüttelten die Köpfe, dass ihre langen Haare nur so flatterten.

Lacoursière leuchtete sie mit seiner Taschenlampe an. Wahrscheinlich Partygäste, die sich um ein Mädchen stritten. »Dann ab ins Bett mit euch. Und sagt den anderen, sie haben jetzt genug gefeiert. Licht aus!«

V: Die Jahre danach

»Ich habe hier einen Scheck über eine Million. Der gehört Ihnen, wenn Sie alles zugeben!« Alain Lacoursière hob eine Augenbraue und sah sein Gegenüber an. Die Kameras surrten. Die gesamte Filmcrew hielt den Atem an.

Lacoursière, war in die Fußstapfen seines Onkels Georges getreten und Polizist geworden. Seit 1994 arbeitete er als Detective Sergeant in der Abteilung für Wirtschaftsverbrechen, Schwerpunkt Kunstfälschungen und Kunstraub. Der spektakuläre Kunstraub am Montreal Museum of Fine Arts war sein weißer Wal, den er – wie Kapitän Ahab – zur Strecke bringen *musste*, koste es, was es wolle. Unzählige andere Kunstverbrechen hatte er schon gelöst, weshalb man ihn in Kanada *le Columbo d'art*, den Inspektor Columbo der Kunst, nannte. Aber das waren alles nur kleine Fische für ihn. Er wollte den Wal erlegen.

Regelmäßig besuchte er Galerien und Auktionshäuser. 1998 wurde er bei einer Ausstellungseröffnung einem Sammler namens Smith vorgestellt. Beim Smalltalk über kalifornischem Sekt kam man auf den immer noch ungelösten Kunstraub zu sprechen, und es stellte sich heraus, dass Smith zur fraglichen Zeit an der *Ecole des Beaux-Arts* studiert hatte. Er lud Lacoursière daraufhin spontan zu sich nach Hause ein.

»Ich weiß gar nicht, wie ich in Ihren Augen vom hilfreichen Informanten so schnell zum Tatverdächtigen werden konnte, aber nur zu, lassen Sie mein Haus durchsuchen. Ich habe absolut nichts zu verbergen.« Smith lächelte und goss Tee nach. »Ich galt damals übrigens nicht als einer der Verdächtigen, obwohl so gut wie alle meine Kommilitonen unter Beobachtung standen. Im Gegenteil, schon damals war ich äußerst auskunftsfreudig. *Ich* war es, der den ermittelnden Beamten erzählte, wie das Personal uns Studenten nachmittags immer aus dem Museum warf, um in aller Ruhe seine Tagesausklangsteepause zelebrieren zu können. Das muss man sich einmal vorstellen – *während* der regulären Öffnungszeiten wurden *wir* – die Zukunft der Kunst – vor die Tür gesetzt!« Er häufte drei Löffel Zucker in seine Tasse. »Nun ja, ich bin der Kunst nicht treu geblieben. Ich bin ein Jahr nach meinem Abschluss in die Holzverarbeitung gewechselt und habe es auch nie bereut, die Holzfirma gekauft zu haben.«

Genau das kam Lacoursière verdächtig vor. Nicht die Untreue gegenüber der Kunst – der Kauf. »So eine Firma zu kaufen, kann doch nicht billig gewesen sein?«

Smith lächelte nur. »Ich weiß, was Sie denken, aber gelb steht mir nicht.«

»Äh … gelb?« Lacoursière verstand nur Bahnhof.

»Die Seile, an denen sich die Diebe abseilten, die waren gelb.« Smith zuckte mit den Schultern. »Bei meinem Teint ist gelb ein *no go*.«

Lacoursière war sich absolut sicher, dass dieses Detail – dass nämlich die fraglichen Nylonseile nicht handelsüblich beige oder grau gewesen waren, sondern leuchtend gelb, wie die Seile, die man an der *Ecole des Beaux-Arts* zu verwenden pflegte – niemals an die Öffentlichkeit weitergegeben worden war.

Nach diesem Erstkontakt wühlte sich Lacoursière wie ein Trüffelhund in die Vergangenheit von Sammler Smith. Es gelang ihm aber nicht, eine Beteiligung nachzuweisen. Er konnte allerdings auch nie herausfinden, woher Smith die halbe Million hatte, mit der er seine Holzverarbeitungsfirma kaufen konnte.

Zeitsprung. Nun, 35 Jahre nach dem Raub und neun Jahre nach ihrem Erstkontakt, stand er wieder in Smiths Villa, um seine Laufbahn mit einem ebenso spektakulären Coup zu krönen, wie es der Raub gewesen war.

Man schrieb das Jahr 2007, und *Radio Canada* drehte eine Dokumentation über den Kunstraub. Wenn der Fall vor laufender Kamera gelöst werden würde, gäbe das zweifelsohne einen Oscar für den besten Doku-Film des Jahres. Ach was, des Jahrhunderts. Die ganze Crew fieberte mit.

»Der Scheck ist gedeckt«, versprach Lacoursière. »Eine Million Dollar! Und Sie wissen, dass der Einbruch nunmehr verjährt ist. Man kann Sie offiziell nicht mehr belangen.« Lacoursière sprach fast schon hypnotisch. »Mr. Smith, geben Sie es zu – *Sie* haben das Museum damals ausgeraubt!«

Smith lachte laut auf. »Köstlich!«, rief er. »Nur zu, durchsuchen Sie mein Haus. Filmen Sie jeden Winkel. Sie werden kein gestohlenes Gemälde finden.«

So schnell gab Lacoursière nicht auf. »Selbst, wenn *Sie* es nicht waren – Sie wissen doch etwas! Raus mit der Sprache!«

Smith schürzte die Lippen und tat so, als denke er nach. Dabei drehte er seine fotogene Seite in die Kamera. Alter schützt vor Eitelkeit nicht. »In Sammlerkreisen ist es doch ein offenes Geheimnis, dass hier in Montreal die Hell's Angels gestohlene Kunst an die italienische Mafia verkaufen. Für zehn Prozent des Schätzwertes. Die Italiener lassen sich gefälschte Herkunftszertifikate erstellen, damit sie die Bilder – ›aus dem Nachlass reicher Kanadier aus Westmont‹ – in Europa, Asien und Saudi-Arabien verkaufen können. Anders ausgedrückt, es tut mir leid, wenn ich Sie enttäusche, aber ich wasche meine Hände in Unschuld.«

Die Filmcrew stieß unisono und schwer frustriert die viel zu lange angehaltene Luft aus.

Lacoursière brummte. »Das ist also Ihr Fazit des Falles. Hell's Angels und die Mafia?«

Smith lächelte fein. »Haben Sie eine bessere Antwort?«

VI: Und?

»Was schaust du dir da an?«

»So 'ne öde Doku über geklaute Bilder.«

Marie-Claire warf ihrem Sohn ein Kissen an den Kopf. »Du weißt genau, dass ich an dieser Doku mitgearbeitet habe!« Sie ließ sich neben ihn auf das Sofa fallen. Ihr Sohn schaltete den Ton des Fernsehers aus, man sah die weiteren Ermittlungen Lacoursières als Stummfilm.

»Was glaubst du, wie es damals gewesen ist, Mom?«

»Ach, wer weiß? Bestimmt wurden die Bilder verkauft. Vermutlich sogar ganz offiziell. Vor 1985 sind nicht einmal *Christie's* oder *Sotheby's* die Fahndungslisten von Interpol durchgegangen, bevor sie die Kunstwerke privater Sammler versteigerten.« Marie-Claire sah ihren Sohn an. Er liebte Agententhriller. »Oder ein geheimnisvoller Sammler namens Blofeld hat den Diebstahl beauftragt, um sich in einem Gewölbekeller in den Schweizer Bergen, dessen Zugang nur er und sein Perserkater kennen, hin und wieder seine Sammlung anzuschauen.«

»Ach komm schon, Mom. Du hast doch die Recherche für die Doku gemacht. Du musst doch wenigstens eine Ahnung haben, was passiert sein könnte.«

»Na ja …« Sie zögerte, um die Spannung zu erhöhen. Aber viel Spannung gab das Thema nicht mehr her. »Die Gerüchteküche brodelt schon längst nicht mehr. Der Raub ist Schnee von vorgestern. Informanten von Lacoursière sprachen von Costa Rica, einer Yacht vor der Küste Italiens, einem Tunnel in Südfrankreich … aber ganz ehrlich: bis zum heutigen Tag hat kein Mensch auch nur die leiseste Ahnung, wer hinter dem Raub steckt und was aus den Gemälden wurde. Es ist ein Mysterium. Das allenfalls noch für die Versicherungsgesellschaft relevant ist. Langsam sterben ja auch die Zeitzeugen weg.«

»Ermordet?« Begeisterung flammte in den Augen des Teenagers auf.

»Spinner!« Sie versetzte ihm spielerisch eine Kopfnuss. »Nein, sie sind alle an Altersschwäche gestorben. Pressesprecher Bantey mit 82, Museumsdirektor Carter und Kuratorin Ruth Amelia Jackson sogar erst im reifen Alter von 92 beziehungsweise 93 Jahren.« Sie seufzte. »Ich glaube, der Fall wird niemals gelöst werden.«

Ihr Sohn schnaufte enttäuscht. »Das ist ja doof. James Bond hätte den Fall gelöst! James Bond ist die coolste Sau der Welt!«

»Das Leben ist eben kein Hollywoodfilm. Hast du deine Hausaufgaben schon gemacht?«

»O Mann!« Ihr Sohn zog ab.

Marie-Claire sah zum Bildschirm. Es lief bereits der Abspann. Danksagungen an Paul Lavallée, den aktuellen Direktor des *Montreal Museum of Fine Arts*, der beim Dreh bedauernd geäußert hatte, dass sich der Wert der Gemälde seit dem Raub vervielfacht habe und das Museum nicht die Mittel besaß, die Bilder von der Versicherung zurückzukaufen, selbst wenn man sie jetzt fände. Der Schatz von Montreal würde also nie wieder komplett nach Hause zurückkehren.

Marie-Claire schaltete das Fernsehgerät aus, blieb aber auf dem Sofa sitzen. Sie sah zu beiden altmodischen Landschaftsbildern auf, die symmetrisch über dem Ikea-Fernsehtisch hingen. »Kaufhauskunst, aber ich liebe sie«, pflegte sie zu Besuchern zu sagen, die sich über diesen Ausrutscher in der modern durchgestylten Wohnung wunderten. »Habe ich von meinem Vater geerbt. Ihr wisst schon – großer, sentimentaler Wert.«

Richtig, sentimentaler Wert. Und finanziell gesehen auch. Zwei Millionen pro Bild. Ihr Vater gehörte damals zu der *Groupe '72*, wie sie sich nannten. Kunststudenten, die ein Zeichen setzen wollten. Es war als Ohrfeige für die Museumsleitung gedacht, aber auch als Happening. Zwei Fliegen mit einer Klappe: Rache und Kunst. Natürlich würden sie die Beute unter großem Medieninteresse zurückgeben. Sie wären gemachte Männer!

Aber dann lief es aus dem Ruder. Was man bekifft und in euphorischer Massenhysterie beschließt und relativ zügig umsetzt, weil Bauarbeiten am Museum eine unwiderstehliche Chance boten und einer aus der Gruppe einen Waffennarr in der Familie hatte, hinterlässt eben oft ratlose Täter. Und weil es gar so einfach ging und die Beute wirklich beträchtlich war. Da wurden ein paar von ihnen geldgeil und wollten Kohle machen, um den Rest ihres Lebens finanziell abgesichert für ihre Kunst leben zu können. Andere hatten einfach nur Angst, nicht auf verständnisvolle Richter zu stoßen, selbst wenn sie alles unbeschädigt zurückgaben, und dann die nächsten zwanzig Jahre als Toyboy von ganzkörpertätowierten Schwerverbrechern im Knast verbringen zu müssen. Man einigte sich darauf, die Bilder gegen ein Lösegeld zurückzugeben, aber das schlug fehl. Und so wurde die Beute untereinander aufgeteilt und jeder zog seines Weges.

Das hatte ihr Vater ihr auf dem Totenbett gebeichtet. Er war an Krebs gestorben. Zuvor hatte er als Lehrer unzähligen Kindern die Liebe zur Kunst nahegebracht. Alle hatten ihn geliebt. Marie-Claire wollte nicht, dass dieses Andenken an ihren Vater zerstört wurde und man nur noch den Kunsträuber in ihm sah. Sie würde schweigen. Bis zu ihrem eigenen Totenbett. Auf die Gefahr hin, dass ihr Sohn – falls sie unversehens bei einem Unfall aus dem Leben gerissen würde – diese Landschaftsbilder mit der einzigartigen Geschichte stante pede auf den Müll werfen würde …

Vereinsmeier

Ein Zugabteil. Ein Mann und eine Frau, aus entgegengesetzten Richtungen im Gang kommend, treten mit leichtem Gepäck ein.

Er: Bitte nach Ihnen.
Sie: Vielen Dank, sehr freundlich.

Sie setzen sich.

Er: *(smalltalkend)* Sie fahren auch nach Nürnberg?

Sie nickt, zieht umständlich ein sehr großes Buch aus ihrer großen Umhängetasche und liest.

Er: Fahren Sie diese Strecke öfters? *(schaut aus dem Fenster)* Ist ja sehr malerisch. Die Gegend.

Sie lächelt gequält, schüttelt den Kopf und liest weiter.

Er: Herrlich, wie man mit dem Zug völlig bequem sein Ziel erreichen kann. Ich fahre ja kaum noch Auto. Geschäftlich, meine ich. Ich bin Geschäftsführer einer Kleinbrauerei. Na, so klein auch wieder nicht. Jahresumsatz über eine Million! Immerhin!

Er reicht ihr seine Visitenkarte.
Sie steckt sie ungelesen zwischen die Buchseiten und liest weiter.

Er: Und was machen Sie, schöne Frau?

Sie: *(lächelt gequält)* Ich bin Hausfrau und Mutter. Ehrenamtlich arbeite ich außerdem in einem Wohltätigkeitsverein.

Er: Ist das wahr? Wie interessant, dass Sie das gerade jetzt erwähnen. Stellen Sie sich vor, ich bin auch in einem gemeinnützigen Verein.

Sie: Tatsächlich? *(klappt resignierend ihr Buch zu)* Faszinierend!

Er: Ja, nicht wahr? Wir nennen uns BRÜDER DER GERECHTIGKEIT.

Sie: Brüder der Gerechtigkeit? Ist das etwas Kirchliches?

Er: Nein, wo denken Sie hin. Aber wir dienen einer noblen Sache. Wir beseitigen rigoros das Böse.

Sie: Ach. Das klingt aber martialisch. *(spöttisch)* Sie sind quasi die Ninjas des Alltags?

Er: *(ihre Häme ignorierend)* Null Toleranz gegenüber den faulen Äpfeln der Gesellschaft, das ist unser Motto. Wir sind weit über 1000 Mitglieder weltweit. Allein in Deutschland 300. Jeder von uns kam nur durch persönliche Empfehlung in den Verein. Übrigens wurde die Gemeinnützigkeit nachgewiesen – die Mitgliedschaft ist steuerlich absetzbar.

Sie lächelt bemüht.

Er: Unser Gründer – leider viel zu früh verstorben – hatte sich der Idee verschrieben, überall dort einzugreifen, wo der Gerechtigkeit durch den Staat nicht Genüge geleistet wird.

Sie: Aha, Sie meinen im Pflegebereich, im Asylrecht und so weiter?

Er: Nein, ich meine in der Beseitigung von unwürdigem Abschaum.

Sie: Müllabfuhr? Von kompostierbarem Bio-Müll?

Er: *(verächtlich)* Wenn Sie so wollen … Allerdings Sondermüll – auf zwei Beinen. Wissen Sie, der moderne Mensch ist dekadent. Kein Sinn mehr für überkommene Werte. Das Bewusstsein dafür, dass jeder von uns nach den Regeln spielen muss, wenn das Ganze funktionieren soll, haben manche völlig verloren. Und ein einziger fauler Apfel kann die ganze Obstschale zum Verrotten bringen. So geht das nicht. Folglich merzen wir unwürdige Äpfel aus.

Sie: Das klingt jetzt aber sehr rechtsradikal.

Sie rückt etwas ab.

Er: *(entsetzt)* Aber nein, Gott bewahre! Wir sind absolut apolitisch und überkonfessionell. Wenn ich von Abschaum spreche, meine ich Politiker jedweder Couleur, die ihre Wahlversprechen nicht halten. Ich denke an Beamte, die sich bestechen lassen. *(zieht eine Augenbraue hoch)* Ich denke aber auch an Ehefrauen, die ihren Pflichten gegenüber Mann und

Kindern nicht nachkommen und sich stattdessen mit einem Liebhaber vergnügen.

Sie: Hochinteressant.

Er: Ja, nicht wahr? Ich selbst bin erst seit kurzem Mitglied und fühle mich überaus geehrt, ja, *geehrt*, an diesen erhabenen Zielen mitwirken zu dürfen. Um ehrlich zu sein: ich bin heute zum ersten Mal im Einsatz.

Sie: Was Sie nicht sagen. Und wie genau «beseitigen« Sie den Abschaum? Sammeln von Beweisen und Aushändigung an die Justiz? Oder gleich peinliches Outing in den Medien?

Er: Wir greifen zu radikaleren Methoden. Die finale Lösung, wenn Sie wissen, was ich meine.

Sie: Final? Wie in *final*?

Er: *(nickt selbstgefällig)* Schusswaffen, Messer, Gift, die bloßen Hände – was immer sich im betreffenden Moment anbietet.

Sie: Ah ja. Und woher erfahren Sie, wer Ihren Wertvorstellungen nicht entspricht?

Er: Meistens werden wir von Familienangehörigen oder Geschäftspartnern informiert. Durch Mund-zu-Mund-Propaganda genießen wir einen gewissen Ruf. Wir stehen natürlich nicht im Telefonbuch. Und haben auch keine eigene Homepage. Aber man kann uns finden, so schwer ist das gar nicht.

Sie: Hm, warum erzählen Sie mir das eigentlich alles? Haben Sie keine Angst, dass ich Sie der Polizei melden könnte? Oder gegenüber der Presse alles ausplaudern könnte? Oder besser noch: beides!

Er: Eigentlich bin ich da völlig unbesorgt.

Er zieht genüsslich eine Pistole aus seinem Jackett.

Er: Sie werden künftig überhaupt nicht mehr viel plaudern. Ihr Mann hat uns nämlich auf Sie angesetzt. Sie hätten ihn nicht betrügen sollen – oder zumindest nicht mit seinem besten Freund, das war sehr unvernünftig. Voll das Klischee. (*im Nachsatz*) Und natürlich unmoralisch.

Sie lacht. Glockenhell. Ein bisschen künstlich.

Sie: Komisch, wirklich komisch.

Er hebt beide Augenbrauen.

Sie: Sehen Sie, ich bin ebenfalls Mitglied im Verein. Regionalgruppe Süd. Zuletzt als Kassenwartin. Der korrekte Name ist laut Vereinsregister übrigens *Brüder und* ***Schwestern*** *der Gerechtigkeit*! So viel Zeit muss sein.

Er lässt die Waffe sinken und hebt sie hurtig wieder an.

Sie: Ich sitze auch nicht ganz zufällig hier. Ihre rechte Hand in der Brauerei hat mich engagiert. Sie haben in Ihre eigene Tasche gewirtschaftet, auf Kosten der Firma. Jetzt stehen deswegen sogar Entlassungen an. Und außerdem – aber das ist jetzt reine Spekulation meinerseits – ist er scharf auf Ihren Stuhl.

Er: (*leicht verunsichert*) Sie nehmen mich doch auf den Arm? Aber mit diesem Trick machen Sie mir nichts vor. Ihr Schicksal ist besiegelt. Keiner wird vermuten, dass ich es war, der Sie erschossen hat. Wir kennen uns schließlich überhaupt nicht. Ich verspreche Ihnen auch, dass es schnell gehen wird und Sie nicht groß leiden müssen. Ich habe extra Schießunterricht im Schützenverein genommen.

Sie: Das freut mich zu hören. Tja, aber wie sagte Maggie Thatcher so schön: Willst du eine Rede hören, dann geh zu einem Mann, willst du Taten sehen, dann geh zu einer Frau. In diesem Sinne: Leben Sie wohl.

Ein Schuss.
Er schaut überrascht und sackt vom Sitz und zuckt noch ein Mal und ist tot.
Sie zieht eine kleinkalibrige Waffe aus dem dicken Buch. Die Waffe qualmt noch. Dann fischt sie ihr Handy aus der Handtasche und wählt eine Nummer.

Sie: Gregor? Ich bin's. Du kannst Herrn Holtkötter melden: Auftrag erledigt. Völlig problemlos … *(sie stupft die Leiche mit dem Fuß an)* Ja, noch warm, aber mausetot, ich bin schließlich Profi … Du Gregor – das war jetzt mein dreiunddreißigster, da muss auch mal ein Bonus drin sein. … ja … ich brauche eine Gefälligkeit … ja … wäre mir lieb, wenn du das persönlich erledigen könntest … genau … es geht um meinen Mann …

Salzgrotten-Fandango

Ist hier noch frei?«

Der Mann ist ungefähr in meinem Alter, trägt einen weißen Leinenanzug von *Hugo Boss* und duftet nach *Armani*. Zielstrebig ist er auf mich zugekommen, obwohl alle anderen Liegen frei sind. Das und seine professionelle Ausstrahlung lassen mich wissen: er ist mein Mann. Mit ihm habe ich mich hier verabredet.

Ich bin Kurier. Weiblicher Kurier. Nein, nicht die Sorte, die Ihnen heute bringt, was Sie gestern bestellt haben. Keine ungeduschte, ungekämmte Unter-Mindestlohn-Fahrerin. Ich trage Haute Couture, dufte dezent nach *Chanel No. 5* und überbringe »Informationen«. Keine hochpreisigen Informationen wie beispielsweise chemische Formeln aus Kosmetik- oder Pharmazielaboren, Marketingstrategien von Konkurrenzunternehmen oder militärische Einsatzpläne. Nein, ich überbringe höchstpersönliche Botschaften. So wie jetzt.

»Ja, bitte«, sage ich zu dem Mann und nicke.

Das Schöne an meinem Beruf ist die Abwechslung. Mein voriger Auftrag führte mich ins Hotel Sacher in Wien, meine Zielperson und ich ließen uns mittels Room Service je ein Stück Sacher-Torte aufs Zimmer bringen. Eine

Freude für den Magen. Jetzt liege ich in der Salzgrotte der Lahn-Dill-Bergland-Therme. Eine Freude für die Lunge.

Bei leiser, sphärig instrumentaler Entspannungsmusik und zwanzig Grad Raumtemperatur entspannt man sich hier zwischen Salzziegeln, gefertigt aus dem besonderen Salz vom Toten Meer, und atmet eine Luft, die reich ist an Mikroelementen wie Magnesium, Natrium und Kaliumchlorid, was in einer Dreiviertelstunde fast so gut tut wie ein dreitägiger Aufenthalt an der See. Das erfinde ich nicht, das habe ich im Faltblatt gelesen, während ich auf meine Kontaktperson gewartet habe.

Der Vorschlag kam von ihm. Es lag verkehrstechnisch für uns beide günstig, und zur Mittagszeit im Hochsommer sollten wir die Grotte für uns haben. Und darum liege ich jetzt hier und *chillaxe*, diese herrliche Mischung aus chillen und relaxen.

»Sehr entspannend«, sagt er.

»Wirklich sehr entspannend«, bestätige ich.

Das ist jetzt keine Erkennungsparole, er muss darauf nicht antworten »Und in China fällt gerade ein Sack Reis um«, damit ich weiß, es mit dem Richtigen zu tun zu haben. Nein, es handelt sich einfach um Smalltalk. Wiewohl die meisten meiner Kontaktpersonen normalerweise zu angespannt sind, um zu plaudern.

Er breitet die weiße Decke, die auf der Liege lag, über seinen Knien aus und lässt die Liege nach hinten klappen. Da man im Liegen schlechter zielen kann, werte ich das als gutes Zeichen für unsere künftige Zusammenarbeit.

Ich klappe meine Liege ebenfalls zurück und genieße den gleich darauf einsetzenden Horizontal-Komfort. Ich atme die salzgeschwängerte Luft tief ein und wieder aus und wieder ein und wieder aus. Ja, hier lässt es sich aushalten.

Aber wir sind ja nicht zum Vergnügen hier.

Gerade will ich auf das Geschäftliche zu sprechen kommen, als die Tür aufgeht und ein greises Paar eintritt. Raschelnd eintritt. So eine Salzgrotte darf man ja in Straßenkleidung aufsuchen, nur für die Schuhe gibt es »Überschuhe« aus Plastik. Die beiden schlurfen zu zwei Liegen, die am weitesten von uns entfernt sind.

Das ist jetzt blöd, denke ich. Eine gewisse Privatsphäre ist für die Informationsübergabe unabdingbar. Aber vielleicht geht es ja trotzdem. Alte Leute hören ja schlecht.

Der Mann neben mir dreht den Kopf zu mir und sagt: »Unglaublich entspannend.«

Ich greife unter die Decke in meinem Schoß.

»Pst!«, mahnt die Greisin von der anderen Seite der Grotte. Ihr Gatte neben ihr tätigt im Liegen einige Lockerungsübungen mit Armen und Beinen. Er erinnert an einen Käfer, der auf den Rücken gefallen ist und krampfhaft versucht, sich umzudrehen.

Nein, die werden nichts mitkriegen, denke ich und wende mich meinem Nebenlieger zu.

Doch da, verdammt, geht die Tür erneut auf und zwei Herren treten ein.

Unwillkürlich entringt sich mir ein Seufzer. Die Nachricht, die ich zu überbringen habe, ist *sehr* privat. Ich hatte wirklich gehofft, mit der Kontaktperson allein zu bleiben – es ist eine kurze Nachricht, eine einzige, ungestörte Minute hätte schon gereicht.

Die Herren nicken zur Begrüßung, nehmen auf zwei Liegen neben dem Seniorenpaar Platz, lehnen sich zurück und schließen die Augen. Sie tun das alles synchron, als ob sie es geübt hätten. Aber vermutlich sind es einfach nur Stammgäste, die sich hier in der Grotte einen Mittagsentspannungsquickie gönnen.

Ich richte mich auf. »Ich soll Ihnen etwas ausrichten«, flüstere ich dem Mann neben mir zu.

»Was?«, ruft er und hält den Kopf leicht schräg, als müsse er sein Ohr justieren.

Da geht die Tür erneut auf. Nicht schon wieder, denke ich.

Eine nicht mehr ganz junge Frau im Bademantel und mit grau-melierten Zöpfen tritt ein. Offenbar gönnt sie sich einen Wellness-Tag in der Lahn-Dill-Bergland-Therme.

»Findet hier gleich die Progressive Muskelentspannung statt?«, ruft sie.

»Nein, die gibt's nur dienstagabends«, ruft die Greisin, deren Gatte immer noch zuckt.

»Ach so, na egal«, sagt unser Neuankömmling und legt sich auf die nächste freie Liege neben den beiden Herren.

»Was sagten Sie gerade?«, fragt mich die Zielperson neben mir.

»Pst!«, ruft die Oma.

Ich seufze erneut. Es ist ja nicht so, dass ich alle Zeit der Welt habe. Der Folgeauftrag in Genf wartet schon. Warum stellt sich der Typ neben mir jetzt dumm? Deshalb ist er doch hier, weil er weiß, dass ich eine wichtige Nachricht an ihn habe – darüber, wie die fragliche Angelegenheit final aus der Welt zu räumen sei.

Hilft ja nichts, denke ich nach kurzem Blick auf die anderen Salzgrottenbesucher, ich muss jetzt zu Potte kommen.

»Ich soll Ihnen ausrichten, dass es ein Fehler war, Möppelchen zu vergiften«, sage ich leise, aber dezidiert, zu dem Mann gelehnt.

»Hä?«

»Möppelchen, den Mops. Sie haben es sich mit dem falschen Hundebesitzer verdorben«, erkläre ich.

Exakt diese Angelegenheit sollte ein für alle Mal erledigt werden, indem *er* erledigt wurde. Final. Und zwar von mir.

Doch jetzt stutze ich. Der verständnislose Ausdruck, mit dem er mich ansieht, scheint verteufelt echt. Äh, hat er sich etwa nur neben mich gelegt, weil er mit mir flirten wollte?

In diesem Moment geht schon wieder die Tür auf, und ein dicklicher, älterer Herr stapft in die Salzgrotte. Die beiden Taschen seines Bademantels beulen sich verdächtig aus. Sein Blick wandert zu mir.

Meine Hand umklammert die SIG Sauer mit Schalldämpfer unter der Decke in meinem Schoß.

Sollte ich mich in der Zielperson vertan haben? Hat womöglich der Dicke den ständig kläffenden Mops der Geliebten des russischen Oligarchen vergiftet? Ich weiß nur, dass meine Zielperson ein Mann ist – der Nachbar der Gespielin.

Etwas unschlüssig schaue ich zu dem Neuankömmling.

Er erwidert meinen Blick und greift in seine Bademanteltaschen.

Was ich nicht wusste: sein Blick ist nur zufällig auf mich gefallen, weil so ein Blick ja immer irgendwohin fallen muss, außer man schließt die Augen. Im Bruchteil einer Sekunde muss ich entscheiden, ob in Wirklichkeit er meine Zielperson ist. Und ob er womöglich weiß, dass man mich auf ihn angesetzt hat, und er nun seinerseits Gegenmaßnahmen ergreifen will. Ich darf kein Risiko eingehen.

Ich ziehe die SIG Sauer unter der Decke hervor und schieße ihm direkt zwischen die Augen.

Gemeinhin denkt man ja, eine beschalldämpfte Handfeuerwaffe würde ein leises »*Plop*« machen, wenn man jemand damit erschießt. Aber es ist mehr ein »*Summmmm*«. Das *Summmm* integriert sich nahtlos in die Entspannungsmusik in der Salzgrotte.

Der Dicke sackt bäuchlings auf die Liege vor ihm. Dabei kullern zwei Gummienten aus seinen Bademanteltaschen.

Die Frau mit den Zöpfen bekommt das mit und springt verschreckt auf.

Summmmm, machte der Schalldämpfer.

»Haben Sie oder haben Sie nicht vor zwei Wochen den Mops Moppel vergiftet?«, wende ich mich nun genervt an meinen Nebenlieger.

Der ist mittlerweile so bleich wie sein Leinenanzug weiß ist. Er schüttelt den Kopf. Im Grunde ist das aber auch egal, denn er hat schon viel zu viel mitbekommen.

Summmmmm.

Einer der beiden Männer ruft: »Mops? Haben Sie gerade Mops gesagt?«

Ich stehe auf und trete mittig vor die Liegen der beiden.

»Sind Sie die Frau, die mir am Telefon gesagt hat, der Mops-Vorfall ließe sich regeln, wenn ich mich mit ihr hier in der Salzgrotte treffe?«, fragt der links vor mir.

Na also, geht doch, denke ich. Einen quälenden Moment lang habe ich schon Angst gehabt, zum ersten Mal in meinem Leben keinen erfolgreichen Vollzug vermelden zu können.

Statt einer Antwort jage ich erst dem Mann links, dann dem Mann rechts eine Kugel in den Kopf. *Summmm.*

Die Einschusslöcher sind kaum zu sehen. Ich bin ja auch Profi.

Na also, geht doch.

Ich schaue zu den beiden Alten. Die Oma ist eingeschlafen, mit offenem Mund. Sie schnarcht leise. Der Opa macht – mit geschlossenen Augen – immer noch seine Lockerungsübungen. Die haben beide gar nichts mitgekriegt.

Ich zögere kurz. Soll ich …?

Aber nein. Die beiden sollen ihren Lebensabend in Ruhe bis zum Ende genießen. .Also verstecke ich die SIG Sauer unter meinem Kostümblazer und …

… gehe.

Irgendwann muss es auch mal gut sein. Eine Handvoll Tote pro Tag ist ein absolut adäquates Pensum!

Willkommen bei Trödel Träuble & Sohn

Die Ladentür schlug an.

Traugott Träuble schaute auf. Was er sah, gefiel ihm nicht.

»Grüß Gott.«

Es war ein Donnerstagnachmittag. Unter der Woche kamen nur angemeldete Stammkunden. Oder es verirrte sich ein zufällig vorbeiflanierender Tourist in seinen Laden im Altstadtviertel der süddeutschen Provinzmetropole. Aber die vier, die jetzt vor ihm standen, waren definitiv keine Touristen. Und auch keine Stammkunden.

»Herr Träuble?«

»Ja?«

Traugott trug wie immer ein weißes Hemd mit Fliege, eine graue Flanellhose mit messerscharfer Bügelfalte und eine Hausjacke aus blutrotem Samt. Das war er seinen Kunden schuldig. Dieses *Je ne sais quoi*-Flair des gehobenen Trödelhändlers. Trödel und Antiquitäten, wohlgemerkt. Fast ausschließlich aus Ägypten.

TRAUGOTT O. TRÄUBLE, ÄGYPTENKENNER stand auf seiner Visitenkarte. Wobei er nie Ägyptologie studiert hatte, er hatte auch noch nie einen Fuß auf ägyptischen Boden gesetzt, und das O. stand für ohne, also ohne Mittelnamen. Seine Eltern hatten ihn mit *Traugott* schon genug gestraft, wie sie selbst eingesehen hatten. Aber auf einer Visitenkarte machte sich so ein Initial einfach besser. Zumal, wenn man Hochpreisiges an den Mann zu bringen gedachte.

Traugotts Geschäft in der gepflasterten Gasse zwischen eindrucksvollen Fachwerkbauten – gegenüber dem Haus, in dem einst Eduard Mörike drei Monate mit seiner Schwester Klara gewohnt hatte – bestand im Grunde nur aus der riesigen Panoramaschaufensterscheibe. Der Raum dahinter wirkte wie ein Addendum.

Und durch die Scheibe hatte er sie bereits kommen sehen. Den Kahlkopf, die Pferdeschwanzträgerin und die beiden Streifenpolizisten.

»Was kann ich für Sie tun?«, fragte Traugott jetzt, legte die Erstausgabe von Mika Waltaris *Sinuhe der Ägypter* zur Seite (Linden Verlag, Bern 1950, Übersetzung Charlotte Lilius) und trat hinter der schmalen Verkaufstheke (Teakholz, Gründerzeit) hervor.

»Herr Träuble«, sagte der Kahlkopf, »Sie werden beschuldigt, Antiquitäten zu schmuggeln.«

Traugott Träubles buschige Augenbrauen schossen nach oben. »Äh … wie bitte?« Seine Fassungslosigkeit war fast greifbar.

»Wir haben einen Durchsuchungsbeschluss«, sagte die Pferdeschwanzträgerin.

Traugott sah auf das gefaltete Blatt Papier in ihrer Hand. Er griff aber nicht danach, sondern fasste sich nur an die Brust und ließ sich wieder auf seinen Kamelsattelhocker fallen.

Weil Traugott alt war, schlussfolgerten der Kahlkopf und die Pferdeschwanzträgerin, beide vergleichsweise sehr jung, dass er kurz vor dem Schockinfarkt stand. Die Frau fächelte ihm mit dem Durchsuchungsbeschlusspapier Luft zu. »Geht's? Brauchen Sie ein Medikament? Oder einen Arzt?«

»Nein, danke.« Traugott fand ihre Besorgnis rührend. »Was wird mir denn vorgeworfen? Etwa Hehlerei? Ich kann Ihnen versichern, dass ich nur bei lizenzierten Händlern gegen Rechnung kaufe.«

Während die Frau weiterfächelte, sagte der Mann – mit sanfter Stimme, um Traugott nicht weiter zu beunruhigen: »Sie stehen in dem Verdacht, illegal Altertümer aus Ägypten zu schmuggeln.«

»Aber … aber …«, stotterte Traugott. »Das ist doch lächerlich!« Seine fleckige Altmännerhand fasste sich an den Hals. Er schluckte schwer. Die junge Frau goss ihm aus der Kristallkaraffe neben der original Registrierkasse *National* aus dem Jahr 1910 und goss ihm etwas Wasser ein. Traugott trank dankbar.

Die Streifenbeamten warfen sich einen Blick zu. »Wir warten dann draußen, okay?«, sagte der Ältere zu dem Kahlkopf, der daraufhin nickte. Offenbar sahen sie in Traugott keine Gefahr und in dem kleinen Verkaufsraum war es für fünf Menschen auch definitiv zu eng.

Neben der Theke mit der Kasse gab es noch einen gusseisernen Kaminofen (Rasmussen & Co, Odense/Dänemark, 1925), eine kniehohe Bierbank vor der Panoramascheibe (Fichte lackiert, Hornbach, 2014) und einen immens großen Eichenholzschrank (Niederlande, 1880), der die komplette Wandseite gegenüber dem Fenster einnahm und dessen Türen entfernt worden waren, damit er als Verkaufsschrank dienen konnte. Die Einrichtung stammte noch von seinem Vater, Trödel Theodor, der seinerzeit Trödel aller Art feilgeboten hatte. Erst nach dem Tod des Seniors hatte Traugott sich getraut, auf altägyptisches Kunsthandwerk umzusatteln.

Der Kahlkopf musterte die Regale des Eichenholzschrankes, auf denen unzählige altägyptisch anmutende Gegenstände zur Schau gestellt wurden – Skarabäen, geschnitzte und gemeißelte Götterfiguren, Schmuck, Steinfragmente mit Hieroglyphen, Papyrusrollen. Traugott war zwar im Schwäbischen beheimatet, aber sein Herz schlug für das Land der Pharaonen. Als es noch das Land der Pharaonen war. Das moderne Ägypten hatte er, wie gesagt, noch nie besucht.

»Wirklich, das ist … lächerlich!«, echauffierte sich Traugott. Langsam fasste er sich wieder. Er blies sich mit mehreren, raschen Atemzügen wie eine Kröte auf, erhob sich, ging zum Schrank und nahm einen zehn auf zehn Zentimeter großen Anubis-Schrein mit Blattgold heraus. »Hier, bitte – *Made in Taiwan!*« Traugott drehte den Schrein um, damit der Kahlkopf und die Pferdeschwanzträgerin das asiatische Fertigprodukt-Echtheitssiegel lesen konnten. »Ich bin kein Schmuggler!« Traugott lief rot an. Die Frau fing wieder an zu fächeln.

»Unser Experte kommt gleich noch. Wenn Sie uns bitte einfach nur Ihre Bücher zeigen würden«, bat der Kahlkopf.

»Ja … natürlich … hier unten.« Er zeigte auf die Rückseite der Verkaufstheke. Um den Beamten Platz zu machen ging er an ihnen vorbei und lehnte sich an das –

neben dem holländischen Schrank – einzig große Stück seines Trödelladens, einen aufrecht stehenden Sarkophag.

Zum Rascheln umgeblätterter Seiten in seinen Buchhaltungsordnern erklärte Traugott: »Das ist unerhört ... ich bin seit vierzig Jahren im Geschäft ... ich bin ein angesehener Kaufmann und kein ... *Schmuggler*!« Er spie das Wort aus wie eine Kirsche, in der sich ein Wurm befand.

»Sie haben hier auch Quittungen aus Kairo, Herr Träuble.«

»Natürlich biete ich auch *echte* ägyptische Handwerkskunst an, aber doch keine geschmuggelte Ware. Es handelt sich ausnahmslos um legale Repliken.« Traugott ging zu der Bierbank. »Hier, meine Nachbildung der Nofretete-Büste, die beziehe ich im Dutzend von den Abdelghani-Brüdern aus Kairo, aber die bestellen sie wiederum bei einer Gipserei in Berlin. Das ist die moderne Globalisierung.«

»Hm«, machte der Kahlkopf.

In diesem Moment ging die Ladentür auf. Traugott schluckte schwer. War das jetzt einer seiner Stammkunden, denen er die Wahrheit über die globalisierte Nofretete natürlich nie erzählte hatte?

Nein, Gott sei Dank, ein Unbekannter. Traugott atmete erleichtert aus.

»Verzeihung, gar nicht so einfach, bis man hier in der Innenstadt einen Parkplatz gefunden hat.« Ein kleiner Mann im Tweedanzug platzte herein. »Guten Tag, Doktor Stefan Klenk.« Er schüttelte Traugott fischig die Hand.

»Herr Klenk?«

»Doktor Klenk. Ich bin der Experte.« Klenk rieb sich die schwitzigen Hände und sah sich um. Ein abschätziger Ausdruck huschte über sein Gesicht. »Nun ja, meiner Ersteinschätzung zufolge haben wir es hier nicht mit hochwertigen Exponaten zu tun.«

»Deswegen heißt mein Laden ja auch *Trödel Traugott*«, maulte Traugott.

Klenk hörte ihm gar nicht zu. Zügig, aber penibel nahm er jeden Gegenstand in die Hand. Bei einer Kette aus altägyptischen Fayenceperlen in verschiedenen Grüntönen mit einem Djed-Pfeiler als zentralem Anhänger stutzte er kurz, nur um gleich darauf den danebenstehenden Kanopen-Krug aus Alabaster zu inspizieren.

»Wie kommen Sie nur auf die Idee, ich könnte Schmuggler sein?«, wollte Traugott wissen. »Ist das eine Routine-Überprüfung? Machen Sie das regelmäßig bei allen Trödelhändlern?«

Weder Klenk noch die Beamten antworteten darauf. Traugott, der sich mittlerweile wieder vollends gefangen hatte, geriet immer mehr in Rage. »Ich schmuggle nicht. Gelegentlich fahre ich nach Paris oder Berlin auf Trödelmärkte, aber ich kaufe nichts, was auch nur den Hauch der Authentizität besitzt. Ausschließlich Nachbildungen. Hochwertig natürlich, aber nachgemacht, nicht echt. Dabei geht es mir darum, ein möglichst vielfältiges Angebot für den Ägyptenliebhaber zu offerieren, und ich …«

»Was ist das?« Klenk hatte sich durch die komplette Auslage geschnüffelt und stand nun vor dem Sarkophag.

»Das ist ein Sarkophag«, sagte Traugott folgerichtig. Und ergänzte gleich darauf: »Aber der ist nicht geschmuggelt, der wurde von einem befreundeten Holzschnitzer aus Oberammergau gefertigt. Ein Unikat. Als Deko für mein Geschäft.«

»Dass der nicht echt ist, sehe ich auch«, erklärte Klenk – Verzeihung: Doktor Klenk – mit eisiger Stimme, weil Traugott ihm implizit unterstellt hatte, er könne eine oberbayrische Schnitz- und Malarbeit nicht von einer altägyptischen unterscheiden. »Könnten Sie den bitte einmal öffnen?« Er atmete hechelnd. Wie so ein kleiner Terrier, der ein Leckerli erschnuppert hat.

Traugott seufzte.

Und öffnete den Sarkophag.

»Mein Gott!«, rief der sogenannte Experte. Die beiden Beamten sahen auf.

Im Innern des Sarkophags befand sich eine Mumie. Von Kopf bis Fuß in weiße Tücher gehüllt.

»Die ist nicht echt«, erklärte Traugott.

Die Beamten kamen rasch näher. Doktor Klenk fuhr zeitlupig die Hand in Richtung Mumie aus, verlor aber auf den letzten Zentimeter den Mumm und zog seine Hand flugs wieder zurück. Der Kahlkopf schob Klenk beiseite und griff nach der Mumie. Die sich ihm gleich darauf, weil sie offenbar nicht richtig gesichert war, entgegenwarf. Er fing sie mit beiden Armen auf und taumelte einen Schritt zurück. Dr. Klenk quietschte auf. Die Streifenbeamten kamen hereingestürmt.

»Das ist eine Schaufensterpuppe«, sagte die Pferdeschwanzträgerin, die beherzt gegen den Verband geklopft hatte. »Hartplastik.«

»Ja natürlich ist das eine Schaufensterpuppe«, bestätigte Traugott. »Ich vergreife mich doch nicht an einer echten Mumie. Das wäre eine Störung der Totenruhe! Und enorm unhygienisch!« Er war Schwabe, Hygiene war ihm wichtig. Hygiene und Kehrwoche. Staubkörner würden die Beamten in seinem Laden ebenso wenig finden wie Schmuggelware.

Der Kahlkopf schob die Mumie wieder in den Sarkophag und schloss den Deckel. »Haben Sie noch weitere Räume?«

Traugott nickte. »Hier entlang.« Die kleine Prozession aus fünf Personen – einer der Streifenpolizisten blieb im Laden zurück – marschierte aus dem Verkaufsraum in den angrenzenden Wohnbereich. Traugott lebte bescheiden – er hatte zur Rückseite des Gebäudes eine winzige Ein-Zimmer-Wohnung, die fast nur aus überquellenden Bücherregalen bestand. Ägyptorabilien gab es dort nicht. »Ich meinte Lagerräume«, brummte der Kahlkopf.

»Ach so, natürlich.« Traugott führte sie wieder in den Flur des alten Fachwerkhauses und stieg die Treppe hinunter.

»Willkommen in meinen Katakomben!« Traugott öffnete die schwere Holztür. Den Eintretenden bot sich im Licht einer nackten Glühbirne ein ernüchterndes Bild: Mehrere Billy-Regale (Ikea, Birkenfurnier, weiß, 1999) mit exakt denselben Skarabäen, Götterfiguren, Schmuckstücken, Nofretete-Köpfen, Steinfragmenten mit Hieroglyphen und Papyrusrollen wie oben im Verkaufsraum. Dazu noch eine weitere Mumie, ohne Sarkophag. Der promovierte Terrier schnüffelte sich von Regalbrett zu Regalbrett. Traugott schmunzelte innerlich. Der würde eine herbe Enttäuschung erleben.

»Mehr haben Sie nicht?«, fragte die Pferdeschwanzträgerin.

Traugott schüttelte den Kopf.

»Tja, Ihre Buchhaltung ist so weit in Ordnung. Wir nehmen die Ordner zur weiteren Überprüfung mit. Sie bekommen sie zurück, sobald wir fertig sind.« Der Kahlkopf wandte sich an den Experten. »Doktor Klenk?«

Klenk guckte enttäuscht. »Das ist alles Schrott.«

»Ich muss doch sehr bitten!«, brummte Traugott. »Das sind alles mit Liebe gemachte Sammlerstücke!«

»Das ist Trödel«, urteilte Klenk final und stapfte die Treppe nach oben. »Zeitverschwendung!«

Während der Kahlkopf und die Streifenbeamten Traugotts Ordner nach draußen trugen, fragte die Pferdeschwanzträgerin besorgt: »Alles wieder gut? Soll ich jemand für Sie anrufen? Brauchen Sie irgendetwas?«

So ein liebes Mädchen, dachte Traugott, der offenbar doch mitgenommen aussah. »Danke, es geht schon. Mir ist nur kurz der Schreck in die Glieder gefahren.«

Sie lächelte. »Wir müssen allen Hinweisen nachgehen, das verstehen Sie doch. Aber Sie bekommen Ihre Unterlagen baldmöglichst zurück, und dann geht das Leben wieder seinen gewohnten Gang. Auf Wiedersehen, Herr Träuble.«

Traugott setzte sich und sah den Beamten durch die Panoramascheibe nach. Puh, was für ein Schock.

Er sah auf seine Armbanduhr. In einer halben Stunde würde die begüterte Witwe kommen.

Bestimmt hatte dieser Versicherungsmensch aus dem ersten Stock die Polizei benachrichtigt. Der wollte ihm das Leben schwermachen. Mehrfach hatte er sich schon bei Traugott beschwert. Wegen des Geruchs. Traugott machte sich mittags immer Kohlsuppe auf seiner Herdplatte warm. Je nun, die Geschmäcker sind verschieden.

Nicht, dass Traugott Kohlsuppe mochte. Gott bewahre, scheußliches Zeug. Aber der Kohlduft überdeckte den Verwesungsgeruch der zwischengelagerten Kellerleichen.

Ja, genau – die in Mull gewickelte Mumie in der Katakombe war echt. Also, nicht echt mumifiziert, aber echt tot.

Wer konnte denn bitteschön von Trödel leben? Und sich davon sogar die Erstausgaben leisten, die Traugott so liebte? Niemand! Deswegen verdingte sich Traugott regelmäßig als Auftragskiller. Nichts Großes, keine Staatsmänner oder Drogenbosse, nur Erbtanten oder unliebsame Ehemänner oder Konkurrenten im mittleren Management. Die er zumeist erschlug und dann auf seinen Fahrten ins Ausland kleinteilig entsorgte.

Traugott setzte sich auf seinen Kamelsattelhocker und seufzte. Das war ja gerade nochmal gut gegangen. Er zog die unterste linke Schublade auf und zählte die Mullbinden. Ja, das reichte noch gut für den Versicherungsmakler aus dem ersten Stock.

Traugott Träuble, Trödelhändler in zweiter und Totschläger in erster Generation, schmunzelte …

Meister Maik heizt Ihnen ein!

›Meister Maik heizt Ihnen ein!‹, stand im Telefonbuch unter *Heizungstechnik-Meisterbetrieb Maik Gräter* gleich neben der Festnetznummer.

Oh ja, mir musste dringend eingeheizt werden. Also, jetzt nicht mir persönlich, ich habe genug post-wechseljahrsbedingte Hitzewallungen, dankeschön, aber der Gastherme meiner schnuffig-kleinen Doppelhaushälfte. Die hatte angesichts des frühen Wintereinbruchs mal wieder den Geist aufgegeben. Also bestellte ich – auch mangels Alternativen – Meister Maik ein.

Und schon drei klirrend kalte Tage später klingelt er an meiner Tür. Klein, gedrungen, im Blaumann mit eingesticktem Vornamen. Und Berufsabschluss. Also nicht nur *Maik*, sondern *Meister Maik*. So viel Zeit muss sein.

»Die ist *alt*«, sagt Maik, nachdem er gerade mal die Verkleidung abgenommen und ins Innere meiner Therme geschaut hat.

Als ob *alt* ein Kriterium wäre. Pö! Etwas kann alt sein und trotzdem noch exzellent funktionieren. Früher hat man schließlich Qualität gebaut. Nicht wie heute, wo alles nur noch Schrott mit eingebautem Verfallsdatum ist.

Ich bin auch alt, gehöre aber deshalb noch lange nicht zum alten Eisen.

Meister Maik ist – von meiner Warte aus gesehen – ein junger Spund.

Jetzt schlägt er mit dem Schraubenschlüssel gegen das Metall der Therme. Das rote Lämpchen flackert, aber die Therme springt nicht wieder an.

»Nee, sieht nicht gut aus.« Er schüttelt den schütter behaarten Kopf.

»Ich will nicht auch noch am Wochenende in der Kälte sitzen. Man muss doch irgendwas tun können«, beharre ich bibbernd.

Seit 72 Stunden trage ich Thermounterwasche, drei Lagen Oberbekleidung und meine selbstgehäkelte Bommelmütze und schütte im Minutentakt heißen Tee in mich, aber dennoch bin ich ein einziger Eisklotz. Längst produzieren auch meine Hormone keine Hitze mehr, nur noch leicht lauwarme Wallungen.

Meister Maik schaut mich aus großen, braunen Dackelaugen an. »Na ja, klar, irgendwas kann man immer machen.« Er mustert mich und meinen Zwiebellook.

Alte Jungfer, urteilt er. Ich lese es an seinen Augen ab. Sein Blick schweift kurz durch die Küche, wo sich die Therme befindet, und durch die offene Tür in den Flur und das gegenüberliegende Wohnzimmer, bleibt an den Mirò-Drucken an der Wand, dem echten Perserteppich und am Eames-Stuhl neben dem Eingang hängen. *Betuchte* alte Jungfer, denkt er jetzt und sagt: »Wissen Sie, es wäre sehr viel vernünftiger, wenn Sie mich eine neue Therme installieren lassen. Das ist im ersten Moment eine etwas größere Investition, zugegeben, aber unterm

Strich kommt Sie das billiger. Auf lange Sicht, meine ich.«

Echt jetzt? Hält der mich für eine leichte Beute? Bloß weil ich alt und weiblich bin, will er mich jetzt über den Tisch ziehen und mir eine komplett neue Therme andrehen?

»Danke, ich komme gern darauf zurück«, sage ich, obwohl ich ihm am liebsten eine Kopfnuss versetzt hätte, aber ich bin ja leider Gottes noch gut erzogen. »Im Moment möchte ich jedoch einfach nur, dass meine derzeitige Therme wieder anspringt.«

»Ich weiß nicht, ob ich dieses alte Ding wieder zum Laufen bringe.« Maik guckt die Therme skeptisch an. »Und selbst, wenn ja … nee, nee, nee … die hat ihre besten Zeiten hinter sich … ganz ehrlich, ich will Ihnen da wirklich keine Angst machen, aber ….«

Das Satzende hängt unausgesprochen zwischen uns. Unausgesprochen, aber bedrohlich.

»Tun Sie einfach Ihr Möglichstes«, bitte ich ihn. Meine Stimme klingt schon einen Tick schneidender.

»Hm.« Er drückt ein paar Schalter, dreht eine Mutter auf und wieder zu, lässt Wasser ab.

Nichts tut sich.

»Das sieht mir nach was Größerem aus«, unkt Meister Maik.

Ich verschränke die Arme und sage nichts.

Er öffnet seinen Koffer und zieht ein paar Gerätschaften heraus, mit denen er gleich darauf in den Eingeweiden meiner Therme wühlt.

»Aha, jetzt weiß ich, wo das Problem liegt. Da muss ein Teil ausgetauscht werden.« Meister Maik zieht den

Kopf aus dem Inneren der Therme. »Hoffen wir, dass das Ersatzteil auf Lager ist.«

Ich hebe eine Augenbraue. Pure Abzocke, da bin ich ganz sicher.

Maik tippt eine Kurzwahlnummer in sein Handy. »Ja, hallo, hier der Maik. Sag mal, habt ihr mir einen Elektrodensatz 8718193749z? Für eine alte Vaillant. Genau, voriges Jahrhundert.« Er kichert. Blöde, wie ich finde. »Nicht auf Lager? Hab ich mir doch fast gedacht. Bis wann …? Ist gut. Moment Mal.«

Maik senkt das Handy und schaut mich an. »Das ist ein spezielles Ersatzteil und muss erst beim Hersteller bestellt werden. Für so uralte Thermen ist eben nicht immer alles beim Großhändler vorrätig. Soll ich es für Sie bestellen?«

Ich spüre deutlich, der will mich mürbe machen, mich weich kochen, mir auf Gedeih und Verderb eine neue Heizung andrehen!

»Sie müssen es extra bestellen?«, frage ich. »Ist das Teil dann bis morgen da?«

Maik schüttelt den Kopf. »Aller Voraussicht nach nicht. Vermutlich am Montag.«

»Montag?« Ich kreische es fast. »Dann sitze ich ja das ganze Wochenende im Kalten!«

Maik schaut hinüber in mein Wohnzimmer und zu meinem flackernden Kamin. »Es soll wieder milder werden, habe ich gehört. Und vor so einem Kamin kann es doch sehr … gemütlich sein.«

Er wollte bestimmt *romantisch* sagen und hat sich dann gebremst. Weil so alte Omas wie ich ja keinen Sinn mehr für Romantik haben. Er denkt bestimmt, dass bei uns reiferen Semestern die Libido eingeschrumpelt und abgefallen ist.

Das Feuer flackert fröhlich. Ich teile seine Fröhlichkeit nicht. »Das Kaminfeuer gibt nicht genug Wärme für die ganze Wohnung ab! Oben im Schlafzimmer ist es eiskalt«, protestiere ich. »Und wie soll ich duschen? Etwa mit kaltem Wasser?«

»Na ja, an solche Situationen muss man ganz pragmatisch herangehen«, doziert Maik. »Kurzzeitig geht ja auch Katzenwäsche mit dem Waschlappen? Oder Sie gehen ins Hallenbad?« Er zuckt mit den Schultern. »Außerdem ist es ohnehin gesünder, wenn man im Kalten schläft.«

Für ihn ist die Sache klar. Je länger er mich wegen des Ersatzteils zappeln lässt, desto eher gebe ich klein bei und lasse für mehrere tausend Euro eine neue Therme installieren.

»Wollen Sie damit sagen, dass Sie rein gar nichts für mich tun können?«

»Ich kann Ihnen das Ersatzteil bestellen und am Montag einbauen. Aber erst Montagnachmittag – ich hab da eine Baustelle, um die ich mich vorrangig kümmern muss.«

»Das ist höchst unbefriedigend«, erkläre ich.

Er zuckt schon wieder mit den Schultern. »Wie ich schon sagte, mit so einem alten Gerät hat man immer Probleme. Im Grunde lohnt die Reparatur nicht.«

Immer, wenn er von dem *alten Gerät* spricht, habe ich das Gefühl, er meint mich.

Ich funkele ihn finster an, aber Männer vom Bau sind ja Kummer gewöhnt. Meine Dolchstoßblicke fechten ihn folglich nicht weiter an.

»Soll ich jetzt oder nicht?«, fragt er.

Ich nicke.

Er hebt sein Handy wieder ans Ohr. »Grünes Licht, bitte das Ersatzteil für mich bestellen. Ja, genau. Nee, ich komme Montag früh vorbei und hole es ab. Danke dir.« Dann steckt er sein Handy weg. »So, erledigt. Ab nächster Woche haben Sie es dann wieder warm. Aber wie lange das dann halten wird, kann ich natürlich nicht garantieren. Wie gesagt, wenn was so alt ist, dann taugt es nichts mehr.«

Mein Schmähfinger zuckt.

Aber ich spüre deutlich, dass mir das Ausfahren des Fingers nicht reichen wird.

Während er die Verkleidung der Therme wieder einhängt und seine diversen Gerätschaften einpackt, gehe ich die paar Schritte zum Kamin hinüber.

Das kleine Kaminfeuer prasselt. Ich nehme den Schürhaken zur Hand, arrangiere die kokelnden Scheite neu, hole tief Luft, drehe mich um, marschiere zu Meister Maik und hole kräftig aus.

Maik sackt sofort auf dem Boden zusammen. Ich bin seit dreißig Jahren Biologielehrerin – ich weiß, welche Stelle an der Schläfe man mit dem Schürhaken für eine optimale Wirkung treffen muss.

Anschließend hole ich die Folien-Meterware aus dem Keller und breite sie unter seinem Körper aus. Ich will nicht, dass Blut und andere Körperflüssigkeiten in meinen Dielenboden sickern, wenn ich ihn gleich in Klein- und Kleinstteile zerlege. Mit der Laubsäge, weil eine Kettensäge zu laut wäre – ja, es wird endlos lange dauern, aber am Wochenende ist schulfrei und beim Sägen wird mir wenigstens warm werden.

Die Heizungsinstallateurmeisterkleinstteile werde ich nach und nach im Kamin verfeuern. Das geht. Also, bei den Herren Schmidhuber und Dölling ging es zumindest. Den ganzen letzten Winter habe ich mit den beiden zusätzlich zum Buchenholz geheizt. Was an Knochenresten blieb, habe ich im Mörser zerstampft und damit meine Zimmerpflanzen gedüngt.

Die Nachbarn haben nichts mitbekommen, außer dass es natürlich öfter mal nach Grillfleisch roch, weswegen Frau Schmülling aus der anderen Haushälfte nicht mehr mit mir redet, weil sie Veganerin ist und sich von meinen *Bratwurst*düften persönlich angegriffen fühlte. Aber darauf pelle ich mir ein Ei.

Dass ich jetzt schon den zweiten Winter in Folge nicht heiß duschen kann, ist natürlich ätzend. Aber das härtet ab. Letztes Jahr habe ich keine einzige Erkältung bekommen.

Nach Silvester rufe ich einen neuen Heizungsinstallateur an. Aus dem Nachbarort – hier in der Stadt bin ich durch. Und bis dahin wird mir Meister Maik einheizen.

Wie er es versprochen hat …

Dem Frohsinn ein Ende

Bahlinger kotzte mir direkt vor die Füße. War ja klar. »Entschuldigung«, nuschelte er hinter der Hand hervor, mit der er sich die Speisereste vom Mund wischte. Ich tippte auf veganen Gemüse-Burger vom Veggie-Stammtisch im *Café Central* gestern Abend. Bahlinger war unser neuer Assistent, der tote Mann ohne Gesicht sein erstes Mordopfer. Und das noch vor dem Frühstück. Eine echte Zumutung des Schicksals.

»Hoffentlich hast du jetzt nicht wichtige Beweisspuren vernichtet«, spottete Häneke.

»Ich bin mir fast sicher, dass sich unter diesem braunen, dampfenden Haufen ein aufschlussreicher Fußabdruck befand«, setzte Dr. Thiel von der Spurensicherung noch eins drauf.

Mir war das allmählich zu viel Geflachse. Da lag schließlich ein toter Mann ohne Gesicht. Der hatte jetzt weiß Gott nichts mehr zu lachen.

»Meine Herren«, donnerte ich folglich, »zurück zum Thema!«

Es herrschte augenblicklich Stille. Bahlinger zuckte sogar zusammen. Er hätte wohl nie gedacht, dass in einer gerade mal einsfünfundsechzig großen Person so viel

Stimme stecken konnte. Der Junge hatte noch viel zu lernen.

»Häneke, zieh los und befrag die Nachbarn. Nimm Bahlinger mit. Aber er soll sich vorher das Gesicht waschen.«

Ich drehte mich zu Dr. Thiel um. »Was können Sie mir sagen?«

»Es müssen drei Schüsse abgegeben worden sein. Aus nächster Nähe direkt in sein Gesicht. Allerdings fehlen die Patronenhülsen.«

Ein Täter, der hinter sich aufräumte. Interessant. Konnte man aus den Hülsen etwa Rückschlüsse auf die Identität des Mörders ziehen? Ich notierte mir diesen Gedanken im Hinterkopf. Dann ging ich in die Küche. Wie hieß das heulende Elend auf dem Hocker vor der Esstheke gleich wieder? Ich zückte mein Notizbuch. Ach ja, Birte Steffen, 21, Freundin des Ermordeten.

»Hier bitte.« Ich hielt ihr die Kleenex-Rolle hin.

Die Küchentücher würden ihr zwar die Haut von der Nase schaben, aber wenigstens den Fluten Einhalt gebieten.

»Warum? Warum Theo? Warum er?« Sie sah zu mir auf.

Gott, wie ich diese waidwunden Blicke hasse. Warum, warum? Warum fragt keiner nach dem Warum, wenn er einen Sechser im Lotto hat? Manchmal haben wir eben Glück und manchmal Pech. Such is life.

Ich hatte fast täglich mit Menschen zu tun, die tot waren. Und das nicht freiwillig. Mein Zynismus war meine Überlebensgarantie.

Was hatte sie doch gleich gefragt? Genau. Warum Theo?

»Ich weiß noch nicht, warum gerade er sterben musste, Frau Steffen. Aber Sie können uns helfen, diese schreckliche Tat aufzuklären. Wann haben Sie Herrn … äh … Theo zum letzten Mal lebend gesehen?«

Mist, ich hatte doch tatsächlich vergessen, mir den Nachnamen des Opfers zu notieren. Ich wurde langsam alt.

Birtes Augen gaben mittlerweile keine Flüssigkeit mehr her. »Gestern Abend. Eigentlich heute früh. So gegen halb zwei. Wir haben gefeiert. Im *Grisou*. Theo hat gestern einen Brief bekommen – die Zusage für eine Hauptrolle in dem neuen Til-Schweiger-Film. Er war überglücklich. Und hat mir einen Antrag gemacht!«

Ihr Blick ging ins Leere. Die Zeit zog sich.

»Was haben Sie danach getan?«

Birte schüttelte ihre blonden Locken. Versteht sich, dass ein künftiger Oscar-Preisträger nur einen Cara Delevigne-Verschnitt an seiner Seite duldete.

»Ich habe Theo noch nach Hause gebracht. Er war ziemlich betrunken. Weil es so eine tolle Nacht war, haben wir auf der Terrasse noch eine Flasche Champagner getrunken. Das kann bestimmt die alte Schachtel von gegenüber bestätigen. Die hat nämlich rübergerufen, dass sie gleich die Polizei holt, wenn wir nicht still sind. Wir sind dann rein. Ich bin nach Hause. Ich konnte nicht über Nacht bleiben, weil ich meine Katze füttern musste. Theo war auch viel zu betrunken für ….« Sie schluchzte. »Mein Gott, Theo. Und jetzt?«

Jetzt brach die Zeugin, die ihren toten Freund um acht Uhr heute Morgen mit von vermutlich drei Kugeln zerfetztem Gesicht im Wohnzimmer seines ziemlich luxuriösen Häuschens aufgefunden hatte – in Flensburgs bester Lage, am Moordamm, vermutlich von den Eltern hingestellt –, neuerlich in Tränen aus. Ich klopfte ihr auf die Schultern. Tröstlich, wie ich glaubte, dann trat ich in den Flur. Häneke und Bahlinger schlenderten gerade durch die Haustür.

»Niemand hat etwas gehört oder gesehen. Die Frau aus dem Haus gegenüber meinte nur, der Tote hätte in der Nacht zuvor wilde Orgien abgehalten.«

»Weiß ich schon. Er hat mit seiner Freundin die Zulassung zu irgendeiner Schauspielschule gefeiert.«

»Echt herb«, seufzte Bahlinger mit einem Blick auf die in der Zwischenzeit wieder lauthals flennende Birte in der Küche. »Reich, gutaussehend, macht Karriere, hat eine tolle Frau – und wird an seinem schönsten Tag erschossen.«

»Er ist wenigstens mit einem Lächeln im Gesicht gestorben«, warf Häneke ein.

»Wie kannst du dir da so sicher sein?« Ich steckt mein Notizbuch wieder in die hintere rechte Gesäßtasche. »Vom Gesicht ist doch gar nichts mehr übrig. Bis auf den Augapfel da drüben. Muss wohl rausgekullert sein.«

Diesmal kotzte Bahlinger Häneke voll.

Mitten auf die schönen, neuen Wildledertreter.

* * *

Mein Chef stieß zu, als ich in meinem Büro im Polizeipräsidium in den Norderhofenden rittlings auf meinem klapprigen, unergonomischen Bürostuhl saß und mit zwei Fingern meinen Bericht in den Computer hämmerte. Häneke und Bahlinger hatten ihn kommen sehen, mich aber nicht gewarnt.

»Frau Droste, können Sie schon mit ersten Ermittlungsergebnissen aufwarten?«, bellte Weisz mir ins Ohr.

Er war nur unwesentlich größer als ich. Wenn ich saß. Napoleons Reinkarnation, inklusive Komplex.

»Der Tote ist ja noch nicht mal kalt!«

Diesen Ton durfte ich mir erlauben. Carsten Weisz und ich hatten gemeinsam die Holzbank auf der Polizeischule in der Nähe von Kiel gedrückt. Wir waren privat sogar per Du. Hatten in grauer Vorzeit auch mal miteinander geschlafen. So gut war er nicht. Auch fachlich nicht. Aber seine Karriere war ein einziger Steilanstieg im Rekordtempo.

»Frau Droste, ich will wissen, ob Sie mir schon etwas zum Täter sagen können, und nicht, ob Sie den Toten mit einem Fieberthermometer malträtiert haben«

Häneke grinste in sich hinein. Bahlinger wurde bleich. Der würde sich in der Mordkommission nicht lange halten. Hier blies ein rauer Wund.

»Es gibt keinerlei Einbruchsspuren. Der Tote hat seinen Mörder offenbar gekannt. Es wurde nach Angaben seiner Verlobten nichts gestohlen, folglich können wir Raubmord ausschließen. Ich tippe auf eine Beziehungstat. Unsere Suche wird sich auf den Bekanntenkreis konzentrieren.«

Carsten rückte mit frisch manikürten Händen seine poppige Krawatte zurecht. »Na also, geht doch. Diesen Brocken werde ich jetzt der Presse hinwerfen.«

Der Mann lebte für seine Auftritte vor den Medien. Als sich die Tür hinter ihm geschlossen hatte, packte Häneke seine Rosinenbrötchen aus. Er bot Bahlinger eins an. Der griff beherzt zu, obwohl er sich vor weniger als einer Stunde noch Magen und Galle ausgekotzt hatte. Holde Jugend! Mein Ex war genauso gewesen. Immer gut drauf. Und unverwüstlich. Bis zu dem Unfall.

Ich summte *How fragile life is* von Sting und hackte wieder auf meine Tastatur ein. Wenn ich an meinen toten Ex denke, summe ich grundsätzlich Sting.

»Du weißt aber schon, dass es nicht unbedingt ein Bekannter gewesen sein muss«, meinte Häneke und spuckte, da er mit vollem Mund redete, Rosinen und Krümel über den Schreibtisch. »Man lässt ja auch andere Leute in seine Wohnung – Staubsaugervertreter, Klempner, Amtspersonen, Pizzalieferanten.«

»Nachts um drei?«, höhnte ich.

Häneke strahlte mit dicken Hamsterbacken.

»Ja klar, nachts um drei. Ist doch die beste Zeit für eine richtig fette Pizza.«

»Wer liefert nachts um drei noch was aus?«

»*Dimis* an der Schiffsbrücke?«

»Der hat aber keine Pizza, nur Gyros und Lamm.«

»Und einen veganen Bauernsalat!«, rief Fleischlosmissionar Bahlinger glücklich.

* * *

Das schrille Läuten des Telefons riss mich aus meinen gar nicht so süßen Träumen. Ich schnappte nach Luft. Eben war ich noch knietief in Blut gewatet. Was für eine Erlösung die Realität doch bisweilen sein kann.

Ich tastete den Nachttisch ab, stieß noch die halb volle Schlummertrunk-Flasche *Flens Gold* um und fischte nach dem Handy.

Zu meiner Überraschung steckte ich noch in meinen Kleidern. Blauer Kaschmirpulli. Das letzte Geschenk von meinem Ex.

Ich hievte meine Beine aus dem Bett, schwer wie Blei.

Das Display zeigte 5:00 Uhr.

»Was ist?«, blaffte ich.

Es war Häneke. »Unser Mann hat schon wieder zugeschlagen. Dieselbe Methode. Gesicht weggepustet. Keine Patronenhülsen. Keine aufgebrochenen Türen oder Fenster. Diesmal ist das Opfer eine Frau.«

»Okay, hol mich mit dem Wagen ab.«

»Ich steh schon vor deiner Tür.«

»Ich bin in zwei Minuten unten.«

* * *

Um fünf Uhr zehn hielten wir vor einer luxussanierten Villa im Gorch-Fock-Weg. Dieses Ambiente kann sich nicht jeder leisten.

Bahlinger kam uns schon entgegen. »Dr. Iris Reger«, las er aus seinem niegelnagelneuen Notizbuch vor. »Ihre Nachbarn sagen, dass sie Medizinerin war. Aber nicht praktische, sondern forschende. Am Diakonissenkrankenhaus. Ich bin schon seit fast einer Stunde hier.« Er strahlte wie ein Bub, der eine besonders dicke Made entdeckt hat und seiner Mutter voller Finderstolz das schleimige Etwas entgegenhält.

Wir stiegen zu dritt in den vierten Stock. Warum wurden die Leute in Häusern, in denen es keinen Aufzug gab, nie im Erdgeschoss ermordet?

In der funktional und minimalistisch eingerichteten Wohnung wimmelte es von Menschen. Streifenbeamte, Spurensicherer. Und schon wieder eine tränenüberströmte junge Frau. Kein Model-Typ. Die Lebensgefährtin?

»Häneke, wer ist das?«

»Die Schwester der Toten.«

Ich seufzte. »Bring sie weg.«

»Wohin denn?«

»Meinetwegen in den Keller. Nur raus hier.«

Häneke schmollte, folgte aber meiner Anweisung. Wär ja auch noch schöner.

Ich sah mich zu Bahlinger um. »Dr. Iris Reger, richtig? Haben Sie schon herausgefunden, ob sie mit diesem Theo ... äh ... Dingsbums in irgendeiner Beziehung stand?«

»Ich habe keinen Hinweis darauf finden können. Und ihre Schwester sagt, dass sie noch nie von einem Theo Bäumler gehört hat.« Bahlinger strahlte immer noch. Das ging mir tierisch auf die Nerven. Wahrscheinlich freute er sich einfach, dass er dieses Mal nicht hatte kotzen müssen.

»Sehen Sie das da auf dem Boden?«, jubilierte er.

Pfiffiges Kerlchen mit einem Auge für Details. Den musste ich im Auge behalten.

»Konfetti.«

Häneke kam wieder herein. »Ich habe sie bei der Nachbarin von nebenan untergebracht.«

»Die Schwester sagt, dass die Tote vor Kurzem einen Durchbruch in ihrer Forschung erzielt hat«, fuhr Bahlinger fort. »Irgendeine Neuerung auf dem Gebiet der Kardiologie.«

»Sie hat also gefeiert«, konstatierte ich wegen des Konfetti.

Bahlinger zückte wieder sein Notizbuch. »Im kleinen Kreis. Die Nachbarin von nebenan, Klara Lutz, hat gesagt, es sei ein Mann zu Besuch gewesen. Sie hätte ihn schon des Öfteren gesehen. Ein Arbeitskollege, wie sie glaubt. Er sei gegen 23 Uhr gegangen.«

Was für eine aufmerksame Nachbarin. Hatte sie einen Bewegungsmelder installiert oder campierte sie nächtens immer vor ihrem Türspion?

Häneke fuhr sich in einer Denkergeste über das stoppelige Kinn. »Beide Opfer haben gefeiert. Das könnte das Verbindungsglied sein. Wir sollten prüfen, ob Dr. Reger auch im *Grisou* war.«

Ich sah ihn nicht an, sondern betrachtete die kleine Fotogalerie auf dem Fenstersims. Eine glücklich lächelnde Iris Reger, in Shorts und Baseballmütze an der Flensburger Förde, im Kreis ihrer Familie unter dem Weihnachtsbaum, im weißen Kittel im Kollegenkreis, im Chanel-Kostüm als Studioporträt. Lächelnd. Zuversichtlich. Keine hübsche Frau, aber eine mit einer geballten Ladung Kompetenz und Ausstrahlung. Wieder jemand, dem das Lachen vergangen war. Dauerhaft.

»Hörst du mir überhaupt zu?«, fragte Häneke.

»Ja. Gute Idee. Stell fest, ob sie im *Grisou* war.« Ich drehte mich zu Bahlinger um. »Haben Sie schon alle Anwohner hier in der Straße befragt?«

»Nein, nur Frau Lutz von nebenan.«

»Na, dann los.«

Bahlinger zischte ab.

Häneke lief zur Höchstform auf. »Hörmal, das ist doch seltsam«, sagte er, »Dr. Reger hier im Gorch-Fock-Weg, dieser Theo Bäumler drüben am Moordamm. Die räumliche Nähe ist auffällig. Und das hier ist ja nicht irgendein Problemviertel, sondern beste Wohnlage.«

Ich grinste und legte mit Daumen und Zeigefinger auf mich an. »Vielleicht ein betuchter Rentner, der bei ruhestörendem Lärm nicht erst lange bei der Polizei durchläutet, sondern zur Selbsthilfe greift. Peng.«

»Aber warum schießt er erst, wenn schon wieder Ruhe eingekehrt ist? Wenn die Gäste gegangen sind? Nein, da steckt was anderes dahinter.« Häneke strich sich über die Bartstoppeln. Es knackte.

Ich ging in die Knie und formte aus dem bunten Konfetti einen grimmigen Smiley.

»Chefin, Chefin!« Bahlinger stürmte atemlos herein, rannte gegen einen vierschrötigen Kriminaltechniker, ging zu Boden, rappelte sich wieder hoch. »Chefin, eine Frau zwei Häuser weiter hat einen Verdächtigen davonschleichen sehen! Sie schwört Stein und Bein: Der Täter war ein Zwerg!«

* * *

Wir belehrten Bahlinger, dass es nicht Zwerg hieß, sondern Kleinwüchsiger. Dann krallten wir uns die Nachbarin, eine Petra Ohlig, und nahmen sie mit aufs Revier, um die Verbrecheralben durchzugehen.

Frau Ohlig, eine hagere Endfünfzigerin, Witwe, neigte zu blumigen Ausschmückungen. Auf Nachfrage räumte sie ein, dass es wohl doch kein Zwerg war, sondern einfach nur ein sehr kleiner Mann. Für Frau Ohlig war alles Zwerg, was kleiner war als ihr verstorbener Gatte selig. Sie blätterte den ganzen Vormittag durch die Alben, währen wir sie mit Kaffee und Croissants vom *BackWerk* versorgten, bis sie um 11 Uhr 45 verkündete, dass sie den Mann ja nur von hinten gesehen habe, und da sei das Wiedererkennen auf einem Foto wirklich schwierig. Ehrlich, wenn es ohne Zeugen ginge, wäre mein Leben das reinste Paradies.

»Er war also relativ klein, trug Jeans und einen Pulli und eine Wollmütze«, wiederholte ich alle gesicherten Punkte ihrer Aussage.

Frau Ohlig nickte. »Es war natürlich dunkel, und ich konnte nur die Umrisse erkennen, aber er wirkte auf mich irgendwie weibisch.«

»Ein Schwuler?«, warf Häneke ein.

Ich ließ Frau Ohlig darauf gar nicht erst antworten. »Was meinen Sie mit weibisch? Tänzerische Bewegungen? Graziler Körperbau?«

»Es könnte doch auch eine Frau gewesen sein«, meldete sich Bahlinger zu Wort.

Ich brachte ihn mit einem besonders eisigen Blick zum Verstummen.

Frau Ohlig schüttelte den Kopf. »Eine Frau könnte so eine grausame Tat nie begehen. Ausgeschlossen!«

Ich nickte. Die Ohlig und Häneke teilten sich dasselbe Uralt-Weltbild. »Frau Ohlig, Sie haben uns sehr geholfen. Zwei Kollegen von der Streife bringen Sie jetzt nach Hause.«

Auf dem Weg nach draußen stieß sie mit Weisz zusammen. Mein kleiner, etwas weibischer Chef. Ob ihn die Ohlig als Täter zweifelsfrei identifizieren würde, wenn ich ihn für eine Gegenüberstellung in Jeans und Wollmütze steckte? Ja, ja, aber man wird ja wohl noch träumen dürfen.

»Droste, schon der zweite Mord in dieser Woche!«, bellte er. Es klang, als sei das meine Schuld.

Weisz trug ein Polohemd und eine Cargohose, natürlich farbkoordiniert. Freitags golfte er immer mit dem Polizeipräsidenten in Glücksburg, im Förde-Golf-Club, und machte daher auf leger.

»Was haben Sie mir anzubieten?« Er pflanzte seinen Hintern auf meinen Schreibtisch.

»Eine Täterbeschreibung. Klein, schmal gebaut. In Jeans, Pulli und Wollmütze. Da beide Tatorte in unmittelbarer Nähe liegen, halte ich es für vertretbar, sämtliche männlichen Anwohner des Viertels zu überprüfen.«

»Na ausgezeichnet. Es tut sich was. Ich genehmige die Manpower. Sorgen Sie nur dafür, dass nicht noch ein Mord passiert.«

Er rauschte davon.

Ich sah ihm nach. Dann schickte ich Häneke und Balinger los, das *Grisou* zu überprüfen, in der Bäumler und vielleicht auch Dr. Reger den letzten Abend ihres Lebens verbracht hatten.

Daraufhin hatte ich das Büro für mich allein. Ich summte *Fragile* von Sting und goss den welken Bürogummibaum.

* * *

Nachts kann ich oft nicht schlafen. Ich liege in meinem Hochbett in meiner Eineinhalb-Zimmer-Wohnung schräg gegenüber der Phänomenta, von der aus ich das Nordertor sehen kann, und grübele. Ich muss an meinen Ex denken. Und an seine Neue. Wir hatten den Hochzeitstermin schon ausgesucht. Er war die Liebe meines Lebens. Ich aber anscheinend nicht die seine. Es habe ihn wie eine Urgewalt getroffen, hat er gesagt. Er sei machtlos dagegen, hat er gesagt. Das war vor zwölf Monaten gewesen. Dann hatten die beiden den … äh … Autounfall.

Ich habe seit damals nicht mehr gelacht.

Meine Welt ist grau in grau. Und es nervt mich, wenn andere lachen. Ganz besonders nervt es mich, wenn sie mir ihr Liebesglück auch noch plump unter die Nase reiben, indem sie fröhlich und ausgelassen in ihren heimeligen Gärten feiern und sich verliebt küssen, während ich mir meine Schlaflosigkeit durch ausgedehnte Nachtspaziergänge ablaufe. Aber jetzt habe ich ja einen Weg gefunden, mir Erleichterung zu verschaffen.

Es erleichtert die Sache enorm, dass man mit Dienstmarke überall Zugang bekommt. Den Revolver habe ich vor Urzeiten bei einer Razzia in einem Bordell in Rendsburg eingesteckt, als ich noch bei der Sitte war. Den wird niemand zu mir zurückverfolgen können. Er liegt in einem Schuhkarton unter den Winterklamotten in meinem Schrank. Zusammen mit einem Zeitungsartikel, in dem Dr. Iris Reger für ihre bahnbrechenden Arbeiten auf dem Gebiet der Kardiologie gelobt wird, und Theo Bäumlers Abschlussdiplom von der Schauspielschule. Kleine Andenken, die ich mir reinziehen kann, wenn ich mal wieder richtig down bin. Denn die zwei haben jetzt auch ausgeliebt, die werden auch nie wieder lachen. Ein irgendwie beruhigender Gedanke. Äußerst beruhigend. Wie sagt man so treffend: geteiltes Leid ist halbes Leid.

Ich bin total erledigt. Heute Nacht werde ich sicher nicht wieder losziehen. Aber morgen bestimmt. Spätestens übermorgen. Falls Sie zufällig etwas mit Ihrem Liebsten zu feiern haben, tun Sie es besser nicht in Ihrem Garten …

Dinosaurier – es gibt sie doch!

T*ick-tock, tick-tock, tick-tock* machte die alte Großvateruhr auf dem Kaminsims. Sie klang verstimmt. Das Feuer im Kamin schien dazu im Takt zu knistern.

»Würdest du das bitte nochmal wiederholen, mein Junge?«, sagte Justus Liebling und beugte sich vor, um Alexander tief in die Augen zu schauen.

Alexander und sein Vater hatten ihn um Hilfe gebeten, weil er der größte lebende Detektiv war. Nicht aller Zeiten, nicht auf der ganzen Welt, aber hier, in Bebenhausen.

Justus Liebling war ein bekannter Exzentriker. Er lebte in einem ehemaligen Bahnwärterhäuschen, kleidete sich seltsam altmodisch und aß – das beschwor Frau Hermann, die dreimal die Woche bei ihm zum Saubermachen kam – nichts als Vollkornbrot mit Butter und Marmelade und dazu ein Glas Milch. Morgens, mittags und abends.

Aber als damals der Mann der Metzgersmeisterin verschwunden war, hatte Justus Liebling ihn gefunden. Ebenso den Kater der Schulzes. Und er war es auch gewesen, der aufklären konnte, warum drei Winter in Folge keine Meisen zu der Futterstation an der Schule gekommen waren. Kurzum, wenn man ein Problem hatte, das man nicht lösen konnte, ging man zu Justus Liebling.

»Ich hab' das nicht erfunden«, wiederholte Alexander, weil man ihm das schon wiederholt vorgeworfen hatte. »Das ist wahr.«

»Ich glaub's dir ja, mein Junge, aber ich will nur sichergehen, dass ich mich nicht verhört habe, bin ja nicht mehr der Jüngste. Also, was hast du gerade gesagt?«

»Ich habe gesagt, dass der verrückte Professor, der den alten Steinbruch gekauft hat, meine Freundin Kati entführt hat! Und er will die alten Fossilien zum Leben erwecken. Er züchtet dort Dinosaurier!«

Kurz darauf standen sie am Rande des Steinbruchs und sahen hinunter. Es war ein ungemütlicher Spätnachmittag im Winter, kalt und dunkel. Das einzige Licht flackerte hinter dem Fenster der Villa auf dem Steinbruchgelände, in dem Professor Kolping wohnte.

»Ich hätte Sie mit dieser Sache gar nicht belästigt«, sagte Alexanders Vater, der den Arm fest um seinen Sohn gelegt hatte, weil hier – am Rand des Steinbruchs – immer die Gefahr bestand, dass der Boden plötzlich unter einem nachgab. »Aber Kati ist wirklich spurlos verschwunden. In ihrem Zimmer fanden wir nur einen handgeschriebenen Zettel.«

Alexanders Freundin Kati war schon erwachsen und lebte als Untermieterin bei seinen Eltern im Haus. Kati – kurz für Katharina Gerber – war Biologin und hatte sich für den Winter eingemietet, um die Kälteresistenz einer Flechten-Art zu studieren, die es nur hier in der Region gab. Alexander hatte das sofort fasziniert: Flechten, die ältesten Lebewesen der Welt. Auf ihren Expeditionen hatte er sie begleitet, wann immer er konnte. Bei ihrem letzten Ausflug musste er aber auf Anweisung seiner Eltern zu Hause bleiben und für einen Mathe-Test lernen. Kati war nicht zurückgekommen. Das war vor drei Tagen gewesen.

»Haben Sie den Zettel noch?«, fragte Justus Liebling.

Alexanders Vater griff mit der freien Hand in seine Manteltasche und zog ein gefaltetes Blatt Papier hervor.

Liebling faltete es auf und las vor: »*Muss weg. Dringende Familienangelegenheit. Meine Sachen hole ich nächsten Monat ab. Danke für alles. K.*« Er sah auf. »Erkennen Sie ihre Handschrift?«

Alexanders Vater schüttelte den Kopf.

»Sie wäre nicht einfach so fort. Sie hätte sich von mir verabschiedet!«, erklärte Alexander.

»Katharinas Handy ist ausgeschaltet, auf Mails antwortet sie nicht. Ich habe natürlich die Polizei informiert, aber die nehmen das nicht ernst. Sie habe sich doch für einen Monat abgemeldet, hieß es.«

»Er hat sie entführt!«, rief Alexander anklagend und zeigefingerte zu der Villa im Steinbruch.

»Was veranlasst dich zu dieser Vermutung?«, fragte Justus Liebling und schlug den Kragen hoch, weil der Wind am Rand des Steinbruchs eisig pfiff.

»Wir waren vor vier Tagen im Steinbruch. Da arbeitet niemand mehr. Kati wollte Proben von den Flechten nehmen. Auf einmal stürmte dieser Professor aus einem Höhleneingang und brüllte, dass wir sofort verschwinden sollten. Der Zutritt zum Steinbruch sei streng verboten. Das sei sein Privatgrundstück! Dabei hat er wie ein

Verrückter mit seinem Gehstock gedroht. Und auf einmal … auf einmal …« Alexanders Stimme überschlug sich vor Aufregung. »… auf einmal tauchte hinter ihm in der Höhle ein Schatten auf. Der Schatten eines Dinosauriers!«

Alexanders Vater räusperte sich. »Da hast du dich in deiner Panik ganz sicher geirrt. Schatten sind immer viel größer als das, was den Schatten wirft. Wahrscheinlich war es ein großer Hund.«

»Nein, ich weiß, was ich gesehen habe!« Alexander zupfte Liebling am Ärmel. »Ehrlich, ich übertreibe nicht. Es war der Umriss eines Brontosaurus. Kolping ist richtig ausgeflippt. Und weil er uns wie ein Verrückter von seinem Grund verjagt hat, hat Kati ihre Ausrüstung vergessen. Sie meinte, sie wolle sie am nächsten Tag holen. Das war der Tag, an dem sie verschwunden ist!« Alexander stockte. »Bitte, Herr Liebling, Sie müssen mir glauben. Dieser Zettel ist nicht von Kati. Kolping hat Kati entführt. Und womöglich ….« Er stockte.

»Keine Sorge«, sagte Justus Liebling, weil er zu wissen glaubte, was der Junge befürchtete. »Brontosauren sind keine Fleischfresser!«

* * *

Ein Zweig knackte unter dem Budapester von Justus Liebling. Er achtete immer sehr auf Stil – zu den edlen Budapester-Schuhen trug er einen mintgrünen Cord-Anzug und einen karierten Duffle-Coat. Nur weil er in geheimer Mission unterwegs war und eine junge Biologin vor einem ungewissen, möglicherweise tödlichen

Schicksal retten wollte, hieß das ja noch lange nicht, dass er sich nachlässig in Ganzkörperschwarz und Skimaske kleiden musste.

Justus Liebling wartete kurz ab, ob das Knacken des Zweiges gehört worden war – von Professor Kolping. Oder dem Brontosaurus. Aber es blieb alles still. Nur das Licht flackerte noch im Fenster.

Alexander hatte ihn unbedingt begleiten wollen, aber sein Vater hatte es ihm verboten. Was einerseits blöd war, andererseits zeigte es ja, dass sein Vater ihm doch glaubte und er eine Bedrohungssituation vermutete. Sie hatten vereinbart, die Polizei zu rufen, sollte sich Liebling nicht spätestens nach zwei Stunden per Handy bei ihnen melden.

Liebling schlich weiter. Als er an dem beleuchteten Fenster angelangt war, lugte er hinein.

Nichts. Nur ein leerer Raum, in dem ein Kerzenleuchter mit fünf Kerzen auf dem Schreibtisch in der Mitte stand. Liebling schüttelte den Kopf. Jeder wusste doch, dass man Kerzen niemals unbeaufsichtigt brennen lassen durfte. Wegen der Brandgefahr.

Liebling schlich um das Haus herum. Alle Fenster waren verschlossen, alle Türen verriegelt. Von der Hinterseite der Villa führte ein Trampelpfad zu einer Höhle, in der man ein ganz schwaches Leuchten ausmachen konnte.

Das war bestimmt die Höhle, in der Professor Kolping seine Experimente durchführte.

Justus Liebling schlich zum Höhleneingang und lauschte. Nichts. Aber die Höhle strahlte definitiv etwas Unheimliches aus.

Liebling schluckte. Tapfer ist nicht, wer keine Angst hat. Tapfer ist, wer Angst hat und trotzdem tut, was getan werden muss. Eine junge Frau war in Gefahr!

Also schlich er hinein. Auf dem Höhlenboden waren Schienen verlegt. Dort fuhren früher die Loren, die den Schiefer ans Tageslicht transportierten. Liebling folgte ihnen. Jetzt sah er auch, woher das Licht in der Höhle kam: an den Wänden waren in regelmäßigen Abständen Fackeln befestigt.

Und als der Weg plötzlich eine Biegung machte, sah er sie: den Professor und Kati.

Kati saß gefesselt und geknebelt an der Wand einer kleinen Seitenhöhle, die der Professor gerade Stein für Stein zumauerte, wobei er diabolisch kicherte. »Hier wird Sie keiner finden, meine Liebe.«

Justus Liebling schlich näher. Kati sah ihn kommen und bekam große Augen, verhielt sich aber ruhig.

Der Professor mauerte weiter. »Sie hätten mich in meinen Forschungen nicht stören dürfen. Die Welt ist noch nicht bereit dafür. Es tut mir leid um Sie, aber für die Wissenschaft müssen nun einmal Opfer gebracht werden.«

Liebling stolperte über einen Stein am Boden. Es machte ein Geräusch, aber Kati, die das mitbekommen hatte, fing genau in diesem Moment an, unter ihrem Knebel gurgelnd zu protestieren. Der Professor hörte nur sie, nicht Liebling.

»Ja, ja«, sagte er, »mir ist klar, dass das für Sie unschön ist. Sie sind noch jung, hatten noch viel vor. Ich bedauere es auch zutiefst. Aber Sie müssen doch zugeben, dass meine Forschung wichtiger ist als Ihre Flechten!«

Jetzt gab Kati böse, protestierende Laute von sich.

Nur noch wenige Meter trennten Liebling vom Professor.

Liebling war ohne Plan in die Höhle gegangen. Er glaubte fest daran, dass man sich immer vom Augenblick inspirieren lassen musste. Jeder Moment trägt alles in sich, was man zur Lösung eines Problems brauchte. So auch dieser.

Justus Liebling sah zu dem Haufen an Steinen, mit denen der Professor die kleine Seitenhöhle zumauern wollte. Er konnte darauf zustürzen, einen Stein packen und damit den Professor niederschlagen.

Gedacht, getan.

Justus Liebling packte einen Stein und schlug damit dem Professor an den Kopf. Nicht allzu fest, nur gerade so fest, dass er kurz ausgeknockt sein würde. Es gelang!

Dann trat er mit den Füßen die etwa kniehohe Mauer ein, die der Professor schon errichtet hatte. Zum Glück war der Mörtel noch nicht getrocknet, darum ging es leicht. Aber seine Budapester würden dennoch eine Extraschicht Schuhwichse benötigen.

Justus befreite Kati von ihren Fesseln. Den Knebel in ihrem Mund zog sie selbst heraus.

»Ich bin ein Freund von Alexander«, stellte Justus sich vor. »Er hat sich Sorgen um Sie gemacht.«

»Zu Recht. Dieser Professor ist völlig durchgeknallt.« Kati richtete sich mühsam auf. »Ich bin nicht verletzt«, sagte sie zu Justus. »Nur eingerostet, weil ich zwei Tage lang gefesselt war.«

Der Professor stöhnte.

»Wir müssen hier weg«, sagte Justus und schob Kati in Richtung Ausgang. »Sofort zur Polizei, wo wir ihn wegen Freiheitsberaubung anzeigen.«

»Nein, erst in die Villa!« Kati stakste unbeholfen zum Haus.

»Wie bitte?« Justus wollte sie zurückhalten. »Der Professor kann jeden Moment zu sich kommen. Und wer weiß, was er dann tut? Vielleicht hat er sogar eine Waffe?«

»Die hat er ganz sicher, aber wir müssen erst seine Papiere an uns nehmen.« Kati riss sich los. »Sie werden nicht glauben, woran der Professor gerade arbeitet. Das ist eine Sensation, die man der Welt nicht vorenthalten darf!«

»Lassen Sie mich raten ...«, sagte Justus. »Dinosaurier?«

* * *

Kati zögerte nicht lange. Mit dem rechten Fuß, der in einem Springerstiefel steckte, trat sie die Hintertür zur Villa ein.

Justus zögerte.

»Was ist?«, rief Kati. »Es ist kein Einbruchsdelikt, wenn man wertvolle Forschungsergebnisse der Öffentlichkeit zugänglich machen will. Denken Sie an Julian Assange oder Edward Snowden.«

Doch, wollte Justus widersprechen, *es verstößt gegen das Gesetz,* aber Kati war schon längst in den Eingeweiden der Villa verschwunden. Seufzend folgte er ihr.

»Die Polizei sollte seine Forschung sichern«, rief er in die Dunkelheit.

Von irgendwoher kam ihre Stimme. »Das dauert zu lange. Diesem Verrückten ist es gelungen, Saurier-DNA zu extrahieren und mit moderner Echsen-DNA zu kombinieren. Wir dürfen keine Sekunde verlieren!«

Nachdem er sich im Dunkeln zwei Mal den Zeh angestoßen hatte, fand er sie in dem Raum mit dem Kerzenleuchter.

Kati tastete nach dem Lichtschalter und betätigte ihn. Jetzt war der Raum taghell beleuchtet, und man sah eine lange Arbeitsbank mit diversen Laborgestellen voller Phiolen und Bunsenbrennern und Glasgefäßen mit blutroten Flüssigkeiten.

Kati zog einen USB-Stick aus einem der beiden Computer neben den Laborgestellen. »Schauen Sie sich um«, befahl sie Justus. »Sehen Sie noch irgendwo Datenträger? Oder Papiere? Alles, worauf er seine Forschungen gespeichert haben könnte?« Sie drehte sich zu ihm um. Er hantierte mit seinem altmodischen Handy, ein Uralt-Gerät, mit dem man nichts weiter konnte als telefonieren und Textnachrichten schreiben. Letzteres tat er gerade. Er wollte Alexander und dessen Vater mitteilen, dass er Kati gefunden hatte und es ihr gut ging.

»Was machen Sie denn da?«, fauchte Kati. »Wir haben Wichtigeres zu tun!«

»Bin sofort fertig«, sagte Justus.

Weil die beiden mit sich beschäftigt waren, bekamen sie die Bewegung im dunklen Flur zu spät mit. Etwas huschte an der Tür vorbei.

»O Gott, was war das? Ein Velociraptor?«

Justus wirbelte herum. Sollte er sich geirrt haben. Hatte der Professor keinen Pflanzen mümmelnden, friedlichen Brontosaurus geklont, sondern einen hochaggressiven, fleischfressenden Velociraptor?

Rasch sah er sich nach etwas um, womit er sich verteidigen konnte. Es gab aber nichts weiter als den großen Kerzenleuchter. Ob Velociraptoren sich vor Feuer fürchteten? Justus griff nach dem Leuchter.

Da tauchte der Professor in der Tür auf. Die Wunde an seiner Stirn blutete. In seinen Augen flackerte der Wahnsinn.

»Sie kommen hier nicht lebend weg!«, drohte er. »Ajax, fass!«

Die gute Nachricht: Was gleich darauf durch die Tür stürmte, war aber kein Velociraptor.

Die schlechte Nachricht: Es war ein riesiger Hund, ein argentinischer Mastiff, mit einem Brustgeschirr, auf dem große Dornen befestigt waren, so dass der Schatten, den er im Sprung an die Wand warf, sehr an einen Saurier mit Zacken erinnerte.

Instinktiv schlug Justus mit dem Leuchter nach dem zähnefletschenden Hund. Dabei fielen zwei der Kerzen aus ihrer Halterung und rollten, immer noch brennend, über den Boden. Die Flammen erfassten den Vorhang neben dem Fenster, der gleich darauf lichterloh brannte.

Justus hatte Ajax mit dem Leuchter an der Schnauze getroffen. Der Hund jaulte. »Weg hier!«, rief Kati.

Weil der Professor und der Hund ihnen den Weg zur Tür hinaus versperrten, nahm Kati Justus den Kerzenleuchter ab und schlug damit kurzerhand die Fensterscheibe ein. Sie sprang ins Freie. »Kommen Sie!«, befahl sie.

Justus sprang hinterher.

Sie liefen, was das Zeug hielt.

Als Kati und Justus sich am Ende des Steinbruchs umdrehten, sahen sie die Villa in hellen Flammen stehen. Da würde nichts mehr übrig bleiben.

In diesem Moment donnerte in einer Staubwolke der Wagen des Professors an ihnen vorbei. Man sah nur das Weiße in den Augen des Professors und die weißen Reißzähne des Hundes.

* * *

»Kati, du lebst!« Alexander umarmte seine Freundin.

Alexanders Vater schlug Justus anerkennend auf die Schulter.

»Der Professor konnte zwar fliehen«, sagte Kati, aber wenigstens habe ich den USB-Stick aus seinem Computer. Seine Forschungen werden für die Wissenschaft nicht verloren sein.«

»Und es war wirklich kein Dinosaurier in der Höhle?« Alexander klang ziemlich enttäuscht.

»Nein, es ist alles noch pure Theorie. Aber wer weiß … in ein paar Jahren …« Kati gab Alexander den USB-Stick. »Ich möchte, dass du ihn bekommst. Vielleicht wirst du eines Tages derjenige sein, der Dinosaurier wieder zum Leben erweckt.« Sie sah zu Justus. »Aber bitte keine Velociraptoren!«

»Versprochen!« Alexander strahlte.

Die Unsterblichkeits-formel

Die stirbt nie. Die wird 101. Wie die englische Queen Mum. Und warum? Weil Gin Tonic konserviert. Darum.

Die ersten zehn Jahre mit ihr waren wundervoll, die nächsten zehn Jahre so la-la, dann kamen zehn Jahre, da hätte ich sie jeden Tag in die Tonne klopfen können, mehrmals, aber danach ging's eigentlich. Und nach vierzig gemeinsamen Jahren ist es dann irgendwann auch völlig egal. Man hat sich aneinander gerieben, sich beigestanden, sich niedergemacht, sich wieder aufgebaut, und ich wette, die meisten sagen sich dann, den Rest stehen wir auch noch vollends zusammen durch. Jetzt ist eh der Lack ab, wer weiß, ob wir noch was Besseres kriegen.

So kurz vor achtzig schrumpft ja auch die Auswahl. Wobei die Frauen da die Nase vorn haben, die leben ja in aller Regel länger. Sieht man sehr gut bei uns in der Seniorenresidenz. Mehr Frauen als Männer. Im Verhältnis vier zu eins. Ich persönlich dachte mir immer, eines Morgens liegt die Marlene tot neben mir im Bett, und dann habe ich noch zehn, fünfzehn wilde Jahre, wo ich mir im Altersheim die Gespielinnen aussuchen kann. Weil nämlich, in meiner Familie werden die Männer alle uralt. Wie der Heesters. Ich habe allerbeste Chancen, die Marlene zu überleben. Dachte ich immer.

Aber die Marlene, die stirbt nicht. Weil sie Gin Tonic trinkt, jeden Abend. »Das ist mein Lebenselixier«, pflegt sie zu sagen, dann kichert sie albern. Jeden Abend. Wobei mich das Trinken weniger stört als das Kichern. Wenn ich nicht so furchtbare Arthrose hätte, weshalb ich den Arm nicht mehr hochbekomme, ich hätte sie womöglich schon längst im Affekt erschlagen. Geht aber nicht mehr. Ist ja auch gut so, ich will in meinem Alter nicht mehr in den Knast. Ich will hier bleiben, in einer der Penthouse-Suiten im Seniorenstift *Elbblick* mit hanseatischem Flair, Live-Pianomusik zum Abendessen und vielseitigem Freizeitangebot. Sowie einem äußerst leckeren Buffet an weiblichem Augenschmaus: einer ehemaligen, für ihr Alter enorm gut erhaltenen Opernsängerin, zwei Witwen betuchter Kaufleute, noch 1A in Schuss, und einer rassigen Chilenin, von der es heißt, sie habe einmal was mit Mick Jagger gehabt. Die sind alle scharf auf mich. Die könnte ich allesamt nacheinander vernaschen, dank moderner Chemie sogar gleichzeitig! Wenn Marlene nicht wäre. Deren Vermögen, väterlicherseits ererbt, uns blöderweise den Aufenthalt in diesem Luxusstift sichert.

Kurz und gut, Marlene muss weg!

Plötzlich reißt mich eine Stimme aus meinen Überlegungen.

»Für Sie ausnahmsweise auch einen Gin Tonic?«

Ich schüttele den Kopf.

Jeden Abend zur blauen Stunde mutiert Schwester Rosemarie, die tagsüber die Pflegefälle windelt, zur Barkeeperin im Salon des Seniorenstifts. Ich bringe mir immer mein eigenes Bier mit, weil ich keine Windelhände an meinem Schlummertrunk will. Bügelflaschenbier, wegen des *Plop*.

Marlene bestellt stets einen Gin Tonic, an guten Tagen auch mal zwei.

»Cheers«, ruft Marlene da auch schon.

Ich zwinge mir ein Lächeln auf die Lippen und hebe meine Bierflasche. »Auf dein Wohl«, sage ich und ersetze innerlich *Wohl* durch *Ableben*.

Praktischerweise bin ich vor meiner Pensionierung Apotheker gewesen. Unpraktischerweise würde mich das sofort auf den ersten Platz der Verdächtigenliste katapultieren, sollte Marlene jemals vergiftet werden. Außer Gift kann ich aber nichts. Wäre mir auch zu blutig. Ich bin ja kein Schlachter. Ich habe studiert.

»Cheers!«, rufen die Chilenin, die Kaufmannswitwen, die Opernsängerin, zwei hässliche Kröten, die in meinem Universum namenlos bleiben, und der ehemalige Fernsehmoderator, mein einziger Konkurrent in dieser Damenrunde. Na ja, was man so Konkurrent nennt. *Ich* habe noch meine eigenen Zähne und trage kein Echthaar-Toupet, das beim Liebesspiel ständig verrutscht und von ihm dann wieder in Position gerückt wird, wie die Chilenin meiner Frau einmal verraten hat.

Jedenfalls prosten alle Marlene zu.

Meine Marlene hat im Laufe der Zeit tatsächlich die ganze Truppe zu Gin Tonic-Trinkern bekehrt. Alle, alle machen es ihr nach. Wie die Lemminge. Ich natürlich nicht. Ich rolle nur mit den Augen.

* * *

Im Stift geht man davon aus, mein ›Giftschrank‹ – bestehend aus Strychnin, Arsen, Belladonna, Curare, Thallium, Nikotin, Digitalis – sei eine harmlose Sammlung von alten, braunen Apothekenfläschchen mit von Hand kalligraphierten Etiketten und abgestandenem Wasser als Inhalt. Quasi nur etwas fürs Auge.

»Großer Gott, Sie haben *Gift* mit in das Stift gebracht?«, hatte die Direktorin bei der als Blumenstrauß-Begrüßung getarnten Erstbegehung nach unserem Einzug entsetzt gerufen.

»Stimmt, schauen Sie her!«, hatte ich gesagt, die Strychnin-Flasche an die Lippen gesetzt und auf einen Zug geleert. Die Gute hätte beinahe einen Herzkasper erlitten. Köstlich!

»Ist nur Wasser«, hatte ich grinsend beschwichtigt.

Was mit – einer einzigen Ausnahme – auch stimmte …

* * *

»Ein Teil Gin, zwei Teile Tonic, drei Eiswürfel und eine Scheibe Zitrone«, erklärt Marlene dem Ersatz für die im Urlaub befindliche Rosemarie. Einem schmucken, neuen Altenpfleger namens Micha. Nicht Michael, nein, Micha. Mich stört diese plumpe Vertraulichkeit. Die anwesenden Damen offenbar nicht. Sogar die alte Gymnasialdirektorin, die sonst nie ihr Zimmer verlässt, hat sich jetzt mit ihrer Gehhilfe einen Platz an der Bar gesichert. Was lernen wir daraus? Ist das Fleisch auch schwach, die Augen funktionieren noch. Und grummelnderweise muss ich einräumen, dass dieser Micha Michelangelos David verblüffend ähnlich sieht.

»Heutzutage gibt es doch so viele Gin-Sorten. Kann ich Sie denn gar nicht zu einer der angesagten neuen Sorten verführen?« Dieser Micha schmalzt meine Marlene an. »Monkeys, Botanist, Duke oder unsere wunderbare Hamburger Gin-Marke, Sul?« Micha gibt alles, aber an meiner Marlene prallt er ab.

»Ich bevorzuge den Klassiker, junger Mann«, fertigt sie ihn ab.

Er zwinkert ihr zu. »Ich mache jetzt für zwei Wochen hier die Bar, noch gebe ich die Hoffnung nicht auf ...«, deutet er augenbrauenwackelnd an.

Die Frauen kichern. Auch meine Marlene.

Ich schaue zu den Gin-Flaschen. Sie stehen alle aufgereiht wie gläserne Soldaten direkt an der Theke. Insgesamt zehn Flaschen. Die Direktorin hat ordentlich aufgestockt, seit alle Gin Tonic trinken.

Hm, denkt es in mir.

»Cheers!«, jodelt Marlene.

Wie lange noch?

* * *

Die typischen Symptome einer Alkaloid-Vergiftung sind eine gerötete und heiße Gesichtshaut, Trockenheit der Schleimhäute, Puls-Beschleunigung und Erweiterung der Pupillen. Mit zunehmenden Alkaloid-Dosen schreitet die Symptomatik fort, und es werden psychomotorische Unruhe-Zustände beobachtet, die sich zu Tobsuchtsanfällen steigern und von Sehstörungen,

Verwirrtheit, Rededrang und Halluzinationen begleitet werden. In schweren Fällen tritt am Ende Tod durch Atemlähmung ein.

Entschuldigung, wenn ich kurz mal den trockenen Apotheker gebe, aber es ist mir wichtig, dass Sie den Profi in mir erkennen. Ich weiß sehr genau, dass aufgrund der geringen Dosis an Belladonna, mit denen ich den Lieblings-Gin meiner Frau in der Seniorenstiftbar versetzen werde, niemand sterben wird. Nicht einmal die gesundheitlich angeschlagene Gymnasiallehrerin.

Rote Wangen, leichte Unruhe, Übelkeit – mehr ist nicht zu erwarten. Mit *einer* Ausnahme natürlich. In das Glas meiner Marlene würde ich mit Hilfe einer Pipette so viel Belladonna träufeln, dass der Tod durch Atemstillstand absolut sicher war. Und dann … Freiheit! Ich brauche nur noch ein Alibi.

Ich gebe mir eine Woche.

* * *

Die Genialität meiner Überlegungen besteht darin, dass ich an den folgenden drei Nachmittagen in den kleinen, aber im Viertel sehr beliebten Supermarkt an der Ecke gehe, der hat nämlich nur an der Kasse eine Überwachungskamera, und dort jeweils zwei ganz leicht mit Belladonna versetzte Flaschen des Lieblings-Gins meiner Frau in die Regale stelle. Im Hobbykeller des Seniorenstifts hatte ich die Flaschen, die ich mir in dem Getränkemarkt in der Nähe der S-Bahn-Haltestelle besorgt hatte, mit jeweils einer geringen Menge Belladonna versetzt und dann mit Hilfe von transparentem Nagellack am Flaschenrand die Verschlusskappen wieder festgeklebt. Jeder, der die Gin-Flaschen öffnete, würde sie für original-verschlossen halten. Und nach dem ersten Glas Gin Tonic Krämpfe bekommen.

Was wollen Sie denn? Ich weiß, dass ich damit weder Kindern noch Schwangeren noch Kranken schade, die trinken nämlich allesamt keinen Gin. Es trifft also keine Unschuldigen. Aber es wird demnächst im ganzen Viertel Gin-Vergiftete geben – der Verdacht wird mithin nicht auf mich fallen, sondern auf irgendeinen durchgeknallten Psychopathen.

Sagte ich schon, wie genial mein Plan ist?

Schlichtweg obergenial.

* * *

Schon am fünften Tag kommt eine Durchsage im NDR. Vor dem Genuss von Gin in Blankenese werde nachdrücklich gewarnt.

Ich grinse in mich hinein. Heute ist es also so weit.

Punkt 18 Uhr betreten Marlene und ich den Panoramablick-Seniorenstiftsalon, in dem sich die hauseigene Bar befindet. Die Chilenin ist schon da und sitzt in einem Fauteuil am Kamin. Ich schaue nicht zu ihr hinüber. Es soll hinterher keine Spekulationen geben. Aber ich atme tief ihren Lieblingsduft ein, der in einer süßlichen Wolke zur Bar wabert.

Altenpfleger-Schrägstrich-Marmorgott-Schrägstrich-Barkeeper Micha ruft: »Das Übliche?«

Marlene nickt. Ich stelle meine mitgebrachte Bierflasche auf die Theke.

»Ich habe mir auch schon einen Gin Tonic bestellt«, gurrt die Chilenin mit ihrem entzückenden Akzent. »Sie sollten Prozente von den Gin-Herstellern bekommen, liebste Marlene, bei all der Werbung, die Sie für Gin Tonic machen.« Die Frauen kichern.

Während Micha den Gin Tonic für meine Frau mixt, plaudert Marlene mit der Chilenin.

Ich höre gar nicht hin. Meine volle Konzentration gilt dem Gin Tonic.

Micha zwinkert mir zu. Verschwörerisch?

Ich bekomme feuchte Handflächen.

Er stellt das Glas auf die Theke.

Jetzt gilt's!

»Heute habe ich ausnahmsweise keine Bügelflasche dabei«, rufe ich rasch. »Hätten Sie einen Flaschenöffner für mich?«

Micha dreht sich zu der Schublade um, in der die Flaschenöffner liegen.

Ein lichtgeschwindigkeitsschneller Blick zu Marlene und der Chilenin. Nein, die achten nicht weiter auf mich.

Also Pipette raus und Belladonna in den Gin Tonic getröpfelt. Schon ein winziger Schluck wird nun genügen, um Marlene in die Gefilde der Seligen zu befördern. Ganz so schnell, wie ich hoffte, geht das Träufeln mit meinen alten Armen zwar nicht, aber Micha braucht ohnehin etwas länger, was daran liegt, dass ich – als ich die winzigen Mengen Belladonna in die Gin-Flasche gab – die Flaschenöffner ganz nach hinten in die Schublade geschoben hatte.

Na bitte, perfekt!

»Cheers!«, rufe ich beschwingt, nachdem Micha mir den Flaschenöffner gereicht hat und ich mein Bier geöffnet habe.

Marlene setzt das Glas an die Lippen.

Ich starre sie an, merke, dass ich starre, wende den Blick ab, verschlucke mich an meinem Bier.

Marlene trinkt aber nicht, sie schnuppert nur am Rand des Glases. »Das ist nicht meine Lieblingsmarke!«, erklärt sie gleich darauf streng.

»Aber natürlich«, versichert Micha.

»Hören Sie, junger Mann, ich habe schon Gin Tonic getrunken, da waren Sie noch gar nicht auf der Welt!«, insistiert Marlene.

Mir ist, als müsste ich eingreifen, aber ich weiß nicht, wie. Zudem bin ich mir absolut sicher, dass man die Belladonna-Beigabe nicht herausriechen kann. Was hat sie nur?

»Lassen Sie mich probieren«, verlangt die Chilenin.

Jetzt weiß ich, wie ich reagieren muss. Nämlich indem ich der rassigen, süß duftenden Südamerikanerin das Glas aus der Hand schlage, bevor es zu spät ist, aber sie ist schneller als ich mit meinem Arthrose-Arm.

»Ich finde, es schmeckt wie immer«, erklärt die Chilenin nach einem kräftigen Schluck und stellt das Glas ab.

Ich seufzte. Adios, Chilenin. Nun gut, mir blieben ja noch die Opernsängerin und die beiden Kaufmannswitwen.

»Unsinn!«, widerspricht Marlene und faucht Micha an: »Geben Sie es doch einfach zu – Sie wollten mich eigenmächtig zu einer anderen Gin-Sorte bekehren!«

»Aber gnädige Frau …«, fängt Micha an.

»*Gnädige Frauen* Sie mich nicht! Wollen Sie wirklich behaupten, es handele sich um meinen Lieblings-Gin? Probieren Sie!« Sie schiebt ihm ihr Glas entgegen.

Dieses Mal gebe ich alles und schiebe das Glas unter Missachtung aller Schulterschmerzen rasch nach links außer Reichweite von Micha. Bei der Chilenin wird sich niemand groß wundern, wenn sie stirbt, sie ist ja alt, aber wenn so ein junger Kerl wie Micha das Zeitliche segnet, wird es Fragen geben. Und eine Autopsie.

»Ah, es ist wieder Gin o'Clock!«, trällert es plötzlich zu meiner Linken. Die Opernsängerin hat sich lautlos angeschlichen – oder vielleicht muss ich auch mein Hörgerät neu justieren –, und noch bevor ich eingreifen kann, greift sie sich mit der stark beringten Rechten Marlenes Gin-Tonic-Glas und nimmt einen kräftigen Schluck.

Mir klappt der Unterkiefer auf.

Okay, bleiben also nur noch die beiden Kaufmannswitwen. Noch kommt aber keine Panik in mir auf, es ist ja immer noch ein flotter Dreier möglich.

Sofern Marlene den Rest des Glases austrinkt.

»Köstlich!«, erklärt die Opernsängerin und stellt das Glas ab.

»Siehst du, Schatz«, rufe ich, »es ist doch dein Lieblings-Gin. Sonst hätte ihn Frau von Cipriani doch nicht so genossen. Sie erkennt Qualität, wenn sie sie schmeckt.«

»Nichts für ungut«, sagt meine Marlene in Richtung der Opernsängerin, »aber mit über 80 liegen die Geschmacksknospen schon im Koma. Ich *weiß*, dass das nicht *mein* Gin ist!«

Ich schaue zu Marlene, nicht auf das Glas, darum bekomme ich zu spät mit, wie sich Micha das Glas schnappt und einen ordentlichen Schluck nimmt.

In mir denkt es: »Scheiße!«

»Das ist definitiv Ihr Lieblings-Gin!«, erklärte er mit einer gewissen Finalität.

Marlene schnaubt.

»Mir ist nicht gut«, verkündet die Chilenin. Schwer torkelt sie ein paar Schritte zurück und lässt sich in den Fauteuil sinken.

Außer mir bekommt das keiner mit. Die Kampfhähne Marlene und Micha sind zu sehr mit sich selbst beschäftigt, und die Opernsängerin guckt schon glasig.

»Das ist nicht meine Gin-Marke, das ist eine andere. Und das haben Sie absichtlich gemacht, Sie Flegel, weil Sie mich missionieren wollten!«, unterstellt Marlene. Sie konnte immer schon wie ein Pitbull sein: wenn sie sich einmal in etwas verbeißt, lässt sie nicht mehr los.

»Juhu, gibt's hier eine Party?« Die beiden stets gut gelaunten Kaufmannswitwen platzen herein. Sie sehen an diesem Tag besonders entzückend aus. Unwillkürlich muss ich lächeln. »Nur herein, meine Damen«, flöte ich ganz automatisch.

»Man versucht, mir hier gerade etwas unterzujubeln, was ich so nicht bestellt habe«, moniert Marlene.

»Ist es hier so warm oder bin ich das?«, fragt die Opernsängerin, fächelt sich mit der Hand Luft zu und lässt sich gegenüber der Chilenin auf der Couch nieder. Ich schaue stirnrunzelnd hinüber. Die Chilenin wirkt schon sehr blass und atmet nur noch flach.

»Sagen Sie ehrlich, was für eine Gin-Marke ist das?«

Ich höre, wie Marlene es ausspricht, aber wie nicht anders zu erwarten, bin ich zu langsam. Bis ich mich umdrehen kann, hält Marlene das – immer noch halb volle – Glas den Kaufmannswitwen hin, und die Jüngere der beiden – sehr blond, sehr drall, sehr lebenslustig – nimmt ihr das Glas ab und kostet.

»NEIN!«, gelle ich.

Die drei Frauen zucken zusammen und starren mich an.

»Das ist … doch unhygienisch«, ergänze ich lahm. Was hätte ich sonst auch sagen sollen.

»Ach, wir sind hier doch unter uns«, erklärt die zweite Kaufmannswitwe, nimmt ihrer Freundin das Glas aus der Hand und probiert ebenfalls.

Das war's also. Ich hätte beinahe geheult. Sämtliche Leckerschnitten im Seniorenstift sind jetzt ausgelöscht. Durch meine Hand. Obwohl die Hand, die nun das Glas hält, meiner Marlene gehört.

Ich kippe die Hälfte von meinem Bier in einem Zug.

»Ich finde, das könnte durchaus Ihr Lieblings-Gin sein, liebe Marlene«, sagte die zweite Kaufmannswitwe.

»Huch, Gisela, ist dir nicht gut?« Neben ihr krallt sich die erste Kaufmannswitwe in die Holztheke, hinter der sich Micha gerade explosionsartig übergibt. Der ist jung und fit, der könnte das sogar überleben.

Ich schaue zur Chilenin. Sie sitzt mit weit offenen Augen und heraushängender Zunge im Fauteuil. Die ist definitiv schon tot.

Die Opernsängerin ist von der Couch gerutscht und liegt vor dem Panoramafenster auf dem Perserteppich. Ihr Brustkorb hebt und senkt sich hektisch. Die macht es auch nicht mehr lange.

Jetzt kriegt auch meine Marlene mit, dass irgendwas nicht stimmt. »Was ist denn heute hier los?«, fragt sie.

Die Kaufmannswitwen torkeln zur Sitzgruppe neben der Bar. Die eine der beiden hat Marlenes Gin-Glas mitgenommen und sagt gerade zur anderen: »Nimm noch einen Schluck, dann geht es dir gleich besser.« Wenn die wüsste.

Da merke ich, mir ist auch nicht gut. Vermutlich ist das Massenhysterie, denke ich, die ist ja ansteckend. Ein ganz natürliches Phänomen.

»Henner, was ist dir?«, fragt mich Marlene und guckt besorgt. »Das muss am Fisch liegen. Ich hab' noch gesagt, der riecht komisch, hab' ich's nicht gesagt? Aber ihr wolltet ja heute Mittag alle den Fisch essen. Hier, nimm noch ein wenig von deinen Stärkungstropfen.« Sie zieht die Pipette aus meiner Herrenhandtasche. »Ich hab' dir gerade eben schon ein bisschen was ins Bier geträufelt, weil du den ganzen Tag schon so nervös gewirkt hast, aber es kann nicht schaden, wenn du noch mehr nimmst.«

»Marlene!«, will ich rufen, aber meine Stimmbänder gehorchen mir nicht mehr. Der Teufel steckt im Detail. Ich habe mir in der Tat hin und wieder selbst gemixte Stärkungstropfen mittels Pipette genehmigt. Jetzt rächt sich das.

Meine Zunge wird pelzig. Mein Herz rast. Es kann jetzt nicht mehr lange dauern. Ich gleite vom Barhocker. Marlene beugt sich über mich. Sie sagt etwas, aber ich kann sie nicht mehr hören. Ich habe nur noch einen Gedanken:

Die stirbt nicht. Die stirbt nie!

Verdammter Gin Tonic!

In Serie

Ein Polizeirevier. Ein Schreibtisch. Zwei Stühle. Ein Laptop. Ein junger Beamter. Eine mittelalte Frau in Joggingoutfit mit Schoßhund.

Polizist: Dann wollen wir mal.
Frau: Wir sind bereit, gell, Schnuffelbär?

Die Frau streichelt den Hund auf ihrem Schoß.

Polizist: Früher haben wir noch mit dem sogenannten Identikit gearbeitet, um ein Phantombild zu erstellen, aber jetzt geht alles über Laptop. Sie sagen mir einfach, wie der Täter ausgesehen hat und das Softwareprogramm erledigt den Rest.
Frau: Phantastisch! Es ist nur so … *(schaut unsicher)*
Polizist: Keine Sorge, memorieren Sie kurz und erzählen Sie dann alles, was Ihnen zu dem Täter einfällt. Fühlen Sie sich nicht unter Druck gesetzt.

Die Frau nickt dankbar.

Polizist: Also gut, erzählen Sie einfach ganz locker, wie der Mann ausgesehen hat. Vielleicht zu Beginn Ihr erster Eindruck.

Frau: Ja, also ... Er war mittelgroß, würde ich sagen. Für einen Mann. So Mitte dreißig, würde ich sagen, vielleicht auch Ende dreißig. Schütteres Haar, irgendwie mausbraun. Und fettig. Oder vielleicht auch gegelt, das war so schnell nicht auszumachen. Gell, Schnuffi?

Der Polizist tippt. Er bricht dabei keine Geschwindigkeitsrekorde.

Frau: Er hatte ein Mondgesicht – Vollmond. Buschige Augenbrauen, nach oben gebürstet. Die Nase – eher schmal. Mit Nasenhaaren. Und so eine Delle im Kinn, wie sie Kirk Douglas hatte. Kennen Sie den noch? Kirk Douglas? Toller Mann.

Die Frau seufzt schmachtend und streichelt den Hund etwas schneller.

Polizist: Trug er einen Bart?

Frau: Nur in *van Gogh*. Als *Spartakus* war er glattrasiert.

Polizist: Der Täter, ich spreche vom Täter.

Frau: Ach der. Ich glaube, er hatte Flaum unter der Nase. Soll wohl mal ein Oberlippenbärtchen werden. Oder es waren herunterhängende Nasenhaare. Hach, da bin jetzt ganz unsicher.

Polizist: Machen Sie sich keine Sorgen. Das erlebe ich oft, dass sich Zeuginnen eher an die Augen als an den Bart erinnern. Männer sind da meist ganz anders. Die können mir gewissermaßen die genaue Zahl der Barthaare nennen, aber wenn ich sie nach der Augenfarbe frage, werden sie ganz still.

Frau: *(strahlt)* Die Augenfarbe weiß ich wirklich noch ganz genau: wässrig blau. Mit einem Tick ins Schlammgrüne.

Der Polizist tippt.

Frau: Er trug einen todschicken, blauen Designer-Jogginganzug. Mit Bügelfalte. Luftpolsterlaufschuhe. Pulsmesser.

Sie denkt nach. Man sieht förmlich, wie ihr der Kopf raucht.

Frau: Alles in allem sah er aber aus wie einer, der noch bei Mutti wohnt und das mit seiner trendy Kleidung überkompensiert. Ich wette, Mutti hat seinen Designerdress gewaschen und gebügelt. Sein Hobby, warten Sie – ich bin ein klein wenig medial veranlagt …

Der Polizist versucht sich an einem unverbindlichen Pokerface.

Frau: … ah ja, jetzt spüre ich es, er sammelt die Stäbchen aus China-Restaurants. Da bin ich ganz sicher. Und ich wette, er ist Katzenliebhaber.

Sie schaut pikiert-verächtlich und streichelt ihren Hund.

Frau: Schon gruselig, dass ich als Einzige den Serienkiller gesehen habe. In flagranti. Gewissermaßen noch über die warme Leiche gebeugt. Ich glaube, ich werde nie wieder früh morgens mit Schnuffi joggen gehen.

Polizist: Sie haben sehr viel Mut bewiesen und sich fantastisch verhalten. Die Menschen dieser Stadt werden wieder ruhig schlafen können, sobald wir – dank Ihnen – den Kerl haben. Hier, sieht ihm dieses Phantombild schon ähnlich?

Er dreht ihr den Laptop hin.

Frau: Das ist er! Genau so sah er aus! Wie haben Sie das nur hinbekommen? Es ist unglaublich.

Polizist: *(lächelt bescheiden)* Alles Übungssache. Und das Softwareprogramm leistet ja auch seinen Teil. Außerdem kann ich das Kompliment zurückgeben. Sie sind eine ausgezeichnete Zeugin.

Frau: Es ist ja erst ein paar Stunden her. Und dieses Gesicht werde ich niemals vergessen können.

Die Frau schaudert.

Polizist: Ich hole Ihnen noch eine Tasse Kaffee. Vielleicht sind vom Geburtstagsfrühstück des

Chefs auch noch ein paar Schnittchen übrig. Da freut sich dann Ihr Hund, gell?

Die Frau nickt dankbar. Der Polizist verlässt das Büro. Die Tür fällt zu.

Frau: *(zum Schoßhund gewandt)* Oh nää, der riecht auch nach Sir Irish Moos. Wie dieser verdammte Jogger heute Morgen. Ich hasse Jogger, die nicht nach Schweiß, sondern nach Drogerie riechen. Gell, du auch, Schnuffelbär? *(streichelt den Hund – kichert plötzlich)* Er hat genauso blöd aus der Wäsche geschaut wie alle anderen auch. Traut mir halt keiner zu, dass ich eine Gurgel mit dem Taschenmesser auf <u>einen</u> Rutsch durchtrennen kann. *(zieht ein Klappmesser aus der Jackentasche, klappt es auf, fuchtelt, lächelt stolz, klappt es zu und steckt es wieder ein)* Ich hätte ihn ja gern wie die anderen mit den Beinen nach oben an einen Baum gelehnt, damit er ausbluten kann, aber ausgerechnet heute kam so ein Grünanlagenpfleger angezuckelt. Blöd, gell? Ja, das findest du auch, mein süßer Schnuffelbär. *(gibt der Hundeschnauze einen Kuss)* Da musste ich natürlich wie am Spieß schreien und mit dem Finger in Richtung Parkausgang zeigen und gellend rufen *(schreit)* ›Da läuft er, da läuft der Mörder!‹ … Huch, hab' ich dich jetzt arg erschreckt? (*knuddelt den Hund*) Och, das tut mir leid, mein kleiner Schnuffelbär. … *(schaut zur Decke)* Hoffentlich finden sie den Kerl, auf den meine Beschreibung passt: ich habe meinen Kreditsachbearbeiter bei der Bank noch nie leiden können!

Die Tür geht auf. Der Polizist kommt mit einem Tablett und zwei Tassen Kaffee.

Polizist: Die Schnittchen waren leider schon alle. Hier, Ihr Kaffee. Mit Milch und Zucker?

Frau: Nur Milch. Jedes Zuckerstück wandert ja sofort auf die Hüfte und vermehrt sich dort mittels Zellteilung.

Polizist: *(lächelt)* Also, vielen Dank noch einmal für Ihre Aussage. Und keine Sorge, Sie können weiterhin beruhigt morgens mit … äh … Schniefbär … Schnulli … äh … Ihrem Hund … Gassi gehen. Wissen Sie, ich jogge nämlich auch. Ich werde ein Auge auf Sie haben …

Frau: *(strahlt auf)* Ach wie schön! Ich auch auf Sie! *(tätschelt ihre Jackentasche mit dem Messer).*

Der Mumienmörder

Seit dem 19. Jahrhundert gibt es in Köln zwei luxuriöse Grandhotels in der unmittelbaren Nähe zum Dom. Von Anfang an begeisterten die beiden Häuser die Reichen und Schönen und Blaublütigen der Stadt und der Welt: das Excelsior Ernst (seit 1863) und das Dom Hotel (seit 1893). Während das Excelsior Ernst auf eine stete, ununterbrochene Geschichte zurückblicken kann, wurde das Dom Hotel im Laufe der Zeit sehr gebeutelt, musste unter anderem nach baulichen Fehlkonstruktionen und Zerstörungen im Zweiten Weltkrieg wiederaufgebaut werden und unterzieht sich derzeit, zur Niederlegung dieser Zeilen, einer umfangreichen Kernsanierung. Aber der Geist des Hauses bleibt – oder sollte es heißen: die Geister im Haus?

Was damals, im Frühsommer 1924, ganz genau geschah, ist natürlich reine Spekulation. Aber so oder so ähnlich könnte es sich abgespielt haben …

* * *

»Donnerlüttchen, ist das … eine Mumie?« Oberst von Pritzlitz, ein ostpreußischer Militär vom alten Schrot und Korn, von '14 bis '19 immer ganz vorn in den Schützengräben und seit Kriegsende Dauergast im Dom Hotel, blies die Wangen auf. Sein Burschenschafts-Schmiss wölbte sich.

Die Prozession vor ihm im Flur – bestehend aus dem Hoteldirektor im Frack, einem sichtlich wohlsituierten Ehepaar ausländischer Provenienz, sechs Pagen, die mehrere Schrankkoffer auf Tragekarren vorbeirollten, und zwei Fuhrmannsgehilfen, die einen ›Sarkophag‹ stemmten – zog stumm vorüber.

Auch der neben dem Oberst stehende Hollingsworth Doolittle, ein amerikanischer Sprachforscher, der auf den Spuren von Mark Twain den Rhein bereisen wollte und ganz bewusst in dem exklusiven Hotel abgestiegen war, in dem schon Wilhelm II., Jacques Offenbach und Mata Hari genächtigt hatten, hob die Augenbrauen. Sein Monokel fiel herunter. »By Jove, ich glaube, Sie haben recht.«

Die beiden Herren – sie hatten sich am Vorabend an der Bar kennengelernt – schritten über den mit Perserteppichen ausgelegten Flur zur Rezeption hinüber. Wenn jemand wusste, was hier im Haus los war, dann der Concierge.

»Hören Sie mal, eine Mumie im Hotel?«, polterte der Oberst los. »Ich finde das befremdlich. Was kommt als Nächstes? Großwildjäger, die ausgestopfte Rhinozerösser mitbringen?«

Der Concierge zuckte entschuldigend mit den Schultern. »Wir schreiben das Jahr 1924. Die jungen Leute von heute scheren sich nicht länger um das, was sich gehört.«

»So jung sehen die beiden – in Teilen – gar nicht mehr aus. Wer ist denn das?«, wollte Doolittle wissen.

»Das Ehepaar Wooling. Aus London. Sie ist die millionenschwere Alleinerbin eines Bürsten-Imperiums,

Hof-Lieferanten im Buckingham Palace, er ist … äh … Hobby-Archäologe, wie man mir sagte.« Der Concierge senkte seine Stimme. »Wooling stammt wohl aus einer verarmten Adelsfamilie. Es mag seine Gründe haben, warum er eine so viel ältere Frau geehelicht hat.« Der Concierge rieb Daumen und Zeigefinger aneinander und wackelte bedeutsam mit den buschigen Augenbrauen. »Jedenfalls kommen sie gerade aus Ägypten, wo sie Howard Carter bei seinen Ausgrabungen besucht haben.«

»Oho, Howard Carter!«, rief Doolittle, der über derlei Dinge immer bestens informiert war. »Der Mann, der den famosen Schatz des Tutanchamun entdeckt hat. Deswegen will Wooling seinen alten Ägypter offenbar nicht aus den Augen lassen. Der Sarkophag ist voller Gold!«

Der Concierge schüttelte den Kopf. »Sicher nicht. Ich habe gesehen, wie einer der Fuhrmänner den Sarkophag ganz allein anhob. Da kann nichts Schwereres drin sein als eine knochentrockene Mumie.«

Oberst von Pritzlitz schnaubte. Die Enden seines Schnauzers bebten. »Das ist ungehörig, sage ich. Die Toten, gleich welcher Couleur, gehören auf den Friedhof. Hotels sind für Lebende«, erklärte er, weil er zu allem eine dezidierte Meinung hatte und diese gern mit seiner Baritonstimme kundtat.

Doolittle und der Oberst schritten daraufhin, obwohl es noch helllichter Tag war, an die Hotelbar, um sich auf diesen Schreck mit einem lokalen Bier zu stärken.

* * *

»Danke, der Herr, zu freundlich, der Herr.« Rosa, das böhmische Zimmermädchen, errötete und machte einen besonders tiefen Knicks. So viel Trinkgeld hatte sie noch nie auf einen Schlag bekommen. Noch dazu von einem so schmucken ›Gentlemän‹.

Wooling zwirbelte seinen Schnauzer und zwinkerte ihr zu.

Kichernd enteilte sie.

»Das habe ich gesehen.« Elspeth Wooling füllte den Rahmen der Tür, die zum Schlafzimmer führte, in Gänze aus. Sie war eine stattliche Frau. Aber keine eifersüchtige. Ihr Problem war ein anderes. »Musst du das Geld meines Vaters wirklich immer mit beiden Händen aus dem Fenster werfen?«

Wooling schnürte den Gürtel seines eleganten Hausmantels enger. »Sie hat dir beim Auskleiden geholfen, das verdient Anerkennung.«

»Ich darf dir nochmals versichern, dass ich nicht gewillt bin, deine Apanage zu erhöhen. Wenn du weiterhin das Personal so exorbitant entlohnen willst, dann geht das von deinem Taschengeld ab.« Sie drehte sich abrupt um und schloss die Tür hinter sich.

Schon seit geraumer Zeit nächtigten die Woolings nicht mehr zusammen.

Und wenn es nach Christopher Wooling ging, würden sie das bald überhaupt nie mehr tun.

Er schenkte sich großzügig Liebfrauenmilch ein, diesen angesagten Rheinhessen-Weißwein, den auch die britische Königsfamilie goutierte. Dann ging er mit dem vollen Glas zu dem Sarkophag.

»Cheers!« Wooling prostete dem Relikt zu. Es stammte aus einem Nebengrab von King Tut. Die Farbe war längst abgesplittert. Im Grunde war es nichts weiter als eine ovale Holzkiste mit einem in den Deckel geschnitzten, aber schon längst verwitterten Gesicht. Howard Carter hatte nur einen abschätzigen Blick hineingeworfen und gleich darauf seinem großzügigen Mäzen Wooling erlaubt, sich das Teil zur Erinnerung mitzunehmen.

Im Innern der Kiste befand sich, zu Woolings großer Enttäuschung, keine bandagierte Mumie, die er an geselligen Abenden im Kreis seiner Gäste präsentieren konnte, um ihnen wohlige Schauder zu verursachen, sondern nur eine Gemengelage aus diversen Knochen und ein paar ungeschlacht eingeritzte Hieroglyphen auf der Innenseite des Deckels, die irgendwas mit dem Leben nach dem Tode zu tun hatten. Carter hatte das für ihn übersetzt, aber er hatte nicht zugehört.

Denn schon beim ersten Blick auf diesen Sarkophag hatte Wooling gewusst: Darin würde er seine Frau entsorgen!

Er trank die Liebfrauenmilch auf ex. Sein Plan stand fest: Er würde Elspeth in der Hotelbadewanne ertränken, ihr Fleisch mit der mitgebrachten Vitriolsäure von den Knochen lösen, und diese dann zu den anderen Überresten in den Sarkophag werfen. Wer würde schon die Knochen in der Kiste zählen? Anschließend würde er sein Weib als vermisst melden und sich untröstlich geben, wenn sie einfach nicht wieder auftauchte. Nach sieben Jahren würde er sie dann für tot erklären lassen und sich mit ihrem Vermögen ein formidables Leben bereiten.

Genial, wenn er das selbst sagen durfte.

Die Hotelzimmerdeckenleuchte flackerte.

Wooling seufzte. Seit sie sich auf den Rückweg von Ägypten gemacht hatten, schienen ihm alle Lampen von zweifelhafter Zuverlässigkeit zu sein. Dieses ständige

An-aus-an-aus ging ihm auf die Nerven. Die Menschheit hatte gelernt, zu fliegen und sich mittels Funkwellen von Kontinent zu Kontinent zu unterhalten, aber die Elektrizität hatte sie eindeutig noch nicht im Griff …

* * *

Das Jahr 1924 glich einer Perlenkette beachtenswerter Ereignisse. Im Januar starb 2086 Kilometer Luftlinie nordöstlich von Köln der kommunistische Revoluzzer Lenin in der Nähe von Moskau. Im Februar überwarf sich wiederum 2901 Kilometer Luftlinie weiter südwestlich der Ägyptologe Howard Carter mit der ägyptischen Regierung, weil Letztere die Anwesenheit von Frauen an der Grabungsstätte verbieten wollte. Im März wurde – 1234 Kilometer nordöstlich von Carters Ausgrabungsstätte – das Kalifat in der Türkei abgeschafft. Im Mai eröffnete Oberbürgermeister Konrad Adenauer – 2014 Luftkilometer nordwestlich des osmanischen Reiches – die Messehallen in Deutz, und im Juni machte sich – gewissermaßen nur fußläufig eine Brückenlänge vom Kölner Messegelände entfernt – Christopher Wooling daran, seine Frau umzubringen.

»Liebes, soll ich dir ein Bad einlassen?«

Sie saßen nach dem Abendessen – einem deliziösen Fünf-Gänge-Menü im fabelhaften Hotelrestaurant – in ihrer Suite. Er las, sie stickte. Wie neuerdings üblich flackerten die Glühbirnen in den beiden Messing-Leuchtern an der Wand.

»Ich habe extra französisches Badesalz besorgen lassen«, fügte Wooling noch hinzu, weil Elspeth gern gut beduftet aus den Fluten stieg.

»Was ist denn in dich gefahren?«, herrschte ihn seine Frau an, ohne den Blick vom Stickrahmen zu heben. »Danke, nein. Wenn ich ein Bad zu nehmen wünsche, klingele ich nach dem Zimmermädchen.« Jetzt sah sie ihn doch an, wenn auch nur aus den Augenwinkeln. »Ich habe übrigens nach einem anderen Mädchen verlangt.«

Wooling war klar, dass seine Gattin die Direktion um das unansehnlichste, tollpatschigste Mädchen des Hauses gebeten hatte, nur um ihm seine kleinen Augenweiden zwischendurch madigzumachen.

»Ganz wie es dir beliebt, Elspeth.« Er blätterte in der Kölnischen Volkszeitung, die er zwar nicht lesen konnte, weil er der deutschen Schriftsprache nicht mächtig war, aber es gab darin Bilder. Und außerdem war Wooling mit seinen Gedanken woanders. Er blieb angesichts ihrer Nörgelei tiefenentspannt. Seine Zeit würde kommen – und zwar bald. Irgendwann in dieser Woche würde Elspeth baden, sie war nämlich äußerst reinlich, und dann würde er sie ertränken, entbeinen und in den Sarkophag stecken.

»Was hast du gesagt?«, brummte sie.

»Ich sagte, ganz wie es dir beliebt.«

»Nein, danach! Dieses Zischeln. Auf deine Unmutsbekundungen kann ich sehr gut verzichten, Christopher.«

Wooling hatte das Geräusch auch gehört – für seine Ohren allerdings weniger ein Zischeln, mehr eine Art Gurgeln oder Flüstern –, schrieb es jedoch den Rohrleitungen in den Wänden zu. Aus seiner Kehle stammte es jedenfalls nicht.

Aber er wollte sich jetzt nicht mit seiner Frau streiten.

»Ich nehme noch einen Sherry an der Bar zu mir«, sagte er deshalb themenwechselnd und stand auf.

»Tu, was du nicht lassen kannst«, giftete Elspeth. »Aber wisse, dass es in diesem Grandhotel keine leichten Mädchen gibt, denen du einen Champagner ausgeben kannst. Ich habe mich dessen an der Rezeption vergewissert.«

Er ging, ohne darauf zu reagieren.

In der Bar befanden sich zu dieser späten Stunde nur noch zwei Männer. Es waren der Amerikaner Doolittle und Oberst von Pritzlitz.

Der livrierte Barkellner servierte einen anständigen Sherry, und schon nach dem zweiten Glas kam Wooling mit den anderen ins Gespräch.

Doolittle stellte sich mit einem lässigen Nicken vor. Er war noch relativ nüchtern.

Der Oberst ließ natürlich die Hacken knallen. »Von Pritzlitz. Versuchen Sie, das sieben Mal rasch hintereinander zu sagen.« Er kicherte, weil er schon einen sitzen hatte.

»Wooling«, sagte Wooling.

Man sprach Englisch.

»Ich beherrsche sieben lebende und vier tote Sprachen, darunter Sanskrit«, erklärte Sprachforscher Doolittle einleitungslos. »Außerdem kann ich Hieroglyphen entziffern.« Sein Monokel funkelte im Licht des Kristalllüsters.

»Ah, ich sehe, Sie haben von meinem Sarkophag gehört.« Wooling lächelte eitel. Sobald er das Vermögen seiner Frau geerbt hatte, würde er sich als Kuriositäten-Sammler von Weltruf einen Namen machen.

»In der Tat. Gibt es denn auf Ihrem … Sarkophag … einige Hieroglyphen, bei deren Übersetzung ich Ihnen behilflich sein könnte? Es wäre mir eine Freude.« Doolittle wusste sehr wohl, dass ein Sarkophag per definitionem aus dauerhaften Materialien wie Stein bestehen musste. Die Kiste in Woolings Besitz war demzufolge ein ganz gewöhnlicher Sarg aus Zedernholz, von denen manche – so sie denn luftdicht in ihrem Sarkophag eingebettet gewesen waren – die Jahrtausende halbwegs ordentlich überstanden hatten. Vielleicht waren auch die Inschriften, und die gab es zweifellos, noch nicht verwittert. Doolittles Nüstern bebten wie bei einem Rennpferd. Seine wissenschaftliche Neugier war grenzenlos.

Wooling winkte ab. »Nein, nein. Man kann nur ein paar wenige Zeichen erkennen, und die lauten angeblich Tür oder Portal oder blabla. Unwichtig.«

»Kommen Sie, mein Bester, lassen Sie uns einen Blick auf Ihre Mumie werfen!«, schnarrte der Oberst, der noch nie eine Mumie gesehen hatte und beim Altherrentreffen seiner Burschenschaft mit diesem Abenteuer prunken wollte.

Wie sich herausstellte, musste man Wooling nicht lange bitten.

Die drei Herren nahmen jeder noch eine Flasche Moselwein mit, dann erklommen sie singend die Treppe, die sie hinauf zu der formidablen Zimmerflucht der Woolings mit Blick auf den Kölner Dom führte.

Aus der Suite trat just in dem Moment, als die Herren vor der Tür ankamen, ein ungelenkes Zimmermädchen mit Oberlippenbart. Es knickste und trampelte davon.

»Wir wecken doch hoffentlich nicht Ihre werte Gattin?«, flüsterte von Pritzlitz. Angeheitert, wie er war, konnte man sein ›Flüstern‹ quer durch das ganze Stockwerk hören.

»Aber nein. Und selbst wenn …« Wooling zuckte mit den Schultern und öffnete die Tür.

Elspeth Wooling hatte sich bereits in ihr Schlafzimmer zurückgezogen. Im Wohnbereich der luxuriösen Suite, ganz in Gold und Rot gehalten, ging gerade der Leuchter an der Wand flackernd aus. Der Raum lag nun im Halbdunkel, erhellt nur durch die Straßenlampen auf dem Domplatz.

»Da ist sie. Meine Mumie.« Wooling hickste und wies theatralisch in die dunkelste Zimmerecke.

Die Drei nahmen vor dem Sarg Aufstellung.

»Wir machen ihn auf, ja?« Der Oberst konnte es kaum erwarten.

Wooling, der sich hin und wieder eine Pfeife gönnte, zog Streichhölzer aus der Innentasche seines Gehrocks und entzündete den Kerzenleuchter auf der Kommode. Wegen der Atmosphäre.

»Sie wissen schon, dass es hier im Haus Elektrizität gibt?«, sagte Doolittle. »Und falls eine Glühbirne durchgebrannt sein sollte, kann man Ersatz bestellen.«

Doolittle war auf einer Farm im Mittelwesten aufgewachsen und freute sich immer noch wie ein Kind über den Luxus des modernen Fünf-Sterne-Hotellebens.

»Eine Mumie betrachtet man nicht im schnöden Licht einer modernen Glühbirne«, erklärte Wooling, dem das Geflackere allmählich auf die Nerven ging. »Im Kerzenlicht kommt der alte Herr doch viel besser zur Geltung!«

Oberst von Pritzlitz hickste.

Die drei Männer, nun alle nicht mehr nüchtern, nahmen noch je einen großen Schluck aus ihren Weinflaschen.

Dann reichte Wooling den Kerzenleuchter an Doolittle weiter, beugte sich vor und entriegelte den Sarg, dessen Deckel er schwungvoll aufklappte. »Voilà!«, rief er.

»Hm.« Der Oberst war sichtlich enttäuscht. »Das sind ja nur Knochen.«

Doolittle beugte sich vor und inspizierte die Innenseite des Deckels. Er wiederum schien hochzufrieden.

»Mein guter Freund Carter hat mir versichert, dass am Eingang zur Grabkammer dieses alten Jungen etwas davon stand, er sei Arzt gewesen. Oder Hebamme. Irgendwas Medizinisches«, erläuterte Wooling lallend. »Jedenfalls gilt der Inhalt als Mumie, auch wenn die Bandagen offenbar … verdingst sind.« Wooling kam nicht auf den richtigen Begriff. Zerfallen? Verdunstet? »Also weg«, konstatierte er.

»Hier steht: Der Tod ist eine Tür, die Zeit ist ein Fenster, ich kehre zurück.« Doolittle kreiselte mit dem ausgestreckten Zeigefinger über einigen kaum noch auszumachenden Hieroglyphen. »Und eine Warnung vor der Zahl drei.« Er richtete sich wieder auf.

»Eine Warnung?«, wiederholte Wooling.

»Potz Blitz, ein Fluch!«, freute sich der Oberst.

* * *

Das Dom Hotel, wie es sich im Jahr 1924 präsentierte, war nicht die erste Inkarnation des Hauses. Schon 1840 konnten im ›Hôtel du Dôme‹ die ersten Gäste ihr Haupt betten. Der Bau wurde ständig erweitert und verbessert. Nichtsdestotrotz – oder vielleicht gerade deshalb – stürzte im Dezember 1885 aufgrund statischer Fehlberechnungen ein Teil des Hauses ein. Schon im Jahr darauf entstand das Hotel wie ein Phönix aus der Asche neu und das in einer solchen Pracht, dass sich die so genannte Hautevolee dort bestens untergebracht fühlte.

Nachdem seine neuen Freunde ihn verlassen hatten, um auf dem Domplatz noch den Liberty Bell-Marsch von John Philip Sousa zu pfeifen – das einzige Musikstück, das die beiden Männer einte –, schaute Wooling ins Schlafgemach und fand seine Frau in tiefem Schlummer vor. Offenbar hatte sie ihr Schlafmittel genommen. Seit ihrer Abreise aus Ägypten klagte sie über Alpträume, und nur das Barbiturat brachte ihr Linderung und komatösen Schlummer, aus dem sie frühestens in sechs bis acht Stunden erwachte, da mochte kommen was wolle.

Alkoholisiert, wie Wooling war, machte sich eine Schnapsidee in ihm breit: Sein ungeliebtes Weib schlief tief und fest – warum die Alte nicht einfach in die mit Säure gefüllte Wanne gleiten lassen?

Wooling torkelte in den angrenzenden Raum. Das zur Suite gehörende Badezimmer war prächtig und bot jedweden Komfort. Er schalte das Licht ein, das – natürlich – flackerte und ließ etwas Wasser in die freistehende Wanne mit den Löwentatzenfüßen ein. Das Mischungsverhältnis hatte er sich vom Kurator des Britischen Naturkunde-Museums erklären lassen, dem er vorgegaukelt hatte, er wolle nach dem Tod des Lieblings-Rennpferdes seiner Frau dessen Knochen konservieren.

Aus seinem persönlichen Schrankkoffer holte Wooling die beiden mitgebrachten Vitriol-Flaschen und stellte sie neben die Badewanne.

Doch plötzlich …

Was war das?

Wooling fuhr erschreckt herum. Er hatte wieder dieses Geräusch gehört. Dieses zischende Gurgeln. Oder gurgelnde Flüstern. Seine Nackenhaare stellten sich auf.

Aber nein, da war niemand. Vielleicht entwich irgendwo Gas? Oder Elspeth schnarchte?

Er presste das Ohr an die Schlafzimmertür. Nichts.

Hm, vermutlich bildete er sich das Geräusch nur ein. Seine Nerven waren angespannt – schließlich brachte man nicht alle Tage seine Ehefrau um.

Wie lange es wohl dauern würde, bis Elspeth skelettiert sein würde? Zur Sicherheit hängte er das Bitte-nicht-stören-Schild an den vergoldeten Knauf der Zimmertür.

Jetzt konnte es losgehen.

In ihm dachte es nach. Vielleicht sollte er die Knochen des alten Ägypters mit in die Wanne werfen. Im Idealfall lösten sie sich im Vitriol auf, weil sie schon so uralt und furztrocken waren. Dann wäre er auf der sicheren Seite, falls sich doch jemand die Mühe machen sollte, die Knochen zu zählen.

Der Gedanke an einen Doppelmord erheiterte ihn – wiewohl es ja genau genommen kein Mord war, wenn man eine Mumie tötete.

Grinsend wankte er wieder zum Sarkophag, öffnete ihn und holte die Knochen heraus. Es staubte. Wooling nieste. Ihm fiel wieder ein, wie ihm der Kurator ans Herz gelegt hatte, unbedingt einen Atemschutz zu tragen, wenn er das Vitriol über den Pferdekadaver goss. Wegen der Rauchentwicklung, wenn die Säure das Fleisch verbrannte.

Er warf die Knochen in die Wanne, nahm anschließend aus seinem Koffer einen verwegen gemusterten Schal und schlang ihn sich um Hals und Nase. Seinen Gehrock hängte er an den Haken der Badezimmertür. Damit keine Löcher in das edle, in der Saville Row maßgeschneiderte Teil kamen, falls es beim Hineingleitenlassen des Ehefrauenkörpers spritzen sollte. Aus diesem Grund zog er auch gleich noch seine Hose aus. Sicher war sicher.

Dann ging er zu der Tragekarre, die ihm ein Page gegen ein üppiges Trinkgeld überlassen hatte, um mit ihr sein gewichtiges Weib ins Badezimmer zu schaffen. Dabei jodelte Wooling fröhlich unter dem Schal: » Der Tod ist eine Tür, die Zeit ist ein Fenster, ich kehre zurück.« Diese alten Ägypter – alles abergläubische Idioten, dachte er.

Er entkleidete Elspeth, legte sie auf die Tragekarre und wollte sie ins Bad rollen. In diesem Moment fiel seinem moselweindurchtränkten Hirn ein, dass er das Vitriol ja noch gar nicht in die Wanne gegeben hatte.

Also zurück ins Badezimmer. Das Licht flackerte, darum schaltete er es aus und holte den Kerzenleuchter mit den brennenden Kerzen. Dabei sang er mit seinem kräftigen Bariton » Der Tod ist eine Tür, die Zeit ist ein Fenster, ich kehre zurück!«

Zu diesem Zeitpunkt ging es schon auf zwei Uhr. In seinem Zustand brauchte er für alles etwas länger.

Wooling drehte die Wasserhähne auf und goss das Vitriol in die Wanne, zur Sicherheit den Inhalt beider Flaschen. Es brodelte und dampfte. Dazu sang Wooling, gänzlich unwillkürlich, ein letztes und somit drittes Mal: »Der Tod ist eine Tür, die Zeit ist ein Fenster, ich kehre zurück!«

Es gurgelzischte wieder, aber das kam dieses Mal eindeutig vom Vitriol.

Oder?

Wooling richtete sich auf und …

... trat auf etwas ...

... etwas, das doch eben noch nicht dort gelegen hatte!

Das war der Moment, in dem ihm in einem Sekundenbruchteil der Erkenntnis klar wurde, dass ihm einer der Knochen – genauer gesagt, ein Knöchelchen – des toten Ägypters entglitten sein musste.

Wooling beugte sich vor, um den Knochen aufzuheben ...

... und bekam ihn auch zu fassen, aber dann ...

... knickte Wooling ein, wie von einer Windböe angestoßen, geriet ins Schwanken, ruderte noch mit den Armen, wobei der Knochen in hohem Bogen gegen die geflieste Wand flog, aber nicht Wooling, sondern der Alkohol in seinen Adern war Herr über seinen Gleichgewichtssinn, und daher fiel er kopfüber in die Wanne.

Es britzelte und rauchte.

Weil Wooling mit dem Gesicht nach vorn in die Säure kippte, hörte man auch keinen Schrei. Den es gewiss gegeben haben musste – lebendig von Säure zerfressen zu werden, ist nämlich nicht besonders angenehm.

Und obwohl es im Badezimmer bei geschlossener Tür und verriegeltem Fenster doch eigentlich keine Zugluft geben konnte, verlöschten die Kerzen in diesem Augenblick von ganz allein ...

* * *

Wie gesagt, all dies ist reine Spekulation. Die Polizei versuchte, die Ereignisse jener Nacht anhand von Zeugenaussagen nachzuzeichnen, aber naturgemäß klafften da große Lücken.

Als Elspeth Wooling am nächsten Morgen nackt auf einer Karre im Schlafzimmer erwachte, war die Suite leer. Kurz darauf – mit Hilfe des Zimmermädchens in angekleidetem Zustand – meldete sie ihren Ehemann unten an der Rezeption als abgängig. Die wiederum informierte im Laufe des Tages die Polizei, weil Wooling offenbar ohne seine Geldbörse und ohne Ausweispapiere das Hotel verlassen haben musste.

Doolittle und der Oberst berichteten, dass sie Wooling nach Mitternacht zuletzt gesehen hatten. Ja, er sei angetrunken gewesen. Aber über seinen Verbleib wüssten sie nichts zu sagen. Sie hätten jedoch bis in die frühen Morgenstunden auf dem Domplatz gesungen, und er sei gesichert nicht aus der Hoteltür gekommen.

Die Hotelgäste der angrenzenden Zimmer wussten zu berichten, dass der Vermisste mitten in der Nacht gesungen hätte. Man hätte sich beim Nachtportier beschwert, und der hatte auch gegen halb drei an die Tür der Suite geklopft, doch da war bereits Ruhe eingekehrt. Er hatte nur durch das Schlüsselloch im dunklen Zimmer ein ganz leises Zischen gehört. Dann war er allerdings hinaus auf den Domplatz geeilt, um den Oberst und den Amerikaner – vergeblich – um mehr Rücksichtnahme zu bitten.

Wooling blieb verschwunden. Ebenso wie sein Gehrock und seine Hose. Und wie die Knochen aus dem ägyptischen Sarg.

Weil zeitgleich das Zimmermädchen Rosa nicht mehr zu ihrem Dienst antrat, gingen die ermittelnden Behörden ebenso wie Elspeth Wooling davon aus, dass

Wooling mit dem kecken Zimmermädchen durchgebrannt war. Der Fall wurde zu den Akten gelegt.

Elspeth Wooling reiste ab.

Die Putzfrauen fanden bei der Endreinigung der Suite ein Knöchelchen im Badezimmer, gingen aber davon aus, dass es sich um ein Hühnerbein handeln musste und warfen es in den Ascheimer.

Erst fünfzehn Jahre später stellte sich heraus, dass Rosa seinerzeit vom Barkellner geschwängert worden und in ihr böhmisches Heimatdorf zurückgekehrt war, wo sie einen verwitweten Schlachter mit zwölf Kindern ehelichte, aber da tobte bereits der zweite Weltkrieg, und diese Information ging unter.

Offiziell blieb Christopher Wooling verschwunden.

Aber …

… in der Ecksuite des Dom Hotels flackerten von da an regelmäßig die Lampen. Es war auch ein leises Geräusch zu hören – je nachdem, wen man fragte, war es ein Zischen, ein Gurgeln oder ein Flüstern. Nun gut, mag man sagen, die elektrischen Leitungen waren eben alt.

In den vergangenen Jahrzehnten berichteten immer wieder Hotelangestellte und Gäste, dass sie nachts in den Fluren einem hageren Mann in einem altmodischen Gehrock und gestreiften Hosen begegneten, der einen verwegen gemusterten Schal um den Hals trug. Ihm schien der kleine Finger der linken Hand zu fehlen.

Solange die damals Beteiligten noch am Leben waren, hätten sie bezeugen können, dass dieser Mann die Gesichtszüge von Christopher Wooling besaß, aber auch wieder nicht. Es wirkte ein wenig so, als sei nur die Haut von Wooling über das Skelett eines anderen gestülpt worden. Doch weder Elspeth, noch Doolittle noch Oberst von Pritzlitz noch Rosa kehrten je ins Dom Hotel zurück, und irgendwann lebte keiner mehr, der damals dabei gewesen war.

Die Jahrzehnte verstrichen. Der Staub der Jahrzehnte legte sich über diese Geschichte und gab sie dem Vergessen anheim.

Immer wieder einmal meldeten Gäste im obersten Stock, das Licht würde flackern. Oder sie könnten ein seltsames, unheimliches Geräusch hören. Und gelegentlich begegnete man im Flur diesem seltsamen, hageren Herrn in altmodischer Kleidung.

Alle, die ihn bis heute – zumeist in Neumondnächten – sehen, seien es Hotelgäste, Hotelangestellte oder neuerdings auch einige Arbeiter auf der Kernsanierungsbaustelle, wissen zu berichten, wie freundlich er nickt und lächelt und bisweilen mit der vierfingrigen Hand zur Begrüßung winkt, und wenn man ihn anspricht, scheint er in einer fremden Sprache zu antworten.

Es hörte sich an wie altes, sehr altes Ägyptisch …

* * *

Zugegeben, so richtig verbürgt ist diese Geschichte nicht. Aber wenn das Dom Hotel demnächst in neuer Pracht erstrahlen wird, dann schauen Sie vom Domplatz zu den Fenstern der Eck-Suite im obersten Stock auf. In Neumondnächten können Sie zweifellos das hagere, freundlich lächelnde Gesicht hinter einem der Fenster sehen. Und vielleicht winkt der Mann im Gehrock Ihnen auch zu …

Frau Möller riecht den Braten

Edelweiss, Edelweiss,
every morning you greet me.

Frau Möller kann kein Englisch und summt nur mit, aber sie summt mit all der Intensität, die ihr üppiger Brustkorb hergibt. Intensiv – und falsch.

Es ist kurz nach elf Uhr vormittags, und sie sitzt im »Original Sound of Music Panorama Tour«-Bus. Auf der Rückbank. Nachdem sie von vorn bis hinten mehrere Sitzreihen durchprobiert hat.

Los ging es am Busterminal in Salzburg. Erst hatte sie ja Bedenken. Die Tour gibt es nur auf Englisch. Der nette, junge Mann im kleinen Glaskubus am Mirabell-Platz, wo man die Tour buchen konnte, hat ihr das erklärt. Das Musical *The Sound of Music* ist ein Welt-Hit, und Menschen aus aller Herren Länder pilgern nach Salzburg zu den Drehorten. Aber so gut wie niemand aus den deutschsprachigen Ländern. An denen ist dieser Welterfolg schnurstracks vorbeigegangen. Ebenso wie an Frau Möller.

Frau Möller hat die Tour dennoch gebucht, auch wenn sie keine Ahnung hat, worum genau es geht. Den Ausschlag gab das Bild vom Mondsee in dem bunten Tour-Flyer.

Und sie bereut nichts. Sie versteht zwar kein Wort, aber alle sind bester Laune, und es wird viel gelacht und sogar gejodelt, und ein verhutzelter Chinese lässt einen Flachmann herumgehen, dessen Inhalt für Frau Möller wie Ingwertee riecht, aber vielleicht ist es ja auch Tigerblut. Sie kennt sich mit asiatischen Gepflogenheiten nicht so aus.

Im Laufe der Fahrt hat Frau Möller schon von Weitem das Nonnbergkloster gesehen und von Nahem den Pavillon in Schloss Hellbrunn, wo sie allerdings nur ein wenig im Schatten der Alleebäume flanierte, während die Gruppe über die dort gedrehte Filmszene informiert wurde, und jetzt sind sie bei strahlendem Sonnenschein gerade an Fuschl vorbeigefahren mit Ziel Mondsee. Die Erzählungen des Tourleiters werden immer wieder durch gemeinsames Singen unterbrochen. Man ahnt, dass sich am Ende des Ausflugs, wenn der gemütliche Bus mit den Bequemsitzen die Truppe wieder am Mirabellplatz ausspuckt, alle in den Armen liegen werden. Frau Möller seufzt wohlig. So entspannt hatte sie sich das gar nicht vorgestellt. Herrlich!

Der Bus ist zwar voll, aber nicht ausgebucht. Frau Möller hat die hinterste Sitzreihe ganz für sich, mit einem eigenen Platz für ihre geräumige Umhängetasche – eine Tasche, in die – wie ihr Mann immer zu spotten pflegte – ein Kleinstaat wie Monaco oder Liechtenstein problemlos hineingepasst hätte. Aber als Frau ist man froh, wenn man weiß, dass man für alle Situationen gerüstet ist.

Small and white, clean and bright, you look happy to meet me.

Nach längerer Überlandstrecke – und einem kurzen Stopp auf einem Parkplatz, von dem aus man in der Ferne den Wolfgangsee sieht – hält der Bus schließlich auf einem großen Busparkplatz. Alle steigen aus. Frau Möller hinterher.

Der Tourguide, der schon bei der Begrüßung gemerkt hat, dass sie kein Englisch kann, ist bei den Besichtigungen immer sehr besorgt um sie und erklärt ihr jedes Mal in brüchigem Deutsch – er ist Australier –, welche Attraktion auf sie wartet.

Hier nun warten das Örtchen Mondsee und seine 3522 Einwohner auf Frau Möller.

»Wir jetzt gehen zu Kirche«, erklärt ihr der Guide. »Wo gedreht wurde Hochzeit, ja? Sie einfach folgen.«

Frau Möller nickt. So ein netter, junger Bursche. Seit sie über sechzig ist, schaut sie nur noch mütterlich, aber sie schaut. Auch auf die Waden des Busfahrers in der Krachledernen, der jetzt ausgestiegen ist, weil er hier in Ruhe Brotzeitpause machen kann.

Die Sonne strahlt heiß auf das kleine Grüppchen Unerschrockener, das sich durch ein sauberes Wohngebiet zur Ortsmitte vorarbeitet. Rechter Hand sieht man plötzlich den See, funkelnd und prachtvoll. Aber sie biegen nach links zur Kirche.

Frau Möller immer hinterher. Auf längeren Strecken ist es etwas ungünstig, dass ihre Tasche nur einen Tragegriff besitzt und man sie nicht umhängen kann. Aber es wird schon gehen.

Und dann stehen sie vor der strahlend gelben Basilika Sankt Michael. Wie hineingemalt in die prachtvolle, österreichische Landschaft.

»Was für ein wunderhübsches Pflaster«, schwärmt Frau Möller angesichts der zackenförmig helldunkelgrauen Bepflasterung. Sie ist eben bodenständig und guckt gern nach unten.

»Oh, wir sind im Glück, jemand heiraten«, ruft ihr der Tourguide zu und zeigt auf ein Brautpaar vorn am Haupteingang der Kirche.

Alle klatschen – was man hier offenbar so macht – und schießen Fotos, außer Frau Möller, die hat keinen Fotoapparat dabei. Und ihr Handy stammt noch aus der Zeit, als man dachte, Handys seien zum Telefonieren da und gut.

Aus der Kirche treten weitere, festlich gekleidete Menschen, die meisten in Tracht, und gruppieren sich um das Brautpaar, das entzückender gar nicht sein könnte. Nein, korrigiert sich Frau Möller, das ist ja kein Brautpaar mehr, das sind eine beseelt lächelnde Ehefrau und ein stolz strahlender Ehemann. Hach, junges Glück, seufzt Frau Möller in sich hinein. Zu Beginn ihrer Ehe hatte sie auch so heiter gestrahlt, aber das gab sich dann schnell. Dass sie es überhaupt so lange mit ihrem Klotz von Gatten ausgehalten hat, liegt nur an ihrem Sohn, dem Licht ihres Lebens, ihrem Ein und Alles. Ein braver Bub, der sich nur manchmal ein wenig verrennt, aber aus dem wird nochmal was, da ist sich Frau Möller ganz sicher. Rechtsanwalt oder Arzt. Jemand, der in der Welt was zu sagen hat. Nicht wie ihr Mann, der all die Jahre nur fett auf der Couch lag, fernsah und Bier trank und nichts als abfällige Worte und hin und wieder eine Ohrfeige für sie übrig hatte. Für sie, die sie mit Putzarbeiten die Familie über Wasser hielt. Na, das war jetzt auch vorbei.

»Ist das eine Mary-Poppins-Gedächtnistasche, was Sie da mit sich herumschleppen?«, erkundigt sich plötzlich eine Männerstimme neben ihr und reißt Frau Möller damit aus ihren Erinnerungen.

»Wie bitte?«

Er trägt einen Trachtenjanker zu seinen Jeans, aber Frau Möller hört deutlich, dass er nicht von hier sein kann. Vermutlich auch ein Tourist, wenn auch keiner aus ihrer Gruppe.

»Dieses Riesendings da in Ihrer Hand.« Er zeigt auf die übergroße Tasche, die schwer in ihrer Rechten liegt. »Das kenne ich doch aus dem Fernsehen. Mary Poppins hat immer so eine Tasche mit sich herumgetragen. Da ist eine Stehlampe drin und ein Regenschirm und ein Teetisch mit Geschirr und …«

»Nein.« Frau Möller schüttelt den Kopf. »Das ist meine Tasche. Die gab es neulich bei einer Schnäppchenaktion bei DM.«

Frau Möllers Humorverständnis hält sich in Grenzen. Und Mary Poppins kennt sie nicht.

»Soll ich Ihnen tragen helfen?«, bietet der Mann an.

Frau Möller mustert ihn. Bestimmt zwanzig Jahre jünger als sie, gar nicht mal schlecht aussehend. Was will der von ihr? Ausrauben sicher nicht – man sieht ihr an, dass sie über wenig Geld verfügt, und ihm, dass es bei ihm anders ist. Allein die goldene Uhr an seinem Handgelenk hat vermutlich mehr gekostet als sie in ihrem ganzen Leben als Putzfrau zusammengenommen verdient hat.

Hm. Braucht er eine Notfallniere?

»Nein, danke.« Frau Möller schüttelt den Kopf.

Der Mann zuckt mit den Schultern. »Ich wollte Ihnen doch nur etwas Gutes tun.«

Frau Möller lächelt. Ja klar. Wenn sie in ihren über fünfzig Jahren auf diesem Planeten etwas gelernt hat, dann, dass es sowas wie Selbstlosigkeit nicht gibt.

Alle um sie herum jubeln dem jungen Ehepaar zu, auch die Leute, die weiter weg auf den bewirtschafteten Kaffeehausstühlen vor dem Café Braun sitzen. Ob die beiden stadtbekannt sind? Oder ist man in Mondsee einfach grundsätzlich nett zu Neuvermählten?

Es ist aber auch wirklich wie eine Szene aus einem Film: am azurblauen Himmel schieben sich kleine Schäfchenwolken immer gerade so an der Sonne vorbei, dass sie keinen Schatten werfen. In der Luft liegt Liebe und Blütenduft. Die Kirchenglocken läuten.

Frau Möller seufzt. Liebe – auch so eine Hollywoodlüge. Im richtigen Leben musste man doch schon dankbar sein, wenn man jemand traf, den man wenigstens ertragen konnte. Hätte sie das nur gewusst, bevor sie ihren Alfons kennen gelernt hatte. Na, das war jetzt Schnee von gestern.

»Wir jetzt machen eine Stunde zur freien Verfügung«, sagt der Tourguide zu Frau Möller. »Sie zurechtkommen, ja?«

Frau Möller nickt. Es ist ihr sogar sehr recht, etwas Zeit nur für sich zu haben. Sie will an den See, der auf dem Weg hierher in der Sonne gefunkelt und sie förmlich zu sich gewunken hat.

»Okay, people, let's meet at the bus in exactly one hour«, ruft der Tourguide in ihrem Rücken der Gruppe zu, aber da ist Frau Möller schon losgelaufen. Es scheint nicht weit, nur ein paar Schritte durch den Ort – in dem der Bär tobt, Touristen en masse –, und dann eine Allee entlang, und schon ist man da.

Allerdings wird die Tasche doch langsam schwer. Frau Möller bleibt stehen und schnauft schwer.

»Soll ich Ihnen nicht doch tragen helfen? Das mache ich wirklich gern.«

Der Mann im Trachtenjanker materialisiert sich plötzlich neben ihr.

»Verfolgen Sie mich?« Frau Möller schaut streng.

»Aber nein, wir haben nur zufällig denselben Weg.« Er zeigt auf den See.

Frau Möller sagt nichts. Schweigen können die allermeisten Menschen nicht ertragen, dieser hier auch nicht. »Wissen Sie, die meisten Leute kommen nur wegen der Kirche her, dabei ist hier sehr viel mehr geboten«, fängt er an, »6000 Jahre Geschichte, Wanderwege durch die herrliche Landschaft, phantastische Golfplätze, der See als Wassersportmekka …«

»Haben Sie das auswendig gelernt?« Frau Möller kennt doch ihre Pappenheimer.

Er grinst. »Ja. Habe ich im Internet gelesen. Aber Sie müssen zugeben, dass es wirklich schön hier ist.«

Frau Möller nickt. Ja, das lässt sich nicht leugnen.

Eine kleine Völkerwanderung schiebt sich ihnen entgegen. Wo kommen nur all die Leute her? Das sind dann wohl andere Bustourgruppen, denkt Frau Möller, die sind schon wieder auf dem Rückweg. Sie fädelt sich durch die Menschen in Richtung See, der Trachtenjankermann kommt ihr dabei abhanden. Gut so.

Am See angekommen schaut sich Frau Möller um. Vorn auf dem Wasser tuckert ein Schiff mit dem Namen *Mondseeland*. Rechter Hand ist ein Kiosk, wo eine wilde Gruppe Kinder herumtobt, linker Hand eine Anlegestelle für die Schifffahrt, dazwischen Menschen – und noch mehr Menschen.

Frau Möller zögert. Sie hätte sich natürlich denken können, dass es voll sein würde, aber so voll?

Seufzend schaut sie auf ihre Tasche. Sie hat sich das mit dem See so nett gedacht. Schon als sie in dem Flyer zur Bustour das Foto vom Mondsee sah.

»Vielleicht ein Eis?«

Frau Möller zuckt zusammen. Neben ihr steht auf einmal wieder der Trachtenjankermann. Sie will ihn zurechtweisen – sie hat einen ordentlichen Schreck bekommen, das grenzt ja schon an Stalking –, aber da läuft fröhlich winkend die grauhaarige Amerikanerin an ihr vorbei, die im Bus den Platz direkt vor Frau Möller hat. Mit einem *sehr* jungen Mann am Arm. Höchstwahrscheinlich ihr Enkel, aber heutzutage weiß man ja nie. Vielleicht ist es auch ihr vierter Ehemann.

Frau Möller lächelt und winkt zurück. Sie muss keine Angst haben, denkt sie, hier ist es viel zu umtriebig, als dass ihr etwas passieren könnte. Sie dreht sich zu ›ihrem‹ jungen Mann um. »Hören Sie, es war nett, mit Ihnen zu plaudern, aber ich möchte für mich allein sein. Mir gehen viele Gedanken durch den Kopf. Das verstehen Sie doch.«

»Natürlich.« Er nickt. Zögert. »Aber nicht vielleicht doch ein Eis? Ich möchte Sie zu gern einladen. Ich weiß, wo es hier das beste Eis gibt.«

»Haben Sie das auch aus dem Internet?«, fragt Frau Möller.

Er guckt schuldbewusst.

Die Sonne meint es gut mit dem Mondsee. Die Luft flirrt. Frau Möller ist es heiß unter ihrem Sommertrenchcoat, den sie nicht ausziehen kann, weil man sonst die Flecke sieht. Ein kaltes Eis würde ihr womöglich gut tun. Und ihr eifersüchtiger Alfons wird ja nie erfahren, dass sie sich hier von einem fremden Mann zum Eis einladen lässt.

Sie seufzt. »Wenn ich ja sage, lassen Sie mich dann meiner Wege gehen?«

»Selbstverständlich!«

Sie nickt ihm zu. »Also schön.«

»Großartig«, ruft er, strahlt und zeigt seine makellosen Beißerchen. Er greift wieder nach Frau Möllers Tasche, weil sie sichtlich schwer daran zu tragen hat und ihr schon Schweißperlen über die Stirn kullern, aber da kennt er Frau Möller schlecht.

»Nein, danke! Es geht schon!«

Sie rangeln ein wenig. Als die ersten Passanten misstrauisch schauen, lässt er den Taschengriff los und richtet sich auf. »Ich will doch nur helfen.«

»Danke, sehr freundlich, aber das ist wirklich nicht nötig.«

Frau Möller riecht den Braten. Der will ihre Tasche. Was vermutet er nur darin? Die Millionen aus einem Bankraub? Ererbte Juwelen? Sie lacht in sich hinein. Oder was ganz anderes? Wenn der wüsste …

Gemütlich machen sie sich auf den Rückweg in den Ort. Auch ihr Begleiter in seiner Trachtenjacke kommt ins Schwitzen. Schweigend gehen sie nebeneinander her.

Die Eisdiele liegt rechter Hand. Die Tische sind jedoch alle belegt. Der Tourguide schlendert an Frau Möller vorbei, zeigt auf seine Uhr und ruft etwas auf Englisch. Offenbar mahnt er sie zur Eile.

»Ein Eis zum Mitnehmen?«, schlägt der Trachtenjankermann Frau Möller vor. Sie nickt. Gleich darauf hält sie einen Becher mit drei Kugeln in der Hand, gemischtes Sortiment.

»Hier bitte, ich hoffe, es schmeckt. Tut mir leid, wenn ich etwas zu aufdringlich war.« Das Lächeln, das er ihr schenkt, stimmt sie beinahe schon wieder versöhnlich. Aber nur beinahe.

Frau Möller bedankt sich artig bei ihm und folgt dem Tourguide, der schon einen beträchtlichen Vorsprung gewonnen hat, zum Busparkplatz. Der Trachtenjankermann bleibt zurück. Sie spürt seinen Blick im Rücken.

Natürlich kann sie unterwegs das Eis nicht essen, denn sie ist keine hinduistische Göttin mit acht Armen, sie hat nur zwei. Und auch nur zwei Hände. In einer trägt sie die wuchtige Tasche, in der anderen den Eisbecher. Da bleibt folglich keine Möglichkeit, sich mit dem kleinen Plastiklöffel dem Eisgenuss hinzugeben. Schon nach wenigen Schritten in der brütenden Hitze zeigt sich jedoch, dass sie ihr Eis nicht mehr löffeln muss, sondern jetzt auch trinken kann.

In der flirrenden Luft scheint sich der Weg endlos auszudehnen. Den Tourguide hat sie schon lange aus den Augen verloren, hinter ihr kommt keiner mehr. Ob sie sich verlaufen hat? Auf der kurzen Strecke eigentlich kaum vorstellbar. Zuzutrauen wäre es ihr natürlich schon, Frau Möller hatte keinen Orientierungssinn. »Du dumme Person«, hätte ihr Alfons bestimmt gesagt. Aber der konnte ja nichts mehr sagen.

In Höhe der Meinrad-Guggenbichler-Straße, Ecke Peter-Tafner-Straße hält urplötzlich ein dunkelblauer

BMW mit deutschem Kennzeichen neben Frau Möller, und zwei Männer springen heraus.

»Anneliese Möller!« Es ist der Trachtenjankermann. Der neben ihm sieht aus wie der junge Elmar Wepper. Die beiden halten offiziell aussehende Ausweise hoch. »Polizei. Übergeben Sie uns den Inhalt Ihrer Tasche!«

»Äh …«, stottert Frau Möller und lässt den Eisbecher fallen, was ihr im selben Augenblick höchst unangenehm ist, weil sie ihr Leben der Sauberkeit gewidmet hat, nicht der Umweltverschmutzung.

Elmar Wepper reißt ihr die Tasche aus der anderen Hand und öffnet sie. Der Trachtenjankermann und er stieren hinein. Aus den Tiefen der Tasche starrt ihnen Alfons Möller entgegen.

Nein, *nicht* weil er klein gehackt und in Plastiktüten verpackt in ihrer Tasche ruht. Dachten Sie das etwa? Unsinn, er liegt zu Hause in seinem Bett. Halbseitig gelähmt. Nach dem Schlaganfall kann er sich nicht mehr bewegen und auch nicht mehr reden. Frau Möller findet das nicht weiter schlimm. Es lässt sich besser mit ihm aushalten, wenn er nichts sagt und keine Ohrfeigen austeilen kann. So glücklich wie jetzt ist sie in ihrer ganzen Ehe noch nicht gewesen.

Nein, in der Tasche befindet sich ein gerahmtes Bild mit seinem Konterfei. Er war ja mal ein schmucker Kerl gewesen. Frau Möller ruft sich das hin und wieder gern in Erinnerung. Außer dem Bild befinden sich in ihrer Tasche noch eine Thermoskanne mit Hühnersuppe, eine Taschenlampe, Reiselektüre, ein Kulturbeutel, ihre Geldbörse natürlich, ihr Schlüsselbund, Kopfschmerztabletten, Strickzeug … was eben alles so in eine Damenhandtasche gehört, um für alle Eventualitäten gerüstet zu sein.

»Mist!«, ruft Elmar Wepper.

»Dann trägt sie es am Leib.« Der Trachtenjankermann zeigt auf Frau Möllers Trenchcoat.

»Wagen Sie es nicht, mich anzufassen!«, empört sie sich.

»Ausziehen!«, befiehlt er.

Frau Möller weiß, dass Gegenwehr sinnlos ist. Sie öffnet die Knöpfe und schält sich aus dem Mantel. Darunter trägt sie ein türkisgrünes, langärmeliges Kleid. Bei der Hitze ein Fehler. Man sieht hässliche Schwitzflecke. Frau Möller ist das peinlich.

»*Mist*!«, ruft Elmar Wepper.

»Wo ist der Stoff?«, bellt der Trachtenjankermann.

»Wie bitte?« Frau Möller schaut konfus. Das kann sie gut.

»Sie wissen ganz genau, wovon ich rede! Ihr Sohn dealt, aber wir haben bei der Razzia in seiner Wohnung nichts gefunden. *Sie* haben das Zeug vor Ihrer Abreise an sich genommen, um es hier verschwinden zu lassen!« Der Trachtenjankermann starrt sie finster an.

Frau Möller sieht seine goldene Uhr in der Sonne funkeln. Wetten, der ist korrupt? So eine Uhr kann sich ein ehrlicher Beamter doch gar nicht leisten. Die beiden wollen sich den Stoff unter den Nagel reißen, um ihn dann meistbietend zu verkaufen.

»Das ist eine bodenlose Unverschämtheit«, sagt sie und ruft gleich noch etwas lauter: »Polizeigewalt, das ist pure Polizeigewalt.«

Frau Möller hat nämlich gesehen, dass ihr Tourguide zurückgekommen ist, um säumige Schäfchen einzusammeln. Und aus der Ortsmitte nähern sich die alte Amerikanerin und deren … äh … Enkel.

Elmar Wepper wischt sich den Schweiß von der Stirn. »Sie hat das Zeug nicht, lass uns gehen.«

Der Trachtenjankermann droht: »Das ist noch nicht vorbei, Frau Möller. Bis Sie zurück in Ihrem Hotel sind, haben wir längst einen Durchsuchungsbeschluss und gehen mit den Kollegen der Salzburger Polizei Ihr Gepäck durch.«

Die beiden springen in den BMW und brausen davon.

Der Busguide kommt auf Frau Möller zugelaufen. »What happened? Was sein los?«

»Alles in Ordnung, es geht mir gut«, sagt Frau Möller und schlüpft wieder in ihren Mantel. Sie lässt sich dennoch von ihm am Arm zum Bus geleiten. War alles ein bisschen zu viel der Aufregung.

Blossom of snow may you bloom and grow,
bloom and grow forever

Auf der Rückfahrt nach Salzburg sitzt Frau Möller hinten im Bus und seufzt wohlig im Takt zum Gesang der Gruppe, die schon wieder *Edelweiss* intoniert.

Ach ja, ihr Sohn. Ihr ein und alles. Erst mit über vierzig ist sie Mutter geworden. Bis zuletzt hatte sie auf ein Kind gehofft, und es war dann ja auch alles gut geworden – sie hatte einen prächtigen Buben bekommen.

Auch jetzt will sie die Hoffnung nicht aufgeben. Sie glaubt immer noch, dass er eine große Zukunft vor sich hat. Im Grunde seines Herzens ist er ein Guter. Nur seine nichtsnutzigen Freunde ziehen ihn immer wieder in dubiose Geschäfte hinein, reden ihm ein, er könne sich mit Drogen einen schnellen Euro verdienen.

Als sie letzten Samstag, wie jede Woche, bei ihm durchputzte, hatte sie fünf Klarsichttüten mit Drogen gefunden. Haschisch, Crack, Crystal Meth – Frau Möller hatte keine Ahnung. Aber sie wusste, wenn das Zeugs erstmal weg war, dann war alles wieder in Ordnung.

Sie seufzt erneut. Ihr Bub findet schon noch auf den rechten Weg. Man muss ihm nur Zeit geben. Frau Möller schaut zu den Sitzreihen, in denen sie zu Beginn der Busreise Probe gesessen ist. Fünf Reihen, fünf fremde Taschen, in die sie klammheimlich je eine Tüte entsorgt hat. Die Polizei soll ihr Hotelzimmer ruhig auseinandernehmen, die werden da nichts finden.

Frau Möller lächelt fein in sich hinein.

Edelweiss, Edelweiss, bless my homeland forever!

Futtert Nemo

Kaiten Sushi. Also Fließbandfisch.

Sie kennen das ja sicher: auf kleinen, farbigen Tellern rollt der Fisch an einem vorbei. Nicht ganzer Fisch am Stück, klar. Mehr so Häppchen. Je nach Tellerfarbe teure, teurere und lächerlich überteuerte Fischhäppchen. Aber enorm befriedigend. Weil man als Gast noch das Gefühl hat, sich seinen Fisch selbst zu angeln, wenn man die Hand erst unentschlossen über dem Fließband schweben lässt und dann im letzten Moment blitzschnell zulangt und sich den gelben, grünen oder roten Teller krallt. Was zu einem mehr oder weniger sichtbaren, triumphierenden Anheben der Mundwinkel führt.

Mein Paul und ich gehen jeden Freitagnachmittag in das japanische Kaiten-Restaurant in der Fußgängerzone von Schwäbisch Hall. Immer um vier. Weil nämlich um fünf schließt das Restaurant, und ab vier gibt es den Fisch billiger.

Wir machen das schon seit Jahren. Da ist es immer nett, und die Bedienung ist freundlich. Wiewohl sie nicht den Mund aufmachen darf. Sagt Paul. Weil, wenn sie den Mund aufmacht, hört man sofort, dass sie nur optisch und nicht wirklich aus Japan kommt, und nicht einmal von einer Dschunke in Hongkong oder dem Dschungel von Myanmar, sondern hörbar deutlich aus Gottwollshausen, einem Vorort von Schwäbisch Hall. Wenn sie was sagt, dann im breitesten hiesigen Dialekt. Das stört Pauls Gefühl, sich einem exotischen Genuss hinzugeben. Deswegen sitzt er auch immer mit dem Rücken zur Durchreiche, die in die Küche führt. Damit er nicht mit ansehen muss, wie ein Inder mit Turban oder – Gott bewahre! – ein Mitschwabe den Thunfisch filetiert, den Filetstückchen kleine Reismützen aufsetzt und sie dann in dunkelgrüne Algenblätter wickelt.

Wo es Paul doch ohnehin schon pure Überwindung kostet, mit mir Fisch essen zu gehen. Paul ist mehr so der Traditionalist. Fleisch ist sein Gemüse. Fleisch ist überhaupt sein Ein und Alles, Ausnahme nur am Frühstückstisch, da gibt es kein Steak aufs Brötchen, sondern Nutella. »Ich tu das nur für dich«, sagt er immer, wenn er seinen Hintern auf den Hocker im Kaiten-Restaurant wuchtet. Jedes Mal. Setzen und »ich tu das nur für dich« ist bei ihm zum Automatismus geworden.

Ich mag die Kellnerin. Mir ist auch egal, in welcher Mundart sie kommuniziert. Mir könnte ein handzahmer Gorilla das Asahi-Bier zu den Sushi reichen, ist mir Wurst. Oder sagt man: Ist mir Fisch? Kurzum: Hauptsache, es schmeckt. Und das tut es.

Findet Paul natürlich nicht. Paul ist ein alter Meckersack. Ich dagegen war euphorisch, hatte noch Träume, sah überall Möglichkeiten und Chancen.

Paul nicht. Paul fand grundsätzlich alles erstmal doof.

Immer. Also auch an diesem Nachmittag. Paul, der alte Nörgler. Als die überaus zierliche, überaus freundliche Kellnerin auf uns zueilte, kaum dass wir uns auf die Hocker vor dem Fließband gesetzt beziehungsweise gewuchtet hatten, und Paul sein »ich tu das nur für dich« gebrummt hatte, rief ich rasch »Das Übliche, bitte. Zwei Asahi Bier«, bevor er etwas Abfälliges über die Fischauswahl im Besonderen oder die Weltlage im Allgemeinen von sich geben konnte.

Die Kellnerin nickte, lächelte und eilte los, das Bier zu holen.

Ich sah mich im Restaurant um. Es war nur mäßig besetzt. Das meiste Geschäft machten die hier mittags, wenn aus den umliegenden Geschäftshäusern die weiblichen und männlichen Bürotypen einfielen.

»Da kommt sie ja schon wieder, die gelbe Gefahr. Die wird auch immer schneller«, lästerte Paul, als die Kellnerin uns tatsächlich erstaunlich rasch unser Bier brachte.

»Wir sind eben Stammgäste, die werden bevorzugt behandelt. Und jetzt guck nicht so grimmig«, zischte ich. Und »vielen Dank, sehr freundlich«, sagte ich rasch zur Kellnerin, bevor die irgendetwas Freundliches schwäbelte und mir anschließend Paul das Essen mit seinem Gemecker über unechte Asiaten madigmachte. Wirklich, es reichte mir mit Paul. Schon lange. Und zunehmend mehr.

Paul langte derweil nach dem ersten schwarzen Teller, der an ihm vorbeikam. Das tat er immer. Darauf lag der Amateure-Thunfisch. Bei *dem* Preis bestimmt eine vom Aussterben bedrohte Thunfischart. Oder ein handgestreichelter Zuchtthunfisch. Paul aß nie was anderes. »Schmeckt fast wie Steak. Ist das Einzige, was ich hier runterkriege«, pflegte er zu sagen, wenn ich ihm mal einen Alternativvorschlag unterbreitete. Es ging mir echt nicht ums Geld, also nicht nur, ich finde einfach, das Leben ist zu kurz, um nicht hin und wieder auch mal was auszutesten, an seine Grenzen zu gehen, was Verrücktes zu tun. Seeigel statt Thunfisch.

Aber Paul hatte es nicht so mit Abwechslung und Abenteuer. Beim Essen nicht und auch sonst nirgends. Sie wissen, was ich meine.

Eine Wahrsagerin hatte mir neulich auf dem alljährlichen Jakobimarkt geweissagt, dass ein neues Leben auf mich wartete! Das konnte und wollte ich aber nicht mit Paul antreten.

An diesem Nachmittag aß ich schweigend. Während ich kaute, dachte ich nach. Intensiv. Über Gifte.

Arsen. Eins der giftigsten Elemente, die es gibt. In kleinen Mengen kommen anorganische Arsenverbindungen auch in der Natur vor. Fische und Meerestiere können beispielsweise oft größere Mengen enthalten, da sie das Arsen aus dem Wasser aufnehmen. Man müsste allerdings schon enorm viel Fisch essen, um eine für den Menschen bedenkliche Menge aufzunehmen. Und selbst dann hätte es nur überschaubare Auswirkungen auf die Gesundheit: Reizung des Magens, verminderte Produktion weißer Blutkörperchen, Unfruchtbarkeit. Aber ich habe ja auch nicht vor, Paul mit Sushi zu ermorden. Sonst hätte ich mir das richtige Arsen ja völlig umsonst besorgt. Nein, ich will nur eine falsche Fährte für den Gerichtsmediziner legen.

»Ruhig bleiben, keiner rührt sich!«, brüllt da plötzlich eine heisere Männerstimme und unterbricht rüde mein Sinnieren.

Vier vermummte Kerle stürmen ins Kaiten-Restaurant.

Wir sind alle verblüfft: die Gäste, das Personal, und die vier Vermummten irgendwie auch.

Jetzt erst bekomme ich bewusst das Heulen von Polizeisirenen und das Blaulicht mit. Von schräg gegenüber, vor dem Bankgebäude. Mir ist schlagartig klar, dass es sich bei den Vermummten um Bankräuber handeln muss. Bankräuber ohne Fluchtwagen. Oder ihr Fluchtwagenfahrer hat Muffensausen bekommen und ist ohne sie abgedüst. Oder bei dem Fluchtwagen handelte es sich nicht um eine solide schwäbische Automarke mit Verlässlichkeitsgarantie, sondern um irgendein Billigmodell, das im entscheidenden Moment den Motorgeist aufgab. Jedenfalls sitzen sie jetzt fest.

Und wollen uns offenbar als Geiseln nehmen.

»Auf den Boden!«, brüllt der Anführer der Bande. »Sofort!«

Um seinem Anliegen mehr Nachdruck zu verleihen, feuert er eine Salve aus seinem Maschinengewehr ab. Er hätte mal besser an die Decke gefeuert und nicht geradeaus, direkt auf die Panoramascheibe, die dem Kugelhagel natürlich nicht standhält.

Nicht nur die Scherben der Scheibe liegen gleich darauf auf dem Boden, auch die Kellnerin, die drei weiblichen Teenager hinten links in der Ecke und ich. Womöglich auch der Sushi-Koch mit dem Turban.

Nicht aber Paul. Mein Paul.

»Runter, sag ich!«, brüllt der Oberbankräuber.

»Lassen Sie die Waffen fallen!«, brüllt es aus dem klaffenden Loch in der Wand, wo sich eben noch die Panoramascheibe befand.

Polizisten mit Waffen im Anschlag nehmen hinter eilig geparkten Streifenwagen Aufstellung. Man hört das Brummen eines Polizeihubschraubers. Ich bekomme alles nur aus der Froschperspektive mit. Aber das reicht mir auch.

Was ist nur mit Paul los? Ist das Schreckstarre? Oder will er den Helden spielen?

»Bullenschweine, weg mit euch! Oder die Geiseln sterben!«, ruft jetzt ein anderer Vermummter, der offenbar auch einmal den Geschmack des Alphawolfes spüren will.

»Wir bringen niemand um, ich will nicht für den Rest meines Lebens in den Knast«, meldet sich ein dritter Vermummter zu Wort.

»Tun Sie nichts Unüberlegtes«, meldet sich da eine Megafonstimme von draußen. »Lassen Sie uns verhandeln!«

Die Bankräuber haben hinter zwei Säulen und unter dem Fließbandtisch Schutz gesucht. Sie sind alle ziemlich verschwitzt, aber bei den sommerlichen Temperaturen ist das unter dicken Skimasken ja auch kein Wunder.

»Runter, hab ich gesagt!«, brüllt der Anführer nochmal. Er meint zweifelsohne meinen Paul, den Idioten.

Ich tippe auf Schreckstarre. Wenn wir zu Hause Horrorfilme anschauen, wühlt er während der gruseligen Stellen immer besonders intensiv nach den Kartoffelchips am Boden der Tüte, damit er nicht sehen muss, was auf dem Bildschirm passiert. Paul ist ein Weichei. Der will nichts beweisen, weder sich noch der Welt, der ist vor Angst nur zur Bewegungsunfähigkeit verkrampft.

»Runter, ich sag das jetzt nicht nochmal!«, brüllt der Oberbankräuber. Offenbar ist das für ihn jetzt zu einer Frage der Ehre geworden.

Ich überlege in Windeseile. Wenn der Bankräuber Paul erschießt, erspart mir das viel Mühe. Und mein Risiko, wegen Gattengiftmord im Knast zu landen, geht damit gegen Null. Das bisschen Arsen, das der Gerichtsmediziner bei der Obduktion von Paul in dessen Leiche finden wird, kann problemlos einer Überdosis Sushi zugeordnet werden. Ich habe ja gerade erst mit der systematischen Vergiftung angefangen.

»Runter!«, brüllt der Anführer, obwohl er das nicht noch einmal hatte tun wollen.

Ich lächele still in mich hinein. Gleich ist es so weit. Freiheit!

Da fällt Paul wie ein Klotz neben mir auf den Linoleumboden. Mit dem Rücken zu mir. Ich seufze. Enttäuscht.

»Machen Sie sich doch nicht unglücklich«, meldet sich die Megafonstimme neuerlich zu Wort. »Geben Sie auf!«

»Wir wollen einen Fluchtwagen!«, brüllt der Anführer.

»Bist du blöd, bei dem Verkehr?«, nölt einer seiner Mittäter.

»Wir wollen einen Fluchthubschrauber! Mit Piloten!«, brüllt der Anführer.

Während der Bankräuber mit der Polizei im dreistelligen Dezibelbereich verhandelt, starre ich finster auf Pauls fetten Rücken.

Ich hatte es mir so schön vorgestellt. Mein Leben ohne Paul. Aber wenn ich ihn jetzt umbringe – also, vorausgesetzt wir überleben das hier –, dann würde das doch bestimmt Aufmerksamkeit erregen. Nein, wenn das Schicksal einem eine Zitrone reicht, dann muss man sofort Limonade draus machen und darf nicht warten, bis die Zitrone schimmelt.

Ich trete Paul in den Po. »Du musst was tun!«, zischele ich.

Paul schweigt stoisch. War ja klar: sonst immer der große Grummler vor dem Herrn, aber in Extremsituationen spontan taubstumm. Nein, er wird nicht aufspringen und sich in den Kugelhagel der Bankräuber stürzen. Ich muss selbst aktiv werden.

»Lassen Sie doch wenigstens die Kinder gehen«, rufe ich. Mit tiefer Stimme und nah an Paul herangerückt. Es besteht durchaus die Chance, dass die Bankräuber Paul für diesen Zwischenruf verantwortlich machen und – hoffentlich – entsprechend genervt reagieren.

Über den Lärm durch die Rotoren des Hubschraubers, die Sirenen und die beiden Streithähne Megafonpolizist und Oberbankräuber dringt meine getürkte Männerstimme nicht hindurch.

Mist!

»Die Kinder, denken Sie doch verdammt nocheins an die Kinder!«, versuche ich es erneut, alle Kraft in meine Stimmbänder legend. Ein kurzer Blick über meine Schulter zeigt allerdings, dass die drei weiblichen Teenager keineswegs verängstigt sind, im Gegenteil, eine filmt das Ganze mit dem Handy, und ich bin sicher, dass die andere, die wie wild auf ihr iPad einhämmert, gerade einen Status-Update auf Facebook einstellt. Die wollen hier nicht weg, die kriegt man nicht mal mit Gewalt raus. Aber darum geht's ja auch gar nicht. Ich will nur, dass einer der Bankräuber die Kontrolle verliert und meinen Paul erschießt.

»Ja, lassen Sie doch bitte die Kinder gehen«, ruft jetzt auch die japanische Bedienung.

»Was'n für Kinder?«, empört sich der dritte Teenager und schaut sich nach Grundschulknirpsen um.

»Kinder? Haben Sie Kinder in Ihrer Gewalt?«, will die Megafonstimme jetzt wissen.

»Ja, und wenn wir nicht sofort einen Hubschrauber bekommen, dann filetiere ich das erste Kind mit einem Sushi-Messer!«, droht der Oberbankräuber.

Das Mädchen mit der Handykamera filmt ungerührt weiter. Aus der wird mal was, denke ich, die hat die Ruhe weg.

Wie ich. Ich bin auch ganz cool. Mit beiden Beinen schiebe ich Paul in Richtung des Anführers.

»Keiner rührt sich, habe ich gesagt«, blafft der, schießt aber nicht. Ist seine Waffe überhaupt geladen? Wie ich es hasse, wenn Worten keine Taten folgen.

Ich schiebe weiter. Paul, das Weichei, lässt es mit sich geschehen. Wahrscheinlich wimmert er leise in sich hinein, die Memme. Hört man aber nicht, weil die echten Kerle so laut schreien.

»Um Gottes willen, Mann, nehmen Sie doch Vernunft an!«, brüllt der Mann am Megafon.

»Wo sind die Sushi-Messer?«, gellt der Oberbankräuber die kleine Japanerin an.

»In der Küche«, wispert sie.

»Hannes, so war das nicht abgesprochen …«, fängt jetzt einer der anderen Bankräuber an.

»Ich finde auch …«, bekräftigt ein Zweiter.

»*Ich* hab hier das Sagen«, kreischt der Obermacker. »Wir sind doch keine basisdemokratische Labergruppe.

Und wenn ich Nägel mit Köpfen machen will, dann mache ich das!« Er schreit die Kellnerin an: »Her mit dem Sushi-Messer!« Er strahlt die Aura eines Mannes aus, der das Texanische Kettensägemassaker nachstellen will. Nur eben mit einem japanischen Fischmesser.

Die Kellnerin robbt in Richtung Küche.

Mir läuft die Zeit davon. Ich schiebe Paul noch etwas weiter, aber auf den achtet gerade keiner mehr.

»Hier kommen wir doch nie und nimmer lebend raus«, heult jetzt der vierte Vermummte. Offenbar ein Paul-Verschnitt.

»Welches Schwein hat uns nur verraten?«, grübelt der Oberbankräuber laut. »Wenn ich den erwische, dann … Warst du es, Manfred?« Er wirbelt herum.

Der zweite Vermummte brummt: »Nein, verdammt! Uns muss jemand bei den Planungen belauscht haben. Ich hab doch gleich gesagt, lasst uns das nicht in der Pizzeria besprechen!« Er haut mit der geballten Faust auf das immer noch rotierende Fließband, und ein grüner Teller mit orange-weißem Fischhäppchen springt herunter und landet direkt neben mir. Das Häppchen sieht aus wie der Nemo aus dem Kino. Ist aber vermutlich kein Clownsfisch, sondern nur Reis mit Karotten auf einem Algenbett.

Schlagartig kommt mir eine Idee.

»Er war's!«, gelle ich, jetzt mit normaler Stimme, und zeigefingere auf Paul. »Er hat euch belauscht und die Info an die Bullen verkauft!«

Der Oberbankräuber kommt auf mich zu und reißt mich auf die Beine. »Was sagst du da?«

»Er war's!«, wiederhole ich.

»Warum ist der denn so bleich im Gesicht?«

Wir schauen alle zu Paul. Der guckt glasig und ist in der Tat ziemlich bleich.

»Das ist das Arsen. Ich hab' ihm schon seit Tagen geringe Dosen davon ins Essen gemischt.«

Alle starren mich an. Die Bankräuber bewundernd, wie ich meine, die Teenager auch.

»Erschießen Sie ihn, er hat es verdient«, flüstere ich dem Oberbankräuber hypnotisch zu.

Der richtet seine Uzi auf meinen Paul.

Tut es mir leid? Ich gehe kurz in mich. Nein, tut es nicht.

»Erschießen Sie den Verräter!«, fordere ich ihn nachdrücklich auf.

Die Augen in den Sehschlitzen der Skimaske werden schmal, er richtet die Uzi auf Pauls Stirn und …

… fällt um.

Unter ihm breitet sich ein Blutfleck aus. Er kann aber nicht tot sein, dafür schreit er zu laut und zuckt zu sehr mit den Beinen.

Ein Scharfschütze!

Die anderen Bankräuber ducken sich, aber da wird das Kaiten-Restaurant durch die offene Panoramascheibe auch schon gestürmt. Von einer Horde Männern in Kampfanzügen, die mit den drei verbliebenen Bankräubern in Nullkommanichts kurzen Prozess machen, was nicht weiter schwer ist, weil zwei von denen ihre Waffen wegwerfen und der dritte »ich ergebe mich, nicht schießen« ruft.

Nachdem alles gesichert wurde, betritt der Megafonmann, den ich daran erkenne, dass er immer noch das Megafon in der Hand hält, das Sushi-Restaurant.

»Paul, steh auf, es ist vorbei«, brumme ich und trete Paul in den verlängerten Rücken. Er rührt sich nicht.

Ein Sanitäter kommt angelaufen und beugt sich über ihn, dann schaut er zu dem Megafonmann auf und schüttelt den Kopf.

»Tot«, sagt er. »Vermutlich Herzinfarkt durch Schock.«

Ich bin kurz fassungslos, dann erleichtert, dann setze ich rasch eine Betroffenheitsmiene auf.

Der Megafonmann legt das Megafon auf das Fließband, das mittlerweile nicht mehr rollt. »So, Sie haben also Ihren Mann vergiftet?«, fragt er.

»Wie bitte? Nein! Wie kommen Sie darauf?«, empöre ich mich. Weil er mich eiskalt erwischt hat, werde ich knallrot.

»Richtmikrofone«, sagt er nur.

»Ich hab auch alles auf meinem Handy«, ruft die kleine Spielberg.

»Aber nein, so ist das doch gar nicht …«, wehre ich ab. »Das war doch nur im Scherz …«

Aber etwas in mir flüstert mir zu, dass ich das nicht wirklich gut durchdacht habe und dass ich meinen neuen sexy Körper demnächst in sackförmige Gefängniskleidung hüllen werde.

Immerhin hatte die Wahrsagerin recht behalten: Auf mich wartete ein neues Leben!

Tot, aber glücklich!

DREI TAGE VOR VOLLMOND

Und auf dieser Seite kann man den grandiosen Blick über den Kanal genießen!« Ulf Schweikard, Makler in dritter Generation, bemühte sich um Begeisterung, als er auf den Balkon trat. »An guten Tagen können Sie …«

»Da ist er runtergesprungen, oder?« Michi sah über die Brüstung. Er studierte Physik und berechnete Fallgeschwindigkeit und Wasseroberflächenauftrittsdruck, wenn man von hier oben, aus dem fünfzehnten Stock des Hochhauses am Kanal, in die Tiefe sprang.

Ulf Schweikard blinzelte wie jemand, der beim Schlafwandeln gegen eine Wand gelaufen war.

Sophie zog Michi am Pulli zurück. Für sie lehnte er sich viel zu weit hinüber.

Kester grinste. »Der andere ist aber doch auf der Straße aufgekommen, oder? Das geht von hier doch gar nicht.«

Makler Ulf sah nach oben, allerdings nicht zu den entzückenden Schäfchenwolken, die sich gerade in fotogener Cloudporn-Formation über das Hochhaus schoben, sondern mehr so in eine imaginäre Parallelwelt, in der es keine Selbstmörderwohnung in seinem Portfolio gab.

»Sie sprechen von dem zweiten, höchst bedauerlichen Vorfall.« Schweikard hielt sich sein Klemmbrett wie ein Hartplastikschutzschild vor die Brust. »Der ereignete sich drüben auf dem Küchenbalkon, der zur Straßenseite führt.«

Drei Jahre war der erste Suizid jetzt schon her. Ein junger Kerl hatte sich, vermutlich liebeskrank, in den Kanal gestürzt. Erst Monate später war seine aufgedunsene, von Fischen angenagte Leiche aus dem Wasser gezogen worden.

Das allein wäre schon schlimm genug, aber keine zwölf Monate später sprang der Nachmieter vom Küchenbalkon auf die Straße. Wegen Zahlungsunfähigkeit. Wie der Zufall es so wollte, landete er dabei nicht auf dem Asphalt, sondern auf einem Lkw-Anhänger voller Schotter, der entladen wurde, ohne dass man den Selbstmörder entdeckte. Erst ein Jahr später fand man seine mumifizierten Überreste.

»Und der Dritte ist bis heute spurlos verschwunden.« Michi seufzte es andachtsvoll.

Ulf Schweikard guckte finster. Er kannte seine Pappenheimer. »Wenn Sie hier nur Katastrophentourismus betreiben wollen …«

»Aber nein!«, warf Kester rasch ein. »Wir haben ernsthaft Interesse an der Wohnung, gar keine Frage. Dennoch gibt es sowas wie eine Offenlegungspflicht.«

Makler Ulf atmete flach gegen das Klemmbrett. »In der Tat ist der letzte Mieter der Wohnung abge…« Er wollte *abgetaucht* sagen, aber das hätte wieder wie ein Sprung in den Kanal geklungen. »... vorankündigungslos und ohne Nachsendeadresse verzogen. Ein ganz normaler Fall von Mietnomadentum«, ergänzte Schweikard rasch, weil er Michi begeistert aufstrahlen sah.

»In allen drei Fällen soll die Wohnungstür von innen verschlossen gewesen sein, mit vorgelegter Sicherheitskette, richtig?«, wollte Michi wissen. Er hatte diese Todesfälle gewissenhafter studiert als die Lektüreempfehlungen für sein Vordiplom. »Darum hat man auch nie auf Mord befunden, obwohl die Gerichtsmediziner bei den Toten verdächtige Schädeltraumata entdeckten.«

»Die jeweils durch den Sturz entstanden sind.« Schweikard blieb ungerührt. Er hatte schon alles gehört. Auch das, was Sophie jetzt einwarf.

»Angeblich soll es immer an Vollmond passiert sein. Und die drei Toten sollen hier spuken.« Sie verkrallte sich in den Arm von Kester. Echt, sie hasste es, auf Mädchen zu machen, aber paranormale Phänomene waren ihr unheimlich. Und in den Arm von Kester verkrallte es sich so schön.

Beim Anblick von Sophie, die sich an Kester angedockt hatte wie ein Schiffshalterfischchen an einen Hai, legte sich Michis Stirn in Falten. Er verschränkte die Arme über der Brust.

Schweikard lächelte Sophie abwiegelnd an. »Ich bitte Sie, Geister gibt es nicht – und falls doch, dann rasseln sie in alten Herrenhäusern mit ihren Ketten, nicht in einem stylishen Hochhaus, Baujahr 1991.« Er tat, was er immer tat, wenn er seine Felle davonschwimmen sah: Ablenkung.

»Schauen Sie hier, die Einbauküche ist vom Feinsten. Mit Müllschlucker nach amerikanischem Vorbild ...«

Unter normalen Umständen hätte Sophie jetzt einen Ein-Frau-Protestmarsch angetreten: warum er ausgerechnet *ihr* die Küche schmackhaft machen wollte und nicht ihren männlichen Begleitern. Aber so sah sie sich nur unsicher um. *Sch…Paranormale-Phänomene-Phobie,* dachte sie, sauer auf sich selbst.

»Es soll jeweils an Vollmond passiert sein, stimmt's?«, unterbrach Michi den Makler und entschränkte seine Arme, damit er gegen das Glas der Küchenbalkontür klopfen konnte. »Alle drei Todesfälle. Und zwar immer um Mitternacht! Hab' ich in der Zeitung gelesen.«

Schweikard atmete tief aus und zählte innerlich auf zehn.

»Stimmt doch, oder?«, rief Michi, weil es ihm zu lange dauerte.

»Das ist richtig.« Kester nickte beipflichtend. Ein Novum. Sonst pflegte er die Existenz von Michi zu ignorieren. »Alle hatten nachweislich kurz vor Mitternacht noch Kontakt über Telefon und wurden schon am nächsten Morgen als vermisst gemeldet – einmal von der Mutter, dann von einem Geschäftspartner und im dritten Fall von der Ex-Freundin. Das habe ich auch gelesen.«

»In einem Artikel, der mit *Die Vollmondspringer* überschrieben war. Ich bitte Sie, das ist doch keine seriöse Berichterstattung.« Schweikard wehrte vehement ab. Sein Geduldsfaden war so gut wie aufgerieben.

»Dann stimmt es also nicht, dass seitdem alle Mieter der Wohnung über unheimliche Geräusche in Vollmondnächten berichtet haben? Und über Poltergeistaktivitäten?«, fragte Michi.

So viele Mieter waren es leider Gottes nicht, dachte Schweikard. Genauer gesagt, war es nur einer. Danach hatte er es gar nicht mehr geschafft, die Wohnung zu vermieten. Obwohl er signifikant im Mietpreis heruntergegangen war. Hatte nichts genützt. Und dieser eine Mieter war zwar überstürzt ausgezogen, hatte aber nie öffentlich über geheimnisvolle Geräusche geklagt. Das waren immer die Nachbarn gewesen.

»Es mag diesbezügliche Aussagen gegeben haben«, räumte Schweikard ein, »aber bedenken Sie, dass diese Kommentare von profilierungssüchtigen Reportern aus den Mietern gewissermaßen herausgekitzelt wurden. Manchmal hört man eben Geräusche, die man nicht gleich zuordnen kann. Oder es fällt eine Vase von der Kommode.« Schweikard seufzte. »Wenn es Ihnen hilft, Ihre Bedenken bezüglich der Wohnung auszuräumen, dann kann ich Ihnen anbieten, einmal eine Nacht hier zu verbringen.«

»Auf gar keinen Fall!«, entfuhr es Sophie.

»Bin dabei!«, rief Michi und schaute Kester auffordernd an.

Kester war eigentlich ein Gemütsmensch, an dem nichts und niemand wirklich tief kratzen konnte. Mit Ausnahme dieses selten blöden Michis. Ignorieren half da nicht mehr. »Ich auch!«, erklärte er deshalb. Mit nonchalanter Lässigkeit, weil er wusste, wie sehr das Michi fuchste.

Michi und Kester musterten sich. Sie hatten es beide auf die elfengleiche Sophie abgesehen. Aber Sophie konnte oder wollte sich nicht entscheiden zwischen dem hochgewachsenen, gut aussehenden Kester, Spross aus gutem Haus, vielleicht ein wenig zu oberflächlich, aber immer gut gelaunt und unterhaltsam, und dem etwas kleineren, grüblerischen, aber enorm durchtrainierten Michi, Bad-Boy-Image, Arbeiterkind, Student dank Stipendium. Sie flirtete mit beiden. Und obwohl es sonst nichts gab, was Kester und Michi einte, hätten sie diesem Zustand beide gern ein Ende bereitet.

»Wie wäre es mit einer Mutprobe?« Kester grinste. »Bei Vollmond. Allein. Hier in der Wohnung.«

Michi grinste nicht, hielt aber Kesters Blick stand. »Super!«

Er würde sich vor diesem reichen Schnösel keine Blöße geben. Vor ein paar Wochen hatten Kester einige ausgewählte Kommilitonen zum Grillen in sein Elternhaus eingeladen. Auf Sophies Insistieren hin auch Michi. Das Anwesen von Kesters Eltern war so groß wie Ruanda. Michi musste hier nicht nur seine eigene Ehre verteidigen, sondern auch die der gesamten Arbeiterklasse. »Bin dabei«, wiederholte er also.

»Auf gar keinen Fall!«, rief Sophie. »Das ist doch albern. Außerdem ist heute kein Vollmond.«

»Aber in drei Tagen.« Kester kannte sich mit Mondphasen aus, seit seine dauerdiätende Mutter das ›Abnehmen mit dem Mond‹ für sich entdeckt hatte. »Ich unterschreibe den Mietvertrag sofort. Und weil es meine Idee war, werde ich zum nächsten Vollmond hier eine Nacht verbringen!« Es sah Michi auffordernd an. »Und du verpflichtest dich mit deinem Ehrenwort, das am darauffolgenden Vollmond ebenfalls zu tun – egal, unter welchen Umständen.«

Großkotz Kester mit seiner Knete, dachte Michi erbost. *Der will doch nur bei Sophie Eindruck schinden, weil er mal eben so eine Vier-Zimmer-Wohnung anmieten kann. Und dann auch noch dieses Burschenschaftsehrenwortgedöns. Ich könnte kotzen.* »Bin dabei!«, erklärte er dennoch entschlossen, mit trotzig vorgeschobenem Unterkiefer, nunmehr schon zum dritten Mal. Frauen standen nämlich auf dieses Silberrücken-Macho-Gehabe, auch wenn sie es leugneten.

»Ihr habt sie doch nicht alle.« Sophie war ehrlich entsetzt. »Was, wenn etwas passiert?«

»Was soll da passieren? Aufforderung zum Selbstmord durch eine Stimme aus dem Jenseits? Die Geister der Toten, die uns einflüstern, allem ein Ende zu bereiten?« Kester hauchte Sophie einen Kuss auf die Wange. »Mach dir keine Sorgen: das ist ein großer Spaß. Wenn ich das ins Netz stelle, geht es viral.«

»Mach dir keine Sorgen«, sagte Michi, stellte sich neben Sophie und hauchte ihr ebenfalls einen Kuss auf die Wange. Nun gerade! »Aber *ich* verbringe die erste Vollmondnacht hier!«, sagte er zu Kester. Niemand wollte *Blair Witch Project, Teil zwei* sehen. Wenn schon, dass musste *er* der Erste sein, musste alles mit wackeliger Handkamera aufzeichnen, was sich in Vollmondnächten hier abspielte, und mit coolen Kommentaren ins Netz stellen. »Das ist meine Bedingung, sonst mach ich nicht mit!«, legte er noch nach.

»Michi!« Sophie krallte sich mit ihrer freien Hand in seinen Unterarm. »Du musst niemand etwas beweisen. Das ist eine dumme Idee. Einfach nur dumm!«

Michi und Kester musterten sich. Auch wenn Sophie der Auslöser gewesen war, sie spielte schon längst keine Rolle mehr.

Jetzt ging es um die Ehre! Und um YouTube-Klicks …

»Mein Handy ist aufgeladen und startklar, ich habe Pfefferspray dabei und besitze den schwarzen Gürtel im Jiu Jitsu.«

»Deinen schwarzen Kampfsportgürtel hast du aber nicht dabei, oder?«, lästerte Kester. »Mal abgesehen davon, dass der nicht mit deinen braunen Tchibo-Tretern harmoniert, was willst du mit dem Gürtel anstellen? Den Geist erwürgen? Und hinterlässt Pfefferspray auf Geisterkutten nicht auswaschbare Flecke?«

Sophie musste lächeln, obwohl sie das gar nicht wollte. Entschuldigend beugte sie sich vor und drückte Michi einen Kuss auf die Wange.

Der blieb relaxt. »Du machst dich doch nur lustig, weil dir als Noch-bei-Mama-Wohner bei der Aussicht, hier ebenfalls allein übernachten zu müssen, die Nerven flattern.«

Etwas flackerte in Kesters Augen auf, aber zur Abwechslung hielt er den Mund.

»Noch ist es nicht zu spät, Michi. Lass es einfach. Wem willst du hier was beweisen?« Sophie packte ihn am Revers seiner Jeansjacke und sah ihn flehentlich an.

»Dir, du Schönste aller Schönen.« Er küsste sie rasch auf den Mund.

Da zog Kester Sophie auch schon mit sich. »Nur noch eine Viertelstunde bis Mitternacht, höchste Zeit für uns, die Fliege zu machen. Und vergiss nicht, die Kette vorzulegen, Michi.«

Die beiden traten in den Aufzug.

Ein letzter Blick in Sophies Augen – schon war Michi allein.

Er schloss die Wohnungstür, drehte den Schlüssel um und legte die Sicherheitskette vor.

Dann holte er tief Luft und drehte sich um.

Kester hatte sich nicht lumpen lassen und das örtliche Möbelhaus beauftragt, eine ausziehbare Couch, einen Tisch mit zwei Stühlen, einen Sessel sowie eine Stehlampe zu liefern. Jeder andere hätte irgendwelchen Billigkram zum Selberschrauben hingestellt, noch in der Verpackung. Nicht so Kester: Michi kannte sich mit Designermöbeln nicht so aus, aber dass es welche waren, merkte selbst er. Hochwertige Verarbeitung, pfiffige Optik.

Wie er diesen reichen Fatzke hasste!

Dabei hatte Michi nichts gegen die Profiteure des Kapitalismus, nach Abschluss seines Studiums wollte er selbst einer werden. Aber Kester drückte bei ihm die falschen Knöpfe. Und zwar alle.

Man hörte das leise Rasseln des Kühlschranks aus der Einbauküche. Michi aktivierte die Videofunktion seines Handys und ging in die Küche.

»Erste verdächtige Geräusche«, kommentierte er. »Wer oder was versteckt sich im Kühlschrank?« Er öffnete die Tür. Kester hatte einen Sixpack Bier deponiert.

Der Arsch! Wenn Kester etwas Nettes tat, machte das Michi besonders sauer. Er knallte die Kühlschranktür zu.

»Noch elf Minuten bis Mitternacht. Die Uhr tickt.« Er ging, das Handy vor den Körper haltend, zu der Tür, die zum Küchenbalkon führte, und trat hinaus. Der Verkehrslärm brandete herauf. Es war Samstag, und die Straße führte in die City, da war auch um diese Zeit noch viel los. Michi beugte sich vor.

Plötzlich streifte ein kalter Lufthauch seinen Nacken.

»Scheiße!« Beinahe hätte er das Handy fallen lassen.

Er drehte sich um, aber da war nichts. In dieser Höhe wehte eben immer ein frisches Lüftlein.

Michi ging zurück in die Wohnung.

Noch zehn Minuten.

Diese Warterei war echt blödsinnig.

Er hätte Sophie zu gern eine Textnachricht geschickt, aber sie hatten Funkstille vereinbart.

Als er am Müllschlucker vorbeikam, sah er hinein. Konnte man eine Leiche darüber entsorgen? Nein. Höchstens kleinteilig zersägt. Nicht einmal ein Schlangenmensch könnte sich da hineinquetschen. Wieder eine Theorie dahin.

Was mochte aus dem Mann geworden sein, der hier spurlos verschwunden war? War er auch in den Kanal gesprungen und einfach noch nicht gefunden worden?

Im Grunde glaubte Michi, dass es sich nur um dumme Zufälle handelte. Aber war es wirklich wahrscheinlich, dass drei Männer immer an Vollmond Selbstmord begingen? Konnte man drei Mal in Folge den Lotto-Jackpot knacken? Es blieben Restzweifel.

Michi lauschte. Im Wohnzimmer war der Verkehr, selbst bei offener Balkontür, so gut wie nicht zu hören. Irgendwo lachte jemand schrill. Er hörte nur sein eigenes Atmen. Es war ein angestrengtes Atmen.

»Stille. Totenstille? Nur noch sieben Minuten. Welches Grauen wird sich gleich offenbaren?«, kommentierte er seinen Weg auf den Wohnzimmerbalkon in sein Handy.

Die Aussicht war wirklich fantastisch. Was sich die Eigentümergesellschaft des Hochhauses auch fürstlich entlohnen ließ. Etwas zu fürstlich, weshalb nicht nur die Geisterwohnung leer stand.

Weit unten quakte eine Ente. Wildtiere hatten in der Großstadt aufgrund der allgegenwärtigen Beleuchtung schon längst keinen üblichen Tag-Nacht-Rhythmus mehr. Etwas flog an ihm vorbei. Vielleicht eine Fledermaus.

Michi hätte jetzt gern eine geraucht, aber er hatte sich das Rauchen abgewöhnt. Zum einen rauchten Sportler nunmal nicht, zum anderen fand Sophie den Geruch eklig. Und er hatte fest vor, sich die Belohnung für seinen Mut noch heute Nacht abzuholen …

Also lehnte er sich nur an die Brüstung. Die Videofunktion des Handys war weiterhin aktiviert, aber er sagte nichts. Michi redete nie viel. Mit Zahlen und Formeln konnte er besser als mit Worten.

Erst als der Wind das Läuten der Kirchturmglocke aus der Innenstadt heranwehte, kommentierte er wieder. »Mitternacht. Was immer passieren wird, es wird *jetzt* passieren.« Michi sah sich um. »Aber es passiert nichts.«

Er ging ins Wohnzimmer. Die Stehlampe flackerte. Seine Schritte knarzten auf dem Parkett.

Plötzlich wirbelte er herum.

»Was …?«

Das Handy fiel ihm aus der Hand und landete mit der Kameraseite nach unten auf dem Boden.

Man hörte noch ein dumpfes Pochen und die verzweifelten Rufe von Michi: »Nein … hey … nein … NEIN!«

Dann brach die Videoaufnahme ab.

»Ich habe ihn angefleht, es nicht zu tun!« Sophie weinte haltlos.

»Ist ja gut, ist ja gut.« Kester nahm sie fest in die Arme, dann sah er zu dem Kriminalbeamten. »Man muss doch irgendetwas tun können?«

Als Michi sich nicht wie vereinbart am nächsten Morgen gemeldet und auch nicht auf das heftige Klopfen und unablässige Klingeln von Kester und Sophie reagiert hatte, hatte Kester sofort die Polizei verständigt.

Die hatte die Tür aufgebrochen. Die Wohnung war verwüstet. Die wenigen Möbel umgestoßen, der Lampenschirm demoliert. Mit schwarzem Marker stand an der Wand im Wohnzimmer: DER TOD IST ERST DER ANFANG.

Sophie weinte ununterbrochen weiter und würde vermutlich demnächst völlig ausgetrocknet sein.

Kester presste die Lippen zusammen und schaute ungewohnt ernst.

Die Spurensicherung nahm sich des Handys an, fand aber nichts Verwertbares.

»War Herr Schmitt denn depressiv?«, erkundigte sich der Kriminalbeamte. Natürlich hatte er sich vorgestellt, aber Sophie und Kester waren viel zu sehr durch den Wind, um sich an die Vorstellungsrunde von vorhin zu erinnern.

»Nein, Michi war nicht depressiv!« Sophie schrie es fast. »Es war nur eine saublöde Mutprobe.«

»Angeblich soll es hier nämlich spuken, das hat uns fasziniert«, warf Kester ein, als ob es nicht um ein Testosteronritual gegangen wäre, sondern um rein wissenschaftliche Neugier. »In dieser Wohnung haben schon drei Männer bei Vollmond den Tod gefunden … und jetzt …«

»Michi hätte sich nicht umgebracht! Niemals!« Sophie sprang auf.

Der Beamte winkte den Sanitäter heran. »Am besten geben Sie Frau von Kessen etwas zur Beruhigung.« Er sah zu Kester. »Herr Gregorius, hatte Herr Schmitt außer seinem Rucksack noch etwas dabei?«

In dem Rucksack, der im Flur gefunden worden war, befanden sich nur zwei Müsliriegel, ein Laptop mit einer eingelegten *Fast and Furious*-DVD, ein Ladekabel für das Handy und ein schwarzroter Expander für das optimale Training der Hand- und Unterarmmuskulatur. Für Kester und Sophie hatte es nicht den Anschein, als ob etwas fehlte. Den Geldbeutel trug Michi immer in der Hosentasche, wusste Sophie zu berichten. Vermutlich musste man sein Geld stets nah am Körper haben, wenn man aus so einfachen Verhältnissen kam, aus Sorge um Verlust, dachte Kester.

»Nein, er hatte sonst nichts dabei«, sagte Kester. »Nur seine Jeansjacke.«

Die Jacke hing an der Garderobe. Leer, bis auf ein benutztes Zellstofftaschentuch und ein einzelnes Tic Tac.

»Tja, dann können Sie jetzt nach Hause gehen. Wir kümmern uns um alles Weitere.«

»Er hätte sich nie und nimmer umgebracht«, wiederholte Sophie, dank hochdosierter Chemie schon sehr viel ruhiger.

»Zum jetzigen Zeitpunkt schließen wir nichts aus.«

»Auch keinen Mord?«, fragte Kester. »Trotz der von innen verschlossenen Tür?«

»Auch keinen Mord!«, sagte der Beamte.

»Auch keine Geister?«, hauchte Sophie.

Der Beamte atmete tief aus. Es klang wie eine Gummiente, aus der die Luft entwich. »Wir halten Sie auf dem Laufenden«, versprach er.

NEUMOND

Man fand Michi nicht. Schleppnetze, Polizeitaucher, Leichenhunde – das volle Programm wurde durchgezogen. Aber kein Michi.

Sophie verlangte, sämtliche Kiesgruben und Müllhalden der Region abzusuchen, falls ebenfalls Michi auf einem Laster gelandet sein sollte, aber das war natürlich nicht durchführbar.

Das Interesse der Öffentlichkeit war groß. Die Nachbarn hatten in der fraglichen Nacht nichts mitbekommen, sie beschwerten sich aber über die Gaffer und Journalisten, die den Hauseingang umlagerten. Manche klingelten sogar und wollten Interviews. Aber nach den Erfahrungen der letzten Male wollte niemand mehr sein Gesicht in die Kamera eines Privatsenders halten. Es wurde so schlimm, dass die Hausverwaltung nach einer Woche ein Codeschloss an der Haustür anbringen ließ.

Michis alleinerziehende Mutter war schon tot, und er hatte sonst keine Familie. Bis auf einen Onkel, der als Rausschmeißer in einer Bar in Kapstadt arbeitete und am Telefon aussagte, seinen Neffen seit seinem letzten Deutschlandbesuch vor zehn Jahren nicht mehr gesehen zu haben, aber damals sei der Kleine ziemlich depri drauf gewesen.

»Er. Hat. Sich. Nicht. Umgebracht«, wiederholte Sophie, immer und immer wieder

In dunklen Momenten fragte sie sich, ob sie es nur deshalb so mantramäßig wiederholte, weil es wahr sein könnte. Sie hatte natürlich mitbekommen, wie verrückt Michi nach ihr war und, ja, sie hatte mit ihm gespielt. Er war ja auch schnuffig. Innerlich hatte sie aber immer gewusst, dass sie auf lange Sicht hin die Freundin von Kester werden wollte. Das hatte nichts mit seinem Geld zu tun, er war einfach cooler. Mit ihm konnte man Spaß haben. Michi war immer gleich so ernst.

Gewesen, musste es ja nun heißen.

Sie heulte viel in dieser Zeit.

Über ihre Mutprobe hatten Michi und Kester im Freundeskreis gewitzelt, darum wussten alle Bescheid. Als es in der WG von Laura, Emma, Philip und Björn einen Umtrunk zum Gedenken an Michi gab, fragte Björn: »Und? Hältst du deinen Teil der Abmachung ein und schläfst beim nächsten Vollmond auch allein in der Spukwohnung?«

Kester lächelte unverbindlich. »Das wäre jetzt ja wohl geschmacklos, findest du nicht?«

»Nö, wieso denn?« Björn schaute treuherzig. »Ihr habt es euch versprochen! Mit Ehrenwort! Was man einem Toten versprochen hat, muss man erst recht halten. Gibt sonst schlechtes Karma.«

»Und vielleicht trägt das ja zur Aufklärung bei«, sagte Laura.

Sophie war zu diesem Zeitpunkt auf der Toilette, sonst hätte sie wohl einen Schreikrampf bekommen.

In der WhatsApp-Gruppe *Tut er's oder tut er's nicht*, die Björn noch während des Umtrunks einrichtete, wurden von da an Wetten darauf abgeschlossen, ob Kester den Mumm besaß, in der Spukwohnung zu übernachten oder nicht.

Als Sophie das mitbekam, erlitt sie jedoch keinen Nervenzusammenbruch, sondern wurde sauer. Stinksauer.

»Dieser Kinderkram hört jetzt auf!«

»Da kann ich doch nichts dafür, das war allein dieser Vollpfosten Björn. Der übrigens der Beischläfer deiner besten Freundin Laura ist.«

»Zieh Laura nicht in deine dämlichen Wer-hat-den-Längsten?-Männerspielchen mit hinein!«

»Sophie, ich hab' mich wegen deines fragilen Nervenkostüms bisher echt zurückgehalten, aber jetzt zick bitte nicht herum!«

»Fragiles *was*, bitteschön?«

Fragil war in diesem Moment nur das Verhältnis von Sophie und Kester. Ihm stieß unangenehm auf, dass sie Themen immer so breittreten musste, bis sie von der ISS aus sichtbar waren.

Und sie sah ihn an, als sähe sie ihn zum ersten Mal. Als hätte sie diesen Moment der Enttäuschung ahnen müssen, weil er immer schon Psychospielchen mit ihr gespielt hatte und er ihr, wenn sie ihm drei Herz-Emojis schickte, immer nur mit zweien antwortete.

Tags darauf, als Sophie von Laura zugetragen wurde, dass sich Kester beim Squash-Spielen mit seinen Kumpels definitiv dazu comitted hatte, zum nächsten Vollmond in der Spukwohnung zu nächtigen, kehrte völlige Eiszeit zwischen ihnen ein.

Es hatte sich ausgeherzt.

»Echt, das war doch nur so im Spaß gesagt, du musst das nicht tun«, sagte Björn. Er sagte es nicht gänzlich hintergedankenfrei.

Die Polizei hatte die Wohnung – der immer noch als Tatort galt – noch nicht freigegeben, nur das Schloss war repariert worden. Ein fettes, amtliches Polizeisiegel klebte quer über dem neuen Schloss.

»Ich tu's trotzdem. Es gibt nämlich keine Geister.«

Die Wetten standen zehn zu eins. Alle glaubten fest an Kester, nur Björn nicht, der als Einziger dagegen gewettet hatte. Wenn Kester das jetzt durchzog, entging ihm ein kleines Vermögen.

Björn packte Kesters Arm. »Hör mal, bevor du jetzt eine Straftat begehst, geh lieber nochmal in dich. Ich glaube ja auch nicht an Geister, aber mittlerweile ist doch wissenschaftlich nachgewiesen, dass elektromagnetische Schwingungen …«

»Lass gut sein, Björn. Du bist dein Geld los.« Kester zwinkerte ihm zu. Er zog sein Schweizermesser heraus und ratschte das Siegel auf. Dann trat er in die Wohnung, zwinkerte Björn noch einmal zu und schloss die Tür.

Björn hörte noch, wie der Schlüssel im Schloss umgedreht und die Sicherheitskette vorgelegt wurde.

»Scheiße!«, fluchte er leise und ging.

AM TAG NACH VOLLMOND

Hausmeister Mirko Berg entdeckte am nächsten Morgen bei seiner üblichen ›Brennen noch alle Flurlichter?‹-Runde, dass sich jemand am polizeilichen Siegel vergangen hatte und informierte die Polizei.

Und weil es im wirklichen Leben immer sehr viel banaler zugeht, als man denkt, fiel der Verdacht dann auch umgehend auf Mirko Berg, zumal er – das fand man rasch heraus – mehrmals wegen schwerer Körperverletzung eingesessen hatte und nach zuletzt zehn Jahren Vollzug erst vor sechs Monaten wieder freigekommen war. Einmal hatte er einen Kerl krankenhausreif geprügelt, der seiner damaligen Freundin auf der Kirmes »Schicke Möpse!« zugerufen hatte. Und dann hatte er im Knast seinen Zellenmitbewohner rollstuhlreif geschlagen. Gut, das alles war jetzt fünfzehn Jahre her, aber einmal Schläger, immer Schläger.

Kester Gregorius war allerdings nicht totgeschlagen, sondern erdrosselt worden. Er lag mit verrenkten Gliedmaßen und heraushängender, blau verfärbter Zunge vor der Balkontür. Dennoch: manche Mörder ändern ja ihre Vorgehensweise je nach tagesaktuellen Bedürfnissen. Mirko Berg wurde dauerverhört.

»Das glaube ich nicht, nein, ich glaube das nicht«, sagte Sophie immer und immer wieder, in monotoner Endlosschleife, starr geradeaus blickend und mit unnatürlich steifen Gliedmaßen. Weil auch keine Chemie mehr half, kam sie in ein – in Gänsefüßchen – *Sanatorium* zur Erholung. Nicht einmal ihre beste Freundin Laura durfte zu ihr, weil die behandelnden Ärzte fürchteten, das könnte möglicherweise den katatonischen Schub noch verschlimmern.

»Kann man sich auch selbst erdrosseln?«, erkundigte sich Björn bei einem seiner Squash-Partner, der Medizin studierte.

»Du meinst, mit den eigenen Händen?« Der angehende Mediziner schüttelte den Kopf. »Nee. Quark. Wenn du keine Luft mehr kriegst, wirst du ohnmächtig, und dein Griff um den Hals lockert sich automatisch.«

»Aber vielleicht hat er sich erhängt und ist dann aus der Seilschleife um seinen Hals gerutscht?« Björn ließ nicht locker. Er wollte Journalist werden und vermutete eine Story dahinter. *Von Geistern bei Vollmond in den Selbstmord getrieben* gab einfach mehr her als *Hausmeister tötet Mieter*.

»Und die Polizei hat das Seil an der Decke übersehen oder was?« Sein Freund versetzte ihm mit dem Squash-Schläger eine Kopfnuss.

»Mann, reden Sie es sich doch einfach von der Seele.« Karl-Heinz Wellenbach leitete das Verhör. Er beugte sich über den Tisch und sah Mirko Berg fest in die Augen. »Sie sind doch draußen gar nicht mehr überlebensfähig. Im Knast kennen Sie sich aus, da gehören Sie auch wieder hin. Das spüren Sie doch selbst.«

Mirko Berg hätte dem am liebsten zugestimmt, das hier draußen war nicht mehr seine Welt, alles zu schnell, zu digital, im Bau war er bei den Knackis und den Schließern gleichermaßen angesehen gewesen, hatte sogar zweimal in Folge die interne Schach-Meisterschaft gewonnen, aber er hatte diesen Studenten nun mal nicht erdrosselt.

Wellenbach ließ nicht locker. »Die Eltern des Opfers haben ausgesagt, dass ihr Sohn immer mehrere tausend Euro in bar bei sich trug. Die haben wir an der Leiche nicht gefunden. Jetzt geben Sie es doch einfach zu, machen Sie es sich selbst nicht so schwer. Sie wissen doch, dass wir nicht locker lassen.« Wellenbachs Tonfall wurde immer väterlicher, obwohl er höchstens ein paar Jahre älter als Berg war. »Sie haben diesen dummen, reichen Schnösel gesehen, mit all diesem Geld, das er nicht weiter vermissen würde und das Sie so dringend brauchten. Vielleicht wollten Sie ihn gar nicht umbringen, nur berauben, aber er hat Sie beschimpft, und da ist bei Ihnen eine Sicherung durchgebrannt …«

Die Leiche von Kester Gregorius wies keinerlei Abwehrspuren auf, einen Kampf konnte es folglich nicht gegeben haben. Das Opfer hatte seinen Mörder also gekannt, hatte ihm angstfrei den Rücken zugekehrt und war dann erdrosselt worden. Was eigentlich gegen Berg sprach. Zudem hatte der Tote noch sein Handy umklammert gehalten – das allerneueste iPhone-Modell in einem extrem teuren Smartphone-Case aus Rotgold, das jeder normale Raubmörder eigentlich eingesackt hätte.

»Ich wusste doch gar nicht, dass er Geld bei sich hatte«, bockte Berg.

»Aber Sie haben ihn gesehen?«

»Nur kurz, unten in der Lobby. Als er mit seinem Freund ankam. Aber da war ich schon auf dem Weg ins

Molly Malone. Und als ich heimkam, war es schon weit nach Mitternacht, und ich war so besoffen, da hätt' ich niemand umbringen können.«

Wellenkamp war noch vom alten Schrot und Korn. Wenn es sein musste, würde er den Verdächtigen auch 72 Stunden am Stück verhören. Aber in diesem Augenblick trat Kollegin Dörlemann ein und flüsterte Wellenkamp etwas ins Ohr.

Wellenkamp fluchte innerlich. Der Wirt des *Molly Malone* hatte Bergs Aussage bestätigt. Scheiße, sie mussten ihn gehen lassen.

DER NEUMOND DANACH: 22 UHR 15

Michael »Michi« Schmitt zündete sich eine Zigarette an. Nicht ganz leicht bei dem Wind. Er konnte aber nicht in den Wartesaal des Bahnhofs. Nicht wegen des Rauchverbots, das scherte ihn nicht. Aber er durfte nicht gesehen werden. Allerdings lag der Bahnhof um diese Nachtzeit mehr oder weniger verlassen da.

Mit dem Zug, genauer gesagt diversen Zügen, ging es nach Genua und von dort auf einem Frachter nach Südamerika. Kester hatte über dreitausend Euro bei sich gehabt, das würde eine Weile reichen.

Michi grinste in sich hinein. Am liebsten hätte er jetzt ein Selfie von sich gepostet. Text: *Confidence Level – Kanye West*.

Auch wenn er das selber sagte: er war genial!

Man konnte das Hochhaus hier, vom Bahnhofsgleis aus, sogar sehen. Auf der anderen Seite des Kanals.

Geister, die einen in den Selbstmord trieben. So ein Quatsch. Seit Brücken Sprungnetze hatten und Kirchtürme nicht mehr bestiegen werden durften, suchten sich depressive, potenzielle Springer notgedrungen eben Hochhauswohnungen aus. In diesem Fall drei hintereinander. Ein blöder Zufall. Mehr nicht.

Aber eine herrliche Möglichkeit, sich endlich an den beiden Menschen zu rächen, die ihn in den vergangenen zwei Jahren bis aufs Blut gequält hatten. Jetzt hatte er seinen Seelenfrieden wieder.

»Ist hier noch frei?«

Michi zuckte zusammen. Er hatte sie nicht kommen hören. »Ja«, sagte er. Lieber hätte er gar nichts gesagt, aber er durfte keine Aufmerksamkeit erregen. Eigentlich hätte er gleich nach dem Mord an Kester verschwinden sollen, aber er wollte ja noch sehen, was aus Sophie wurde. Und das hatte sich mehr als gelohnt. Mit einer Einweisung in die Klapse hatte er gar nicht gerechnet. Das war ein zusätzlicher Bonus.

Eine Wolke aus Parfüm mit etwas Frau dran setzte sich neben ihn und tätschelte ihm den Arm. »Ich fahre ja nicht gern nachts, da weiß man ja nie, wer alles so unterwegs ist.«

Die Frau war alt, mit einem Mantel, der nach Karnickel aussah und es vermutlich auch war. Ihre Waberwolke aus Parfüm roch im Abgang mottenkugelig. »Aber bei Ihnen fühle ich mich gut aufgehoben. Es stört Sie doch nicht, wenn ich mich zu Ihnen setze?«

Doch, und wie! Dennoch schüttelte Michi nur stumm den Kopf.

Er blies den Rauch aus.

»Zigaretten bringen Sie um, das wissen Sie, junger Mann?« Die Alte konnte offenbar nicht die Klappe halten. Aber egal. Jeden Moment kam der Zug, und dann würde er sich so weit wie möglich von ihr weg setzen.

»Ich persönlich rauche ja nicht mehr«, plapperte sie. »Schon seit zwanzig Jahren nicht. Gut, danach habe ich an den Hüften etwas zugelegt …«

Blablabla.

Michi hörte gar nicht hin. Er rauchte ja auch nicht mehr. Nicht seit dem Abi. Er wollte beim Bouldern nicht kurzatmig in der Kletterhalle hängen. Und wegen Sophie. Wegen ihr hatte er sogar auf vegan gemacht.

Mit dem Rauchen – und dem Fleischverzehr – hatte er erst wieder angefangen, als er seinen Plan ausarbeitete. Die Idee war ihm gekommen, als Kester vorschlug, die Spukwohnung zu besichtigen. Nur so zum Spaß. Sophie hatte vor Freude gequietscht. Wie sie ja bei allem freudig quietschte, was Kester anging. Bestimmt auch im Bett.

Aber jetzt hatte es sich ausgequietscht. Jetzt lag sie sediert und festgeschnallt in einem Irrenhausbett. Michi grinste. Und Kester, der Arsch, war tot. Hoffentlich hatte er in seinen letzten Sekunden noch mitbekommen, dass Michi ihn mit seinem schwarzen Dan-Gürtel erdrosselte. Was war er sauer gewesen, als Michi sich plötzlich über die Brüstung des Balkons schwang. Erst hatte er sich natürlich vor Schreck in die Hose gemacht, aber dann war er sauer geworden.

»Was? Wie?«, hatte Kester gestammelt.

»Ja, da guckst du. Hast mich schon als Fischfutter vermutet, aber nein, Michi ist noch da. Michi ist unkaputtbar.« Michi hatte dabei schwer geatmet. Nicht nur, weil es anstrengend war, aus der unten liegenden Wohnung nach oben zu klettern, auch weil ihn ein Rausch überkam. Eine Welle der Macht. »Gib doch zu, dass du froh warst, Sophie ganz für dich zu haben.«

»Du bist so ein Arsch, Michi!«, hatte Kester gesagt und ihm den Rücken zugekehrt. Er hatte sein Handy gezückt. Vermutlich, um die Polizei zu verständigen.

Aber da war es für ihn schon zu spät.

Der Zug fuhr ein. Aus den Augenwinkeln bekam Michi mit, wie sich die Lippen der Karnickel-Alten immer noch bewegten.

Er lief – schneller, als sie ihm mit ihren Krampfaderbeinen folgen konnte – zum anderen Ende des Zuges und stieg ein.

Seine Fitness und seine Cleverness hatten es möglich gemacht.

Ersteres hatte ihm ermöglicht, über das Balkongeländer einen Stock tiefer und später auch wieder hoch zu klettern. Wäre dank der dekorativen Eisenkonstruktion der Gitter auch für Kletter-Laien überhaupt kein Problem gewesen, solange sie nur höhenangstfrei waren.

Und dank seiner Cleverness hatte er den perfekten Plan ersonnen.

Das Video auf seinem Handy hatte er inszeniert. Als Hommage an Horrorklassiker seiner Kindheit. Insgesamt, so fand er, hätte er einen Oscar für das beste Drehbuch verdient. Und noch einen für die beste Regie.

Er würde in Brasilien neu anfangen. Da konnte man noch sein Glück machen. Die dröge Wissenschaft war auf Dauer ohnehin nichts für ihn. Und hier in Europa hielt ihn nichts mehr.

Michi sah sich kurz im Großraumwagen um. Zwei besoffene Teenies lagen auf der anderen Seite des Mittelgangs quer auf den Sitzen, vorn an einem der Tische saß ein vierschrötiger Kerl und mümmelte bröselnd eine Currywurst mit Brötchen.

Alles war gut.

Michi zog die Kapuze tiefer ins Gesicht. Falls die Alte angewatschelt käme, würde er sich schlafend stellen. Dann würde sie den Anzugträger vollquatschen.

Michi lehnte sich zurück.

So stellte er sich sein weiteres Leben vor: alles lief paletti, und wer ihm dumm kam, wer ihn verarschte oder als Menschen zweiter Klasse behandelte, der wurde entsorgt. Nachgerade genial entsorgt.

Vom Geld würde nicht mehr sehr viel übrig sein, bis er Südamerika erreicht hatte, aber er hatte Kester auch noch die Schweizer Uhr abgenommen – die hatte er gegoogelt: selbst ohne Papiere und Originalbox war diese Patek Philippe noch zwanzigtausend Euro wert. Genug für einen Neuanfang.

Der Zug fuhr an, und er sah aus dem Fenster. Ein letzter Blick auf das Hochhaus am Kanal. Vielleicht würde er in seiner posthum veröffentlichen Autobiografie darüber schreiben. Wäre doch schade, wenn die Welt nie davon erfuhr.

NEUMOND: 22 UHR 31

Mirko Berg wischte sich die Currywurstkrümel aus den Mundwinkeln.

Er sah zu dem Kapuzenträger.

Immer diese Anfänger. Hatte dieses Bübchen wirklich geglaubt, er, der Hausmeister, würde nicht bemerken, dass sich jemand in einer eigentlich leer stehenden Wohnung im zwölften Stock eingenistet hatte? Dass nachts um drei jemand an den Balkongittern herumkletterte wie so ein schlafwandelnder Freeclimber?

Anfangs hatte er den Kleinen nur erpressen wollen, aber als ihm dann der Mord in die Schuhe geschoben werden sollte, da war seine Laune gekippt. Das überschritt eine Grenze.

Mirko schob sich den Rest der Currywurst in den Mund und stand auf. Er sah in den angrenzenden Großraumwagen. Leer.

Weit vorn sah man eine sexy Milf im Pelz mit dem Schaffner reden. Sie tätschelte dem Uniformträger dabei den Unterarm.

Berg grinste. Er hatte alle Zeit der Welt.

Lässig ging er an den besoffen schnarchenden Teenagern vorbei zum Kapuzenträger. Unter dessen Ärmel blitzte es golden hervor.

Gott, wie blöd konnte man sein, dachte Mirko. Das fällt bei einer Kontrolle doch sofort auf, wenn ein verratzter Turnschuhträger eine fette Schweizer Uhr am Handgelenk trug. Nee, er tat dem Bürschchen einen Gefallen, wenn er ihn jetzt zusammenfaltete und aus dem Zugfenster warf.

Mirko Berg grinste. Das nächste Schach-Turnier in der JVA stand an. Er würde sich wieder den Titel holen.

Wenn der Knast schon sein Altersruhesitz werden sollte, dann wenigstens für etwas, das er auch getan hatte …

Senioren sterben zäher

Alters-WG … das hatte ich mir eigentlich lustiger vorgestellt.

»Großer Gott, hast du dich auf deinem Fernsehsessel seit unserer Abreise überhaupt bewegt?«, spottet Sandra durch die geöffnete Wohnzimmertür und lehnt die Skier an den Garderobenschrank im Flur. »Denkst du auch mal über das zulässige Gesamtgewicht deines Sessels nach? Wenn du mit ihm durch den Boden krachst, erschlägst du womöglich unten die Kinder der Familie Bauer.« Sandra kichert.

Rainer kommt mit den Koffern in die Wohnung. »Du hast in unserer Abwesenheit zugenommen? Dann kann man dich jetzt also auf Google Earth vom Weltraum aus sehen!«

Die beiden lachen.

»Scherz!«, ruft Sandra, was sie nach verbalen Dolchstößen immer tut, als ob das die klaffende Wunde in meiner Seele wie durch Zauberhand verschließen würde.

Sandra, Rainer und ich haben uns mal echt gut verstanden. Damals, in der Buchhaltung der Bausparkasse Schwäbisch Hall. Wir wurden *Die drei Musketiere* genannt. Darum haben wir ja dann nach unserer Pensionierung auch eine Alters-WG gegründet: Rainer war frisch verwitwet, Sandra zum zweiten Mal geschieden, und ich war nie vor den Altar getreten – die Wohngemeinschaft hatte sich angeboten. Aber mittlerweile bereue ich das aus tiefstem Herzen. Ich finde das Altern klasse: endlich auf niemand mehr Rücksicht nehmen müssen, die Seele baumeln lassen, verrückte Dinge tun. Aber Rainer und Sandra wollen auf Teufel komm raus jung bleiben. Sandra trägt immer noch Miniröcke, und Rainer baggert Frauen an, die seine Enkelinnen sein könnten. Und wenn sie nicht gerade online Miniröcke shoppen oder Frauen angraben, treiben sie Sport, um auch ja nicht so alt auszusehen wie sie sind.

Sandra macht Pilates, Yoga, Bogenschießen, Zumba und Marathon. Rainer spielt in einer Altherrenmannschaft Fußball und macht Krafttraining, Capoeira und Marathon. Ich mache Hochleistungs-Power-Zapping quer durch unsere 500 Fernsehkanäle. Mein Daumen ist der durchtrainierteste Teil meines Körpers, auch wenn ich mich manchmal beim Strecken der Fernbedienung überdehne.

Egal, im Grunde hätte es trotzdem gut gehen können. Wenn Sandra und Rainer nur mit ihren Witzen über Fettleibigkeit und Fitnessmangel nicht immer bösartiger würden. Es ist schon so weit gekommen, dass ich ernsthaft überlege, ins Altersheim zu ziehen.

Dabei bin ich einfach nur an den richtigen Stellen gepolstert. Ich wiege keine 400 Kilo. Man muss nicht die Außenmauer aufbrechen und mich mit einem Kran heraushieven, sollte ich jemals in meinem Fernsehsessel infarkten. Ich bin eine ganz normale Größe 48/50. Nur komme ich eben beim Treppensteigen in unsere Dachgeschosswohnung arg ins Schnaufen. So what?

Sandra kommt, frisch umgezogen, mit einem dampfenden Becher grünem Tee aus der Küche. Natürlich grüner Tee, weil der das Fett wegbrennt. Sie stellt sich ans Fenster und checkt das Wetter. Indoor- oder Outdoorsport, das ist die Frage. Zugegeben, von hinten wirkt ihr Körper in dem zarten Leinenetuikleid und der blümchenbedruckten Strumpfhose wie der einer sehr viel jüngeren Frau. Aber umso größer ist die Enttäuschung, wenn sie sich dann umdreht, und man ihr Alt-Frauen-Gesicht sieht.

»Wir müssen dich endlich aus dem Sessel kriegen«, befindet sie jetzt. »Lass es uns ganz langsam angehen. Oben im Einkorn-Wald haben sie den alten Trimm-dich-Pfad wiederbelebt. Das wäre doch was für den Anfang.«

Rainer tritt ein. Mit einer Cola Light in der Hand. Und ohne Shirt. Er läuft gern oben ohne durch die Wohnung, damit man sein Sixpack sehen kann. Wenn es etwas gibt, auf das er in seinem Leben stolz ist, dann nicht auf seine Kinder oder seine beruflichen Auszeichnungen, sondern darauf, dass er mit 69 noch einen Sixpack hat. »Ja genau, bring unsere alte Mia wieder in Form. Morgens in den Jogginganzug zu schlüpfen, ist einfach nicht genug Bewegung für den Tag.« Er grinst.

»Wie war die Ski-Tour?«, lenke ich ab.

Die beiden setzen sich für das Gespräch nicht hin. Natürlich nicht. Im Stehen verbrennt man ja mehr Kalorien als im Sitzen.

»Grandios!«, schwärmt Rainer. »Ich habe drei Mal die schwarze Piste am Westhang genommen.«

Schade, dass er dabei keine Lawine ausgelöst hat, die ihn verschluckte.

»Unsere nächste Herausforderung wird der New York Marathon«, erzählt Sandra. »Auf der Heimfahrt haben wir uns die Hand darauf gegeben. Wir fangen gleich nachher mit dem Training an. Das wird geil.«

Ich werde also auch weiterhin allein im Café am Markt sitzen, während sich meine Mitbewohner sportlich betätigen. Im Grunde ist es mir ja egal, sollen sie doch. Aber seit unserem gemeinsamen Einzug treibt mich die Angst um, was aus mir werden soll, wenn Rainer beim Gewichtheben eine Kopfarterie platzt und er tot umfällt? Oder Sandra sich einen kurzsichtigen Kerl angelt? Die Miete für unsere traumhafte Innenstadtwohnung kann ich mir allein nicht leisten. Und, ganz ehrlich, ich will nicht ins Altersheim!

»Wisst Ihr, was? Ihr habt recht!« Ich setze mich in meinem Fernsehbequemsessel auf. »Ab sofort treibe ich mit euch Sport!«

Sandra und Rainer klappt der Unterkiefer herunter. »Wie wär's? Wir fahren jetzt alle zusammen zum Einkorn – ich schaue mal, wie weit ich auf dem Trimmpfad komme, und ihr beginnt Euer Lauftraining für New York.«

»Wahnsinn, Mia! Ich hätte nie gedacht, dass du das einmal sagen würdest!« Sandra kommt auf mich zugelaufen und umarmt mich. Etwas Grüntee schwappt auf meinen geliebten Sessel. Ich sehe großzügig darüber hinweg. Große Veränderungen fordern ihre Opfer.

Kurz darauf sind wir startbereit. Ich stecke ja ohnehin schon in meinem Jogginganzug, Sandra und Rainer sind in etwas Aerodynamisches geschlüpft.

Wir treten auf den Flur. Wir, das sind Rainer und ich. Sandra läuft wie immer – das ist ein Zwangs-Tick von ihr – noch einmal durch die Wohnung, um zu schauen, ob sie auch ja den Herd ausgeschaltet hat (wahlweise die Mikrowelle, das Bügeleisen oder den Kleinbildfernseher in ihrem Schlafzimmer). Dabei trägt sie schon ihre Kopfhörer mit motivierender Marathonmusik. Oder mit Anspornreden von angesagten Fitness-Gurus. Keine Ahnung. Jedenfalls wummert irgendwas in ihren Ohren.

Rainer macht am Treppenkopf Streckübungen.

Ich versetze Rainer einen kräftigen Schubs.

Laut polternd kracht er die Stufen hinunter und bleibt stöhnend auf dem Treppenabsatz liegen. Das kriegt Sandra unter ihren Kopfhörern nicht mit. Familie Bauer ist in Urlaub, und die Kerpings aus dem ersten Stock sind bei der Arbeit. Folglich höre nur ich das Poltern und das Stöhnen.

Ich eile zu Rainer – runterzu sind Treppen für mich kein Problem –, ziehe das Kissen unter meiner Joggingjacke hervor (von wegen »zugenommen!« Ha!) und drücke es ihm aufs Gesicht. Er wehrt sich natürlich, ist aber vom Sturz noch so benommen, dass er nicht wirklich etwas gegen mich ausrichten kann. Sandra braucht für ihre Kontrollrunde exakt so lange, wie Rainer braucht, um wegen Sauerstoffmangel einen irreparablen Hirnschaden zu erleiden.

Ich stopfe das Kissen wieder unter meine Joggingjacke und fange an, wie am Spieß zu schreien.

Es ist, wie ich immer sage – den Körper zu trainieren, ist optional. Die kleinen grauen Zellen zu trainieren, ist überlebensnotwendig. Während Sandra und Rainer endlos lange sportelten, habe ich recherchiert. Wie man jemanden zum Pflegefall macht.

Rainer hat keine Familie. Ich werde selbstlos anbieten, ihn hier in der Wohnung zu pflegen. Ich kann auch gern zwei Leute pflegen. Eigentlich ist das sogar mein Ziel. Was ich mit Sandra mache, überlege ich mir noch. Hauptsache, die Miete ist gesichert.

Von wegen, Sport ist Mord. Sport ist Pflegefall!

Man muss in allem die Chance sehen …

»Sänk you for travelling with schwäbische Eisebahn!«

Auf de schwäb'sche Eisebahne
gibt's gar viele Haltstatione.
Schtuergert, Ulm und Biberach,
Meckebeure, Durlesbach!
Rulla, rulla, rullala,
Rulla, rulla, rullala.
Schtuergert, Ulm und Biberach,
Meckebeure, Durlesbach!

Holdes, altväterliches Liedgut. Hat mit der Wirklichkeit natürlich nichts (mehr) zu tun. Auf der Strecke von Stuttgart nach Durlesbach fährt heutzutage keine schwäbische Eisenbahn mehr, sondern der InterRegio der Deutschen Bahn. Und der fährt auch nur von Stuttgart nach Meckenbeuren mit Halt in Plochingen, Göppingen, Geislingen, Ulm, Laupheim, Biberach, Bad Schussenried, Aulendorf und Ravensburg, und dort muss man dann in aller Regel umsteigen in den Bus nach Meckenbeuren. Durlesbach existiert als Bahnhof überhaupt nicht mehr. *Sic transit gloria mundi.*

Dennoch machen sich zwei Männer mittleren Alters, unabhängig voneinander, auf genau diesen Weg – und zwar exakt um zehn Uhr null zwo an einem Mittwoch im Oktober, mit dem InterRegio Express 4225 ab Stuttgart Hauptbahnhof. Zwei Stunden dreizehn Minuten Fahrt und ein namenloses Grauen liegen vor ihnen …

Nun ja, so ganz namenlos ist das Grauen nicht. Es heißt Marlis Möhrle, ist Rentnerin und trägt einen leicht abgenutzten, beigefarbenen Trenchcoat.

* * *

»Grüß Gott, isch da noch frei?«

Ich steige in Göppingen zu. Wenn man eine ältere Frau ist – weitgehend farblos und mit grauen Löckchen –, dann gibt es auf diese Frage, mit einem leutseligen Lächeln gestellt, nur zwei Reaktionen: Menschen, die stirnrunzelnd denken: »Bäh, was will die Alte von mir? Die schwätzt mir jetzt doch bestimmt bis zum Endbahnhof die Ohren voll!«, und Menschen, die wohlig denken: »Die erinnert mich an meine Oma. Und nach *Tosca* duftet sie auch.« Erstere brummen nur unwirsch, Letztere zeigen auf den freien Platz und flöten: »Ja, bitte«, nur um dann ihrerseits endlos von ihrer Oma zu erzählen.

Weil die beiden vor mir gar so abweisend schauen, wiederhole ich meine Frage. Auf Hochdeutsch. »Ist hier noch frei?«

Ich setze mich grundsätzlich zu den unwirschen Brummern. Weil ich nämlich gar nicht reden will, nur abgreifen. Abgreifen im Sinne von stehlen. Hätten Sie jetzt nicht gedacht, oder? Eine biedere, schwäbische Oma. Wo man ein solches Verhalten doch nur ausländisch wirkenden, jungen Männern zutraut. Tja, das darf

Ihnen jetzt ruhig peinlich sein, dass Sie damit falsch liegen. Völlig falsch.

Dank meiner Gene sehe ich mit Mitte sechzig schon aus wie fast achtzig. Das ist in einer Jugendkultgesellschaft für das feminine Selbstwertgefühl abträglich, aber für meinen Zusatz-Job zur Rente ein wahres Gottesgeschenk. Weil meine Hände und Füße nämlich noch agil sind, wiewohl alle denken, ich hätte nur noch zwei arthritisch unbewegliche Klauen zum Greifen und stünde sowieso schon mit einem krampfadrigen Bein im Grab. Diese Fehleinschätzung meiner Person sichert mir Tag für Tag einen auskömmlichen Zugewinn in Form von Geldbeutelinhalten.

Die beiden Männer – beide dunkelhaarig, der eine so ein Hipster-Hengst mit Bart, der andere ein unauffälliger, glattrasierter Büro-Wallach – schauen zu mir auf, dann schauen sie sich im Großraumwagen um, dann schauen sie wieder zu mir.

Der Großraumwagen der ersten Klasse ist leer. Bis auf die beiden und mich. Jeder andere hätte sich woanders hingesetzt, aber jeder andere hatte es ja auch nicht auf den Inhalt der Retro-Umhängetasche des Hipsters und der Normalo-Aktentasche des Büromenschen abgesehen. Und nur dass Sie es wissen: Ich bediene mich grundsätzlich nur an Erste-Klasse-Fahrern – da bin ich ganz Robin Hood.

»Die anderen Sitze sind mir zu schmutzig«, erkläre ich und zeige auf die tatsächlich unschwäbisch verkrümelten und verfleckten Sitze hinter ihnen.

Die zwei Männer werfen sich einen Blick zu. Ich weiß, dass sie fieberhaft nach einer Ablehnung suchen, die nicht an grobe Unhöflichkeit grenzt, deshalb pflanze ich meinen Hintern einfach auf den freien Platz neben ihnen, um Fakten zu schaffen, und gurre aus der Untiefe meines Herzens: »Dankeschön, sehr nett.«

»Gern geschehen«, sagt der Hipster. Er sagt es abfällig.

Ich rufe: »Hä?« Und halte die Hand ans Ohr, als wäre ich schwerhörig. Was ich nicht bin. Kann ja aber nicht schaden, wenn die zwei das denken.

Die Männer lächeln mir gekünstelt zu und finden sich mit ihrem Schicksal ab. Warum auch nicht? Alte Frauen sind lästig, stellen aber weder Verlockung noch Bedrohung dar. Deshalb vergisst man ihre Anwesenheit auch so schnell wieder.

Ich hole mein Strickzeug aus meiner bauchigen Gobelin-Tasche mit dem Blümchenmuster. Der Trick ist, es mit den Requisiten nicht zu übertreiben, aber dennoch glaubhaft auf alt und einfältig zu machen. Ein Wollknäuel ist zudem hervorragend dafür geeignet, bei einer ruckeligen Zugfahrt in Richtung auszuraubender Zielperson zu rollen. Bei der Rückholung des Knäuels mit der Linken kann meine Rechte oft höchst zufriedenstellende Fischzüge in fremden Handtaschen ausführen. Und beim nächsten Halt steige ich dann – ächzend und mir den Rücken haltend, als ob ich kurz vor dem siebten Bandscheibenvorfall in Folge stünde – aus, stets über jeden Verdacht erhaben.

So habe ich es auch auf dieser Zugfahrt geplant. In die Retro-Tasche wird sich meine Rechte problemlos schlängeln, da bin ich mir sicher, ich muss die Jungs nur im richtigen Moment ablenken. Hipster sind mir die liebsten Opfer – die haben immer reichlich Bargeld für einen

Zehn-Euro-Kaffee aus einer kultigen Kaffeehauskette oder andere, angesagte Trend-Snacks dabei.

Der Zug fährt an.

Erst jetzt bekomme ich mit, dass die Männer sich einen Flachmann teilen. Ihr Atem riecht hochprozentig.

Natürlich schaue ich nur aus den Augenwinkeln zu ihnen. Mein Hauptaugenmerk richtet sich scheinbar ganz auf die Ziege, die ich aus weißer Wolle stricke. Es soll ein Geschenk für meine Enkelin werden. Doch ja, die gibt es wirklich. Ich habe schließlich auch ein echtes Leben hinter dem falschen. Und Marie-Luise liebt Ziegen.

»Kurzum«, nölt der Hipster, ganz offensichtlich ihre von meiner Ankunft schnöde unterbrochene Unterhaltung fortsetzend, »mein Vater ist ein Arsch. Hat Millionen gemacht, aber mich hält er an der kurzen Leine. Mieser, alter Knauser!« Er nimmt einen kräftigen Schluck und guckt verbittert. Dann reicht er den Flachmann an sein Gegenüber.

»Beileid! Aber er ist doch alt. Nicht mehr lange, und er tritt ab. Anders als meine Frau, die Bitch. Die hat ihre Leukämie doch nur überwunden, damit ich weder die Villa noch den Wagen erbe.« Der Büro-Typ guckt ebenfalls verbittert und trinkt.

Die beiden werfen sich einen Blick zu. Der Blick spricht Bände. Tödliche Bände.

»Man müsste irgendwas tun«, sinniert der Hipster.

»Ja, müsste man«, bestätigt sein Gegenüber.

Ihr Blickkontakt ist immer noch ungebrochen. Mich haben sie schon vergessen.

Ich bin aber noch da. Aha, denke ich, offenbar bin ich mitten in Patricia Highsmiths *Zwei Fremde im Zug* gestolpert. Gleich fordern sie sich gegenseitig auf, den jeweiligen Klotz am Bein des anderen final aus der Welt zu schaffen. Zwei Morde, zwei vermeintlich perfekte Verbrechen, weil sie völlig fremde Täter ohne jedwedes Motiv wären, die selbst nicht von ihrer Tat profitierten und somit auch nicht in Verdacht gerieten – falls sie nicht gerade DNA-Spuren hinterließen. Oder ein Bekennerschreiben. Was ich dem Büro-Typen durchaus zutraue, so dümmlich, wie der guckt.

Aber die Chancen standen gut, dass die Morde niemals aufgeklärt würden. Sie hätten sich nur gegenseitig einen kleinen Gefallen erwiesen, und die Überbevölkerung des Planeten wäre um zwei Nasen reduziert worden. Das kratzt an mir. Gut, ich habe – ganz unschwäbisch – selbst ja auch keine reine Weste, dennoch ziehe ich durchaus eine Grenze zwischen Mundraub und Mord.

Die junge Schaffnerin kommt. »Zugestiegen, die Fahrkarten bitte.«

Ich zögere kurz. Soll ich etwas sagen? Aber bislang haben meine Mitreisenden ja noch kein Komplott geschmiedet. Das fand alles nur in meiner Phantasie statt. Außerdem sollte ich bei meiner Vorgeschichte besser niemand Offizielles auf mich aufmerksam machen. Devise: Unauffällig bleiben! Genau deswegen stricke ich meine Wollziege ja hier im InterRegio und nicht in einer Neun-Quadratmeter-Zelle zusammen mit einer bulgarischen Schutzgelderpresserin, weil ich immer unter dem Radar fliege.

Die beiden Männer schauen mich an, sichtlich hoffend, dass ich entweder gar keine Fahrkarte oder zumindest keine Fahrkarte erster Klasse habe und sie mich gleich los sind. Ich zücke meine *BahnCard First 100*. Was soll ich sagen? Die Geschäfte laufen gut …

Die Schaffnerin bedankt sich und zieht weiter. Die Männer nehmen enttäuscht jeweils noch einen großen Schluck aus dem Flachmann.

In mir denkt es fieberhaft. Ich darf nicht zulassen, dass ein greiser Vater und eine ehemals krebskranke Ehefrau ermordet werden, egal wie mies sie ihre jeweilige Lebensaufgabe erledigen. Aber was kann eine alte Frau schon tun? Und es muss pronto getan werden, bevor sich die beiden wegsetzen, um die Details zu besprechen.

Seufzend schaue ich aus dem Zugfenster. Draußen rauscht die schwäbische Landschaft vorbei. Man sieht schon das Gipfelkreuz kurz vor Geislingen an der Steige (das eigentlich gar kein Gipfelkreuz ist, sondern ein Vertriebenen-Denkmal – sowas habe ich damals noch im Heimatkundeunterricht lernen müssen).

Ich seufze erneut. Es nützt ja nichts. Manchmal richtet das Schicksal quasi den Scheinwerfer auf einen und ruft: *Du bist jetzt an der Reihe – das ist jetzt eine ganz dreckige Situation, gehe hin und bereinige sie.* Das ist quasi eine Kehrwochenaufforderung, der ich mich als Schwäbin unmöglich widersetzen kann. In diesen Schicksalsmomenten zeigt sich, aus was für Holz man geschnitzt ist. Läuft man feige davon oder tut man etwas und verändert damit den Lauf der Welt?

Wir fahren in Geislingen ein. Niemand steigt in der ersten Klasse zu.

»Mist. Leer!«, schimpft der Hipster und dreht den Flachmann auf den Kopf. Nicht einmal der Ansatz eines Tropfens erscheint. »Ob sich der noch schnell auffüllen lässt?« Er sieht aus dem Fenster, hält wohl Ausschau nach einem Bahnhofkiosk, aber da fährt der Zug auch schon wieder an.

Die Schaffnerin kommt wieder vorbei, lächelt uns zu und verschwindet in der zweiten Klasse. Ich stehe auf, lege meine Ziege auf meinen Platz, schnappe mir meine Gobelintasche und gehe zur Zugtoilette. Die befindet sich im nächsten Wagen. Zwei Teenager spielen schräg gegenüber mit ihren Smartphones. Mehr Zuggäste befinden sich nicht in der Nähe.

Ich gehe wieder zurück und sage mit altjüngferlich-hilfloser Stimme zu den beiden Männern: »Das tut mir jetzt leid, aber ich krieg die Klotür nicht auf. Könnten Sie mir wohl helfen?«

Der Hipster rollt nur mit den Augen. Der Büro-Typ hat noch einen Rest Erziehung. Er steht schulterzuckend auf und folgt mir in den nächsten Wagen. Die Klotür geht natürlich problemlos auf. In einer fließenden Bewegung schubse ich ihn mit der Linken in die Toilettenkabine und ziehe mit der Rechten meinen Taser aus der Tasche, mit dem ich ihn gleich darauf – dank 200.000 Volt – zu einem bewegungsunfähigen Häuflein Elend mache, das zuckend quer über der Kloschüssel hängt. Ich stecke meinen rosafarbenen Elektroschocker Marke *Lady Power* wieder in die Tasche und schließe die Toilettentür.

Die beiden Teenager starren mich mit offenen Mündern an. Ich wette, sobald ich weg bin, schießen sie Handyfotos von dem Kerl im Klo und verschicken sie mittels WhatsApp an alle Welt. »Der wollte seine Frau umbringen«, erkläre ich. Das dürfen sie gern als Bildunterschrift verwenden. Dann zottele ich zurück in die erste Klasse zum Hipster.

Der schaut fragend an mir vorbei, wo sein Kumpel bleibt, und diesen Moment der Unaufmerksamkeit nutze ich, um ihm meine Gobelintasche schwungvoll gegen die Schläfe zu knallen. Nun muss man wissen, dass ich in meinem Beruf natürlich diverse Schutzvorkehrungen treffe. Eine davon sind die in den Taschenboden eingenähten Gewichte. Für genau so eine Situation. Die Tasche klatscht schwer gegen die linke Schläfe des Hipsters, der Hipster wiederum klatscht mit der rechten Gesichtshälfte schwer gegen die Zugscheibe. Er gibt noch einen röchelnden Ton von sich, dann rutscht er zeitlupig in den Fußraum, wo er bewusstlos liegen bleibt.

Ich verbiete mir, die Retrotasche des Hipsters und den Aktenkoffer des Bürofuzzis zu durchwühlen, weil das hier kein Raubüberfall war, sondern ein hehrer Akt vorauseilender Gerechtigkeit, da fährt der InterRegio auch schon in den Bahnhof Ulm ein. Es ist kurz nach elf.

Auf dem Weg zum Bahnhofsgebäude sehe ich die beiden Teenager, die mit der Schaffnerin aussteigen und sich umschauen. Rasch verschwinde ich im Inneren und eile zur Damentoilette.

Als ich gleich darauf wieder auftauche, trage ich die Innenseite meines Wende-Trenchcoats nach außen und habe mir die eisengraue Löckchenperücke abgenommen. Jetzt bin ich keine harmlose, alte Oma mehr, sondern eine elegante Seniorin mit schwarz gefärbter Kurzhaarfrisur im schicken, roten Trenchcoat. Die Gobelintasche steckt in einer mitgeführten *Breuninger*-Plastiktüte. Die Teenies werden mich nicht erkennen. Never, ever.

Ich komme noch rechtzeitig genug zurück, um zu sehen, wie vier Männer von der DB Security den InterRegio besteigen, der gleich darauf anfährt.

Erst als ich mir im Raucherbereich von Gleis 1, wo ich auf den ICE nach Stuttgart warte, eine Zigarette anzünde, fällt mir auf, dass ich meine Ziege im Zug habe liegen lassen. Mist! Na schön, dann stricke ich halt eine neue. Ich werde ja noch oft Zug fahren. Das sollten Sie übrigens nicht vergessen, wenn Sie demnächst wieder eine Bahnreise antreten und sich eine harmlos wirkende Alte neben Sie setzt …

Man zeltet nicht, man wird gezeltet!

Als Gabi S. eines Morgens aus unruhigen Träumen erwachte, fand sie sich in ihrem Schlafsack zu einer Mörderin verwandelt. Es kam zugegebenermaßen etwas unerwartet, aber … sie fand das ganz in Ordnung so.

Gabi richtete sich auf die Ellbogen auf. Neben ihr im graugrünen Zwei-Mann-Kuppelzelt mit innen liegendem Gestängebogen lag ihr Mann Schorsch. Niedergemetzelt von ihrer Hand. Das Messer steckte noch in seiner Brust.

Gabi hatte verschlafen. Nach körperlicher Arbeit überkam sie immer eine besondere Bettschwere. Heute war das blöd. Denn draußen auf dem Campingplatz tobte schon der Bär. Sie konnte die Schmittkes von nebenan hören.

»Sollen wir Gabi und Schorsch zum Frühstück rüberbitten?«, erklang die für einen Mann erstaunlich hohe Fiepsstimme von Heinz Schmittke, dem selbsterkorenen Obercamper von Gottes Gnaden. Sie konnte ihn förmlich unter der Markise seines Pössl Campers sitzen sehen, mit seinem kleinen Notizbuch in der Hand, in das er – nein, keine Verstöße gegen die Platzordnung –

in das er Porträts der Frauen auf dem Platz zeichnete. Er war kein Blockwart, er war Spanner. Seine Zeichnungen waren sogar erstaunlich gut. Man erkannte sich wieder. Von Gabi hatte er gleich drei Skizzen erstellt, mehrheitlich mit Schwerpunkt auf ihr zugegebenermaßen üppiges Dekolleté, das unter ihrer strengen No-Carb-Diät nur unmerklich gelitten hatte. Er liebte ihre Möpse.

»Aber Schatz, die wollten doch heute einen Ausflug machen. Schau, das Zelt ist zu. Die sind bestimmt schon los.« Schmittkes Ehefrau Gundl wusste um seine Schwäche für Fremd-Möpse und konnte Gabi nicht leiden.

Gabi seufzte lautlos.

Die beiden Schmittkes fingen mit ihrem Frühstück an. Das konnte man hören. Sie selbst hielten es wahrscheinlich für Essen mit Genuss, Gabi hörte nur schmatzen und kauen und rülpsen und bäh!

Auch alle anderen auf dem Campingplatz schienen schon emsig zugange. Der Platzwart mähte offenbar die Wiese vor dem »Camperstüble«, seine Frau kärcherte das gar nicht mal schlechte Sanitärgebäude, und die Pfleiderers von gegenüber praktizierten wie jeden Morgen nach dem Frühstück und vor dem Tageswanderausflug andachtsvolle Hausmusik mit Zither (Papa Pfleiderer), Querflöte (Mama Pfleiderer), Blockflöte (Petra Pfleiderer, 13) und Freestyle-Schlagzeug (Anselm Pfleiderer, 4, mit Patschehändchen auf Oberschenkel). Wie immer drehte Rocko Mutzmann daraufhin sein Kofferradio auf volle Lautstärke, was die Pfleiderers in ihrer Andachtsfülle aber nicht störte. Nur Gabi, die machte es rasend.

Sonst pflegte sie diesen Moment der Kakophonie immer zu nutzen, um zum Bäcker zu fliehen – das waren nur ungefähr fünfhundert Meter in den angrenzenden Ort hinein, und bis sie zurückkam, herrschte Stille –, aber heute schien ihr das nicht angezeigt.

Gabi sah an sich herab. Sie war über und über voller Blut. So konnte sie unmöglich raus und zum Waschraum am anderen Ende des Platzes, um sich zu säubern. Geschweige denn zum Bäcker. Sie musste es wohl einfach bis in die Nacht hinein aussitzen.

Gabi legte sich wieder flach auf den Rücken. Früher war sie gern müßig herumgelegen. Sehr gern sogar. Das hatte Schorsch ihr auch immer vorgeworfen. »Schieb deinen faulen Arsch an die Fleischtheke«, hatte er regelmäßig gestänkert, wenn vorn in der Metzgerei die Glocke von der Ladentür anschlug. Das war vorbei. Nie wieder Gestänkere. Nicht nur, weil er jetzt tot war. Auch, weil sie sich jetzt mit Haut und Haaren ihrem ›Sexy in fünfzehn Wochen‹-Programm verschrieben hatte. Bewegung war zu einem Teil ihrer Persönlichkeit geworden. Sie hätte jetzt zu gern wenigstens im Liegen ein paar Gewichte gestemmt (ersatzweise Literflaschen Wasser) oder wäre ›trocken‹ Fahrrad gefahren, aber sie fürchtete, dass sie Schatten an die Zeltwand warf, und dann hätten die Nachbar nachgeforscht.

Neugieriges Pack.

Sie sah zu Schorsch. Roch er nicht schon? Als er noch lebte, fand sie seinen Männergestank unerträglich. Und jetzt, wo er tot war, roch er noch schlimmer. Es war jedoch nicht ganz klar, wo das *Eau de Schorsch* aufhörte und der Verwesungsgeruch einsetzte.

Plötzlich hielt Gabi die Luft an. Etwas stand vor dem Zelt und atmete. Sie schluckte schwer. Das erinnerte sie jetzt sehr an *Jurassic Park zwo*, an die Szene, in der Julianne Moore und das kleine, schwarze Mädchen von einem T-Rex mit Darth-Vader-Röchelatem aus dem Schlaf geschreckt wurden und um ihr Leben fürchten mussten. Nur dass neben Gabis Zelt kein urzeitlicher Dinosaurier schnaufte, sondern offenbar Rolf Sprenger (Fendt-Bianco, Polstervariante Barevo, zwei Standplätze zur Linken). Sie erkannte Sprenger an der Ausbuchtung in seiner Körpermitte. Auch so ein Biertrinker.

Wie ihr Schorsch, Gott hab ihn selig. Dass Männer sich immer so gehen ließen. Was hatte sie an ihren Schorsch hingeredet, sich doch auch an dem Fitness-Programm zu beteiligen! »Ein Metzger darf keine halbe Portion sein, sonst verliert die Kundschaft das Vertrauen ins Fleisch«, hatte er ihr Anliegen stets abgeschmettert.

Gabi riss sich zusammen.

Sprenger bückte sich gerade, wobei er heftiger atmete. Er war Gabi unheimlich. Schon seit ihrer Ankunft waren er und seine ebenfalls rundliche Annika um Schorsch und sie herumgeschlichen.

»Ich wette, die beiden sind Swinger«, hatte Schorsch gemutmaßt. »Die wollen uns zum Partnertausch überreden.« Camping war nicht immer das saubere Familienvergnügen, wie es die Pfleiderers vorlebten …

Etwas wurde unter der Zeltwand hindurchgeschoben. Ein Blatt Papier.

Wi-der-lich! Bestimmt die handschriftliche Aufforderung von Rolf und Annika Sprenger, sich um Mitternacht in ihrem Wohnwagen zu Erwachsenenspielen zu treffen.

Bäh!

»Gabi?«

Mist! Das angewiderte *Bäh*, das nur hatte gedacht sein wollen, war ihrer Kehle entschlüpft!

Und jetzt?

»Gabi, bist du das?« Rolf schien jetzt neben dem Zelt zu kauern.

Wenn sie sich tot stellte, bestand die Gefahr, dass er Unheil witterte und den Platzwart rief.

Sie zog das Messer aus Schorschs Brust, hielt es mit der einen Hand hinter ihren Rücken und öffnete mit der anderen Hand langsam den Reißverschluss des Zeltes.

»Oh hallo, Rolf.«

»Alles in Ordnung?«

»Äh … ja … wir haben uns wohl den Magen verdorben und brauchen Ruhe.« Sie wollte den Reißverschluss wieder zuziehen.

»Was ist das denn?« Rolf starrte entgeistert auf ihren Busen. Man musste ihm zugutehalten, dass er wohl weniger dessen üppige Rundungen bewunderte, sondern mehr deren ebenso üppige Verzierung aus Menschenblut anstarrte.

In einer fließenden Bewegung packte Gabi ihn am Kragen seines Sweatshirts und zog ihn ins Zelt.

Perplex kam er neben Schorsch zu liegen. Gabi schloss rasch den Reißverschluss des Zeltes, drehte sich um, und noch bevor Rolf, der in diesem Moment in die weit offenen, wenn auch blicklosen Augen von Schorsch starrte, schreien konnte, rammte sie ihm das Messer in den Hals. Sie war nicht umsonst jahrelang Fleischereifachverkäuferin und Ehefrau eines Metzgers gewesen – sie wusste, wo man bestmögliche Resultate erzielte. Rolf war dann auch mehr oder weniger gleich tot. So schnell wie in Tatort-Krimis ging es ja nie. Das Lebenslicht war ein zähes Ding und flackerte immer länger, als man das als Laie dachte. Und bis die circa sechs Liter Blut eines erwachsenen Mannes aus einer klaffenden Halswunde gesickert sind, das dauert durchaus auch.

Tja, das war ja nun schon ihre zweite Leiche.

Wie gut, dass Schorsch auf einem sehr geräumigen Zwei-Mann-Zelt bestanden hatte, in dem man es zur Not auch zu dritt aushalten konnte. Bis zur Dunkelheit zumindest.

Wenn alles gut ging. Aber es geht ja nie alles gut. Nie!

»Hast du das gesehen, Heinz?«, hörte Gabi die Schmittke von nebenan rufen.

»Was?«, fiepte ihr Gatte.

»Der Rolf ist in das Zelt von Gabi und Schorsch gekrochen!«

»Die Sau!« Heinz Schmittke klang nicht ganz neidfrei. Einem flotten Dreier mit der Doppel-D-Gabi wäre auch er nicht abgeneigt gewesen. Aber ihn hatte ja mal wieder keiner gefragt.

»Also … das geht doch nicht … es sind Kinder anwesend!«, empörte sich sein Weib.

»Wir mischen uns da nicht ein, Gundl!«, erklärte ihr Mann.

»Ich werde das nicht mit ansehen!« Sie schien aufzustehen und davonzustapfen. Um den Platzwart zu holen?

Auch Heinz Schmittke stand auf. Gabi hörte, wie er sich anschlich. Die Tatsache, dass sie das hören konnte, sprach nicht gerade für seine Fertigkeiten im Anschleichen.

Bestimmt wollte er lauschen!

Gabis Gedanken rasten. Machte es noch Sinn, sich tot zu stellen, wenn die Schmittke den Platzwart informierte? Vielleicht lag ihr Heil doch besser in der übereilten Flucht. Sie könnte ihr Sparbuch plündern und in Brasilien ein völlig neues Leben anfangen. So schlank und rank und durchtrainiert, wie sie jetzt aussah, würde sie sich ganz bestimmt an der Copacabana einen betuchten Rentner angeln können. Aber zwischen ihr und einer erfolgreichen Flucht kniete in diesem Moment Heinz Schmittke.

Die Sonne stand nun schon höher am Himmel, und Schmittke warf einen Schatten. Er hatte das Ohr an die Zeltwand gepresst. Ob er sich vom Acker machte, wenn sie Beischlafgeräusche von sich gab? Nee, das würde sein Ohr nur umso enger mit der Zeltwand verschmelzen lassen.

Sie schlüpfte aus ihrem blutverschmierten T-Shirt – schließlich war sie lernfähig –, zog das Messer aus Rolfs Kehle, hielt es sich wie gehabt mit der einen Hand hinter den Rücken und ratschte mit der anderen den Reißverschluss auf.

»Hallo, Heinz«, gurrte sie. Oben ohne. Seine Augäpfel schienen aus den Höhlen springen zu wollen. Ein Blick über seine Schulter verriet ihr, dass weit und breit niemand zu sehen war. Die Pfleiderers wanderten bestimmt durch Gottes Natur, wie immer nach ihrem Morgenkonzert, die Schmittke war beim Platzwart, und Rocko Mutzmann lag in der Hängematte hinter seinem Zelt und kiffte. Gabi krallte sich in Schmittkes karierte Hemdbrust und zog ihn ins Zelt. Noch im Ziehen rammte sie ihm das Messer ins Herz. Als er zwischen Schorsch und Rolf Sprenger zum Liegen kam, war er schon tot.

Manchmal geht's halt doch schnell mit dem Ausblasen des Lebenslichts.

Allerdings war es im Zelt jetzt einen Tick zu eng. Mit drei Chippendale-Jungs wäre es womöglich gegangen, aber nicht mit Prachtburschen vom Format eines Schorsch, Ralf und Heinz.

Gabi schlüpfte in ein frisches T-Shirt, dann zog sie das Messer aus Schmittkes Herz und schob es in ihren Rucksack. Sie krabbelte aus dem Zelt und zog den Reißverschluss zu. Dabei las sie den Zettel, den Sprenger unter der Zeltwand durchgeschoben hatte. *Einladung zum großen Abschieds-Grillabend für alle Camper vor Sprengers Wohnwagen*, stand darauf. *Wir haben das Bier und die Würste, bringt Ihr die gute Laune mit.*

Sie hatte dem Sprenger Unrecht getan: er wollte nicht swingen, nur grillen. Na ja, ließ sich jetzt nicht mehr ändern.

Sie richtete sich auf und schulterte ihren Rucksack.

»Auf dem Weg zum Bäcker, wie jeden Morgen?« Plötzlich materialisierte sich Annika Sprenger hinter Gabi. »Hast du meinen Mann gesehen?«

Gabi zuckte mit keiner Wimper. »Nö.«

»Wenn du ihn siehst, dann sag ihm, dass ich in den Supermarkt fahre, um die Getränke für heute Abend zu kaufen. In einer Stunde bin ich wieder da.«

»Mach ich.«

Annika Sprenger zog weiter. Gabi sah ihr nach. *So bin ich auch mal gewatschelt,* dachte sie. *Damals, als ich das Fünfzehn-Wochen-Programm noch nicht kannte. Gott sei Dank sind diese Zeiten vorbei. Ich muss ja auch nicht zwingend nach Brasilien … Südafrika, Tahiti – die ganze Welt steht mir offen!*

Sie musste sich nur einen Vorsprung sichern. Erst wenn sie ihr Konto leer geräumt hatte, durfte man nach ihr suchen. Mist, der Autoschlüssel! Er steckte in Schorschs Hosentasche.

Unschlüssig blieb Gabi stehen. Sie wollte nicht zurück ins Zelt und sich durch drei Männerleichen nach einem Autoschlüssel vortasten. Es musste anders gehen. Sie sah sich um.

Mutzmann!

Den Kiffer rammte sie doch ungespitzt in den Boden, bevor der auch nur *Bob Marley* denken konnte.

»Gabi?«

Sie schreckte zusammen. Die Schmittke! Mitsamt Platzwart. Und dessen Dackel Kuno.

»Hallo Gundl. Kuno, du Süßer!« Gabi ging in die Knie und kraulte Kuno hinter den Dackelohren. Er ließ sich das gefallen, weil sie nach Wurst roch. Als aber dem Geruch keine Wurstzipfel folgten, wurde er zunehmend unruhig.

»Ist alles in Ordnung?«, wollte der Platzwart wissen. Seine Ohren leuchteten hummerrot. Es war ihm sichtlich peinlich, dass er in einer Sittenwidrigkeit ermitteln sollte.

»Ja klar, was soll denn nicht in Ordnung sein?« Gabi richtete sich auf und sah ihn aus großen Augen an.

Würden die beiden sie jetzt allen Ernstes fragen, ob sie gerade Sex mit zwei Mitcampern gehabt hatte? Und selbst wenn sie das hätte, in welchem Jahrhundert lebten sie denn?

»Wo ist mein Mann?«, fragte Gundl Schmittke und starrte zum Zelt von Gabi und Schorsch.

Gabi zuckte nur mit den Schultern. »Ich bin auf dem Weg zum Bäcker. Kann ich was mitbringen? Hörnchen? Baguette?«

Die Schmittke guckte misstrauisch, der Platzwart bestellte dankbar einen Leib dunkles Vollkornbrot.

Kuno der Dackel schnupperte höchst interessiert am Zelt und scharrte mit den Füßen.

Gabi sah zu dem Aufsitzrasenmäher des Platzwarts. In weniger als zwei Sekunden hätte sie ihn erreicht und könnte fliehen. Aber wie schnell fuhr so ein Aufsitzrasenmäher?

»Ja, dann geh ich jetzt wohl«, sagte Gabi und streckte ihren Doppel-D-Busen in dem hautengen T-Shirt so weit nach vorn, wie es anatomisch gerade noch möglich war, ohne einen Knick in der Wirbelsäule zu bekommen.

Der Platzwart lief jetzt auch im Gesicht knallrot an. »Also, es scheint ja alles in Ordnung zu sein«, sagte er, und sein Blick huschte zur Schmittke, zu Gabis Titten und wieder zur Schmittke. Die nickte ihm auffordernd zu. »Wir sind ein anständiger Campingplatz!«, erklärte er gehorsam, wurde noch knallroter und zog ab. »Kuno!«, musste er mehrmals rufen, bevor sein Dackel ihm folgte. Vorher warf Kuno Gabi noch einen wissenden Blick zu. Die Nase des Hundes wusste Bescheid.

Die Schmittke ließ es jedoch nicht dabei bewenden. Sie ging vor dem Zelt in die Hocke. »Bärchen?«, rief sie. »Bärchen, bis du da drin?«

Gabi rollte mit den Augen. Dann sah sie sich um. Der Platzwart war wieder aufgesessen und mähte sich in Richtung See. Die Frau des Platzwarts lud den Dackel in ihren Fiat Panda und fuhr davon, vermutlich brachte sie die Kinder zur Schule. Mutzmann kiffte. Sonst war keiner zu sehen.

Gabi lächelte der Schmittke zu. »Wenn Sie mal nachsehen wollen …«, sagte sie, ratschte den Reißverschluss auf und bedeutete ihr, ruhig hineinzuschauen.

Während sie das tat – und noch bevor sie entsetzt aufschreien konnte – zog Gabi das Messer aus dem Rucksack und stach zu. In den Rücken. Vier Mal. Nur um auf Nummer sicher zu gehen. Weil sie nicht genau wusste, ob sie Herz und Lunge getroffen hatte.

Jetzt hatte Gabi allerdings ein Problem. Die Männer hatte sie noch wie eine Pyramide schichten können: unten Schorsch und Rolf und in die Kuhle zwischen ihnen den Schmittke. Frau Schmittke blieb aber nicht von allein ganz oben liegen, sie kullerte immer zur Seite, was zu einer unschönen – und verräterischen – Ausbuchtung der Zeltwand führte. Gabi versuchte, Frau Schmittke quer zu legen, was sie ins Schwitzen brachte, aber letztendlich nichts nützte. Das Zelt war definitiv nicht für vier übergewichtige Leichen geeignet.

»Kann ich helfen?«, fragte plötzlich Rocko Mutzmann.

Durch den Cannabis-Rauch hindurch hatte er gesehen, wie Gabis Hintern in der Zelttür verführerisch wackelte. Ein tief verwurzelter männlicher Instinkt hatte ihn daraufhin aus seiner Hängematte getrieben, obwohl er total high war und sich nur noch dumpf erinnerte, was man mit einem Wackelhintern anstellen könnte.

»Oh nee«, entfuhr es Gabi genervt.

»Boar ey«, entfuhr es Mutzmann, als er die Fleischpyramide im Zelt sah. »Geile Installationskunst.«

»Genau«, sagte Gabi und schob ihn ins Zelt. Jetzt war es vollends auch egal. Mutzmann – der noch eine Weile zuckte – war ein schmalbrüstiger Hänfling, aber er passte nun wirklich nicht auch noch ins Zelt, ohne für verräterische Dellen zu sorgen.

Egal!

Gabi zog den Autoschlüssel für den verrosteten Manta von Mutzmann aus dessen Jeanstasche und ratschte den Reißverschluss zu. Ein wenig Blut sickerte unter der Zeltwand hindurch, und die Anzahl der Fliegen erhöhte sich drastisch.

Der Aufsitzrasenmäher brummte aus weiter Entfernung, im Wald jenseits des kleinen Sees sang jemand *Das Wandern ist des Müllers Lust* – bestimmt die Pfleiderers. Gabi würde nichts von all dem hier vermissen.

Jetzt noch rasch pieseln und dann nichts wie weg.

Vor ihr das Leben!

Gabi lief – den Rucksack geschultert, das blutende Messer in der Hand – zu dem schmucken Steinhäuschen, in dem die Toiletten und die Duschen untergebracht waren. Sie hatte sich noch nie so fröhlich und vor allem so frei gefühlt. Und so leicht.

Zu leicht.

Die Frau des Platzwarts hatte den Fliesenboden enorm gut gekärchert, aber nicht trockengewischt. Akutes Aquaplaning!

Gabi hätte das mit ihrem früheren Kampfgewicht nicht weiter gekratzt – schwere Körper sind schwerer aus der Ruhe zu bringen als leichte –, aber nun als Fliegengewicht hob sie schon beim ersten Schritt auf rutschigem Grund in die Lüfte ab, die schlanken Beine wurde physikalischen Gesetzen folgend schallmauerdurchbrechend schnell nach vorn geschleudert, während der deutlich schwerere Doppel-D-Busen nur in Zeitlupe an Tempo gewann.

Kurzum, Gabi fiel.

Auf das Messer in ihrer Hand.

Kinder: Nie mit einem Messer in der Hand rennen!

Das Messer spießte sich in Gabis rechte Niere.

Man hätte sie noch retten können, wenn man sie frühzeitig gefunden hätte. Aber es fand sie keiner. Wer hätte sie auch finden sollen? Wer nicht unterwegs war, war tot.

Gabi starb erst Stunden später. Aber sie starb letztendlich mit einem Lächeln. Von allen Leichen auf dem Campingplatz war sie am sexysten!

Quellennachweise

Der Nacktschneckensammler in *Ebbe, Flut und Todeszeiten* (Hg. Christiane Franke), KBV 2014

Blaubart ohne Bart (Originalbeitrag)

Bruch kommt von brechen … in: *Tatort Eifel 7* (Hg. Ralf Kramp), KBV 2019

Leckerschmeckermorde in *Mit Genuss ins Jenseits – Delikatessen für Krimigourmets* (Hg. Ulrike Rodi), grafit 2015

Es fährt ein Cello nach Nirgendwo (Originalbeitrag; eine Auftragsarbeit für das *Mord am Hellweg* Krimifestival 2018)

Wo laufen sie denn, wo laufen sie denn hin? in: *Mord im Dreiländereck* (Hg. Peter Gerdes) Emons 2019

Die Doris macht das Gift in *Die Stadt, das Salz & der Tod – Mörderisches aus Halle an der Saale* (Hg. Peter Godazgar), grafit 2018

Die vier großen H des Hallensers Till B. in *Tödliche Hanse* (Hg. Toby Martins), edition temmen 2018

Heute kein Kaffee! (Originalbeitrag)

Summsummsesumm in Törtchen-Mördchen*: Köstliche Kurzkrimis* (Hg. Petra Busch), KBV 2015

James Bond, die coolste Sau der Welt in *(Un)Gelöst – Mysteriöse Kriminalfälle, literarisch neu aufgerollt* (Hg. Christian Jaschinski & Robert C. Marley), KBV 2016

Vereinsmeier (Originalbeitrag)

Salzgrotten-Fandango in *SoKo Marburg-Biedenkopf – Kriminelle Kurzgeschichten zwischen Lahn und Ohm* (Hg. Christina Bacher), KBV 2016

Willkommen bei Trödel Träuble & Sohn in *Suche Trödel, finde Leiche! – Kurzkrimis vom Dachboden, Sperrmüll und Flohmarkt* (Hg. Ingrid Schmitz), KBV 2016

Meister Maik heizt Ihnen ein! in *Handwerk hat blutigen Boden* (Hg. Mirjam Phillips und Toby Martins), KBV 2016

Dem Frohsinn ein Ende in *Rache zeugt die schönsten Morde – Norddeutsche Stories von Liebe und Eifersucht* (Hg. Anke Gebert), vitolibro 2016

Dinosaurier – es gibt sie doch! In *Schlauer als die Angst* (Hg. Erich Weidinger), Obelisk 2018

Die Unsterblichkeitsformel in: *Cocktail-Leichen* (Hg. Thomas Kastura), KBV 2016

In Serie (Originalbeitrag)

Der Mumienmörder in: *Die gruseligsten Orte in Köln* (Hg. Lutz Kreutzer), Gmeiner 2019

Frau Möller riecht den Braten in: *Mords-Salzkammergut* (Hg. Jeff Maxian), Gmeiner 2016

Futtert Nemo in *Flossen Hoch 3.0 Jetzt erst recht – Kriminelles zwischen Kiemen und Korn* (Hg. Sandra Lüpkes & Peter Gerdes), Leda 2015

Tot, aber glücklich in *Meister des Mordens – Best of Crime* (Hg. Isabelle Toppe), Droemer 2018

Senioren sterben zäher in *Sport ist Mord* (Hg. Petra Steps), KBV 2015

»Sänk you for travelling with schwäbische Eisebahn!« in *Tatort Schwaben* (Hg. Angela Eßer), ars vivendi 2016

Man zeltet nicht, man wird gezeltet! in *Chillen, killen, campen – Kurzkrimis aus Wohnmobil, Zelt und Caravan* (Hg. Regine Kölpin), KBV 2015

Ein kurzes Gespräch mit der Autorin

Warum schreibst Du humorvolle Krimis, mit Betonung auf ›humorvoll‹?
Die Realität ist ernst genug. Da will ich nicht auch noch in der Fiktion verkniffen Weltschmerz verbreiten, sondern Mord als schöne Kunst präsentieren und damit Menschen zum Schmunzeln bringen. Meine Bücher sollen Wohlfühlinseln im manchmal tristen Alltagsmeer sein. Und im Grunde ist ein Krimi ja auch nichts anderes als ein Kreuzworträtsel – am Schluss muss alles aufgelöst sein, dann stellt sich tiefe Befriedigung ein.

Wenn es als Autorin nicht länger klappen sollte, womit würdest Du dann Deine Brötchen verdienen?
Mittlerweile kenne ich so viele Arten, den perfekten Mord zu begehen, dass ich entweder zur Sachbuchautorin mutiere und das *Mörder-Vademecum – Die 500 Arten des perfekten Mordes* schreibe … oder selbst Auftragskillerin werde.

Wie tankst Du Deine Akkus wieder auf?
Die Arbeit ist mein Akku. Ich darf ja aber auch an den herrlichsten Orten der Welt morden, will heißen, für meine Krimis recherchieren: Gstaad, Wien, Ostfriesische

Inseln, Tiroler Berggipfel, Moers-Repelen – um nur einige wenige Hotspots zu nennen. Manchmal beneide ich mich selbst. Und wie!

Welche Frage, die Dir Journalisten leider nie stellen, würdest Du gerne mal beantworten?

»Dürfen wir Sie für das Interview nach New York einfliegen?« Dicht gefolgt von: »Wäre es okay für Sie, wenn wir Ihr Foto für das Cover unseres Hochglanzmagazins nehmen?«

Mehr Informationen unter **www.tatjanakruse.de**